PAUL ZSOLNAY VERLAG

Gisela Elsner

FLIEGERALARM

Roman

PAUL ZSOLNAY VERLAG
WIEN · DARMSTADT

Die Arbeit der Autorin am vorliegenden Text wurde durch den Deutschen Literaturfonds e.V. gefördert.

Umschlag und Einband: Buchholz/Hinsch/Hensinger
Satz: Sapperlot, 1060 Wien
Druck und Bindung: May & Co., Darmstadt
Printed in Germany
ISBN 3-552-04105-2

CIP-Kurztitelaufnahme der Deutschen Bibliothek

Elsner, Gisela:
Fliegeralarm : Roman / Gisela Elsner. – Wien ; Darmstadt : Zsolnay, 1989
ISBN 3-552-04105-2

Fliegeralarm

I

Meine Mutter brauchte uns nicht zu wecken. Das Schrillen der Sirenen hatte uns bereits aus dem Schlaf geschreckt. Als sie in ihrer grauen Persianerjacke, die sie über ihrem zerknitterten, zerschlissenen, hellblauen Nachthemd trug, mit hochhackigen goldenen Stöckelschuhen und mit häßlichen schwärzlichen Lokkenwicklern in unser Kinderzimmer stürzte, saßen wir schon HART WIE KRUPPSTAHL, ZÄH WIE LEDER und jederzeit bereit, für unseren Führer Adolf Hitler zu sterben, in unseren Kinderbetten.

Fliegeralarm, sagte mit einer trotz seiner Schläfrigkeit unüberhörbaren Begeisterung mein Bruder Kicki, dem meine Mutter, deren hartnäckige Weigerung, für die WINTERHILFE Socken zu stricken, uns Kinder in Verlegenheit brachte, jetzt jene von ihr selbst gestrickten, bräunlichen Wollstrümpfe über die zappelnden Füße zog.

So halt gefälligst still, ermahnte sie ihn.

Ich will keine Strümpfe anziehen: Sie kratzen, protestierte Kicki, der jeden Abend vor dem Zubettgehen eine mit einem pechschwarzen Hakenkreuz verzierte, blutrote Schachtel, in der sich naturgetreue Miniaturnachbildungen unserer deutschen Wehrmacht mitsamt einer naturgetreuen Miniaturnachbildung unseres Führers befanden, nur damit dieser Schachtel, während er schlief, nichts passierte, unter seinem Kopfkissen zu verbergen pflegte.

Im Luftschutzraum ist es kalt, erwiderte meine Mutter, ohne sich durch den Protest meines Bruders irritieren zu lassen, der jetzt die blutrote Schachtel mit dem pechschwarzen Hakenkreuz unter seinem Kopfkissen hervorzog.

Noch immer schrillten die Sirenen.

Obwohl dieses Schrillen unheimlich klang, entfachte es in mir, HART WIE KRUPPSTAHL, ZÄH WIE LEDER und jederzeit bereit, für unseren Führer zu sterben, wie ich es bedingt durch die Einsicht war, daß ich mit fünfeinhalb Jahren lange genug gelebt hatte, um mein Leben für mein Vaterland zu opfern, keine Furcht. Vielmehr rief das Schrillen der Sirenen bei mir eine unbändige Sensationslust hervor.

Bombenangriffe, bei denen die Detonation jeder Bombe uns Kindern das zu bescheren verhieß, was wir als Geschenke aus dem Himmel zu betrachten pflegten, zählten zu den denkwürdigsten Ereignissen meines Lebens. Während auf den weihnachtlichen Gabentischen von Jahr zu Jahr kläglichere und für uns zudem völlig unbrauchbare Geschenke des Christkinds, an das wir dank der Enthüllungen meiner Freundin Gaby Glotterthal längst nicht mehr glaubten, dergestalt ausgebreitet lagen, daß die Lücken zwischen den Geschenken auffälliger waren als die Geschenke, erwiesen sich die Bombentrichter, in denen wir, ZÄH WIE LEDER, auf der Suche nach jenen metallen schimmernden Bombensplittern allen Verboten und Drohungen unserer Eltern zum Trotz, unermüdlich herumkrochen, sowie die Ruinen, in die wir nach dem für uns als nur wünschenswert erachteten Tod der verschütteten ehemaligen Besitzer einzogen, und nicht zuletzt die Trümmerhaufen, die die Bewohner der GAGFA-Siedlung, in der sich die Siedlungshaushälfte meiner Eltern befand, nach jedem Bombenangriff zu unserem Entzücken jammernd und wehklagend zusammentrugen, als wahre Fundgruben für uns Kinder.

Für uns gab es nichts Großartigeres als diesen Weltkrieg, der unsere Eltern in Angst und Schrecken versetzte, aber uns Kinder zu den Besitzern von Ruinen machte, der uns Kindern dank der Trümmerhaufen zu Schätzen verhalf, die unsere jammernden und wehklagenden Eltern uns nicht zu bieten hatten, der uns

Kindern vor allem jene märchenhaften Bombentrichter bescherte, die wir, in Schutt und Asche herumwühlend, in Schmutz und Dreck herumbuddelnd, nach jenen Bombensplittern durchsuchten, die unter den Kindern in der GAGFA-Siedlung als die einzig gültige Währung galten, eine krisenfeste Währung, mit der wir Gebühren für Ruinenbesichtigungen erstatteten, eine krisenfeste Währung, mit der wir die geforderten Preise für Dinge bezahlten, deren Besitz wir ohne Bombensplitter niemals erlangt hätten, eine krisenfeste Währung, mit der wir Privilegien erwarben, die uns zu den Herren der GAGFA-Siedlung machten.

Geradezu besessen sammelte ich diese metallen schimmernden Bombensplitter, mit denen sich weitaus mehr erwerben ließ, als mit dem Geld in den Geldbörsen unserer Eltern. Mittlerweile besaß ich, weil ich, ZÄH WIE LEDER, wie ich diese Bombensplitter gesammelt hatte, fast genau so viele Bombensplitter wie der Sohn des Lebensmittelladeninhabers Wätz, vor dessen Ladentür unsere Mütter in Sechserreihen geordnet, zu unserem Glück stundenlang Schlange stehen mußten, so daß wir Kinder genügend Zeit hatten, alles zu tun, was uns strengstens verboten war.

Während der Abwesenheit meiner Mutter hatte ich dem Sohn des Lebensmittelladeninhabers Wätz: nämlich Wolfgang Wätz, der sich selbst zum SS-Oberscharführer ernannt hatte, dessen Befehle nicht weniger als fünf minderjährige, aber ungemein militante SS-Männer befolgten, die an seiner Stelle für ihn beispielsweise Bombensplitter suchten, in aller Förmlichkeit mein Jawort gegeben.

Seither galt unter den Kindern in der GAGFA-Siedlung der Sohn des Lebensmittelladeninhabers Wätz: nämlich der SS-Oberscharführer Wolfgang Wätz, der die Absicht hatte, nach dem Tode unseres Führers unser Führer zu werden, als mein MANN. Ich hingegen galt als die FRAU des SS-Oberscharführers Wolfgang Wätz, der es nach meinem Dafürhalten schon als

Fünfeinhalbjähriger weiter gebracht hatte als mein Vater, der lediglich der wissenschaftliche Leiter einer Blitzanlage in einem DIEMENS-Werk war, in dem Transformatoren hergestellt wurden, die, den Äußerungen meines Bruders Kicki zufolge, weil sie von der deutschen Wehrmacht nicht gebraucht wurden, völlig überflüssig waren.

Als die FRAU eines SS-Oberscharführers wurde ich nicht allein von allen Mädchen beneidet, die nur die FRAUEN von SA-Männern, Feldwebeln oder bestenfalls von Oberoffizieren waren. Als die FRAU meines MANNES, der kein Hehl daraus machte, daß er beabsichtigte, nach dem Tode unseres Führers als unser Führer all jenen Ländern, denen unser Führer Adolf Hitler aus uns unbegreiflichen Gründen nicht den Krieg erklärt hatte, auch noch den Krieg zu erklären, genoß ich ein Prestige, mit dem ich meiner Mutter, die nur die Frau eines von mir und meinem Bruder als feigen Zivilisten bezeichneten Mannes war, den wir zu unserem Leidwesen unseren Vater nennen mußten, längst den Rang abgelaufen hatte.

Oft genug machten ich und mein Bruder Kicki, der so wie ich keine arischen blauen, sondern grüne Augen und keine arischen blonden, sondern immer dunkelbrauner werdende Haare hatte, uns Gedanken wegen der ERBMASSE, die uns von unserer Mutter, die zwar zum Glück HEIL HITLER sagte, sich jedoch weigerte, für die WINTERHILFE Socken zu stricken, und von unserem Vater, diesen feigen Zivilisten und Vaterlandsverräter, aufgebürdet worden war, der statt in den Schützengräben an der Ostfront für den ENDSIEG unseres Führers zu kämpfen, nicht nur in seinem Ohrensessel im warmen Wohnzimmer vor dem Rundfunkempfänger saß, sondern jedesmal, wenn schwere Verluste der deutschen Wehrmacht an der Ostfront gemeldet wurden, ausrief: ICH HABE ES VON VORNHEREIN GEWUSST, DASS DIESER KRIEG NICHT ZU GEWINNEN WAR, ohne zu ahnen, daß er sich hiermit zu unserem Todfeind machte.

Eben wegen dieser fragwürdigen Erbmasse unserer Eltern, die uns oft genug aus dem Wohnzimmer schickten, damit wir nicht hören konnten, was meinem Vater durch eine Herumhantiererei am Rundfunkempfänger zu Ohren kam, mußten Kicki und ich, nach meinem Dafürhalten weitaus tapferer, weitaus todesverächtlicher und weitaus arischer als die Kinder sein, die ihre Erbmasse nicht wie Kicki und ich restlos in sich auszumerzen trachteten.

HART WIE KRUPPSTAHL, ZÄH WIE LEDER, FLINK WIE WINDHUNDE und jederzeit bereit, für unseren Führer zu sterben, gingen wir über die Fußböden unserer Ruine, auf deren rissigen, hauchdünnen Stellen wir leichterdings durchbrechen und in den stockfinsteren Keller stürzen konnten. Ohne jene kantigen Trümmerbrocken zu beachten, die an den Rändern des etwa eßtischplattengroßen Loches in der Wohnzimmerdecke unserer Ruine so locker herabhingen, daß sie sich jeden Augenblick lösen und auf unsere Köpfe niedersausen konnten, saßen wir im Wohnzimmer unserer Ruine, die im Gegensatz zu der Siedlungshaushälfte unserer Eltern unser Zuhause war. HART WIE KRUPPSTAHL hatte mein Bruder Kicki, auf dessen Hinterkopf bereits einer von diesen kantigen Trümmerbrocken niedergesaust war, der eine zum Glück von seinen Haaren verdeckte apfelhälftegroße Beule hinterlassen hatte. Diese Beule verheimlichte er unserer Mutter, indem er dauernd eine Matrosenmütze trug und vorgab, er spiele Matrose, um uns eines von den Verhören zu ersparen, bei denen sie trotz aller Fangfragen, die sie uns stellte, nie herausbekam, was wir während jener ihr ewig lang, uns jedoch uns jedoch fürchterlich kurz erscheinenden Stunden zu treiben pflegten, in denen sie, eingeordnet in irgendeine Sechserreihe vor dem Lebensmittelladen des Herrn Wätz Schlange stehen mußte, so daß sie außerstande war, mich und meinen Bruder Kicki zu beaufsichtigen. ZÄH WIE LEDER hatte Kicki, der seine Matrosenmütze erst vor dem Zubettgehen abzunehmen pflegte, die Schmerzen ertragen, die er wegen seiner einen halben Apfel großen Beule beim Niederlegen seines Kopfes auf das Kopfkissen verspürte. Mit seiner Tapferkeit hatte er mir bewiesen, daß er schon als Vierjähriger unserem Vater, jenem feigen Zivilisten und ruchlosen Vaterlandsverräter, den wir beide längst zum Tode verurteilt hatten, haushoch überlegen war.

Während unsere zimperlichen Eltern, die unsere wunderbare Kindheit immer wieder jammernd und wehklagend als grauenvoll bezeichneten, bei jeder Bombendetonation um ihr Leben und vor allem um ihr Häuschen zitterten, zu deren Besitzern wir durch einen Bombenabwurf auf das Dach zu avancieren hofften, freuten wir uns bei jeder Bombendetonation schon auf die Geschenke aus dem Himmel, die uns jeder Bombenangriff bescherte. Als ein Geschenk aus dem Himmel betrachteten wir auch unsere Ruine, die wir, unbehelligt von unserer Mutter, die stundenlang in den Sechserreihen der langen, von allen Müttern aller Kinder in der GAGFA-Siedlung gebildeten Schlange vor dem Lebensmittelladen des Herrn Wätz warten mußte, immer wohnlicher einrichteten. Um unsere Ruine, auf die mir mein MANN, der SS-Oberscharführer Wolfgang Wätz, der in der GAGFA-Siedlung darüber entschied, welche Kinder welche Ruinen bewohnen durften, ein Besitzrecht zuerkannt hatte, das alle Kinder respektierten, beneideten mich und meinen Bruder Kicki, mit dem ich sie teilte, weil Kicki als ein Vierjähriger noch keinen Anspruch auf eine eigene Ruine geltend machen konnte, alle Kinder in der GAGFA-Siedlung.

Denn in unsere Ruine, für deren Besichtigung Kicki und ich Eintrittsgebühren in der Höhe von drei Bombensplittern verlangten, befand sich eine Sehenswürdigkeit: nämlich eine völlig unbeschädigte Klosettschüssel mit einer ein wenig verbogenen weißen Klosettbrille und mit einem bedauerlicherweise von einem Riß durchzogenen Klosettdeckel, für dessen Hochklappen wir wie für die Besichtigung der Klosettschüssel Gebühren in der Höhe von zehn Bombensplittern forderten, die wir auch erhielten. Wir bewahrten diese Bombensplitter, wie alle unsere Bombensplitter, in den CAMELIA-Schachteln auf, die unsere Mutter aus uns rätselhaften Gründen zu kaufen und deren Inhalt sie für uns ebenfalls rätselhafte Zwecke zu verwenden pflegte.

Auch meine Freundin Gaby Glotterthal, die immerhin die Tochter eines Obermedizinalrats war, der ein von unserem Kinderzimmerfenstger aus sichtbares Lazarett mit einem großen ROTEN KREUZ auf der Mitte des Daches leitete, vermochte uns, obwohl sie einen großen Bruder hatte, über deren Verwendungszweck dieser in weißen Netzen steckenden, an den Enden abgerundeten, aus Zellstoff bestehenden Gebilde nur sagen, daß sie von Frauen verwendet würden, wenn sie IHRE TAGE hätten. Was hingegen diese TAGE waren, wußte sie trotz ihres unschätzbar wertvollen Wissens, das sie sich durch das Belauschen der Gespräche ihrer Eltern angeeignet hatte, nicht.

Als meine beste Freundin durfte mich Gaby Glotterthal, ohne Eintrittsgebühren bezahlen zu müssen, in meiner Ruine besuchen. Mit ihren kleinen, ungemein engstehenden, stets gehässig dreinblickenden Augen besichtigte sie während ihrer Besuche unsere Wohnzimmereinrichtung, die Kicki und ich, indem wir uns so schmutzig machten, daß wir im Nachhinein von unserer Mutter Prügel bekamen, die wir HART WIE KRUPPSTAHL hinzunehmen pflegten, aus Trümmerhaufen zutage gefördert und in unsere Ruine geschleppt hatten. Auf einer zwar verschmorten, aber dafür echten Perserbrücke stand ein sitzflächenloser Polstersessel, auf dessen ein wenig verschrammten Kanten wir Gäste wie Gaby Glotterthal, ohne die wir nie erfahren hätten, daß es kein Christkind, keinen Osterhasen, keinen Sankt Nikolaus und keinen Klapperstorch gab, Platz zu nehmen baten. Neben dem sitzflächenlosen Polstersessel, dessen Lehne mit einem wundervollen blaugrauen Samt bezogen war, hatten wir einen Stehlampenständer plaziert. Weil wir, bislang vergebens, auf unserer Suche nach einem Lampenschirm in Trümmerhaufen das Unterste zuoberst gekehrt hatten, mußten wir anstelle des Lampenschirms vorläufig eine Tüte aus dem Lebensmittelladen des Herrn Wätz auf die Stehlampenständerspitze stülpen.

Die Tatsache, daß unsere Stehlampe unser Wohnzimmer ebenso wenig beleuchtete wie es jener kakteengrüne Kachelofen erwärmte, dessen obere Hälfte in die Luft gesprengt worden war, erschien uns nebensächlich. Für weitaus wesentlicher hielten wir unsere neben dem Unterteil des Kachelofens aufgestellte Rundfunkempfängereinfassung, deren Wert durch den noch an einer Schnur daran hängenden elektrischen Stecker dermaßen erhöht wurde, daß ich und Kicki diese Rundfunkempfängereinfassung trotz der hohen Preise, die uns schon von vielen Kindern in Form von Bombensplittern dafür angeboten worden waren, als unverkäuflich bezeichneten. Während der Rundfunkempfänger im Wohnzimmer unserer Eltern einen schweren Verlust der von uns für unbesiegbar gehaltenen deutschen Wehrmacht nach dem anderen meldete, meldete die Rundfunkempfängereinfassung im Wohnzimmer unserer Ruine lautlos zwar, aber von uns deutlich vernommen einen Sieg der deutschen Wehrmacht an der Ostfront nach dem anderen, worauf wir im Gegensatz zu unserem Vater, diesem feigen Zivilisten und Vaterlandsverräter, der, sobald das Wort ENDSIEG ausgesprochen wurde, in ein Hohngelächter ausbrach, mit dem Ausruf reagierten: WIR HABEN ES VON VORNHEREIN GEWUSST, DASS DIESER KRIEG NUR ZU GEWINNEN IST.

Auf unsere Rundfunkempfängereinfassung hatten wir zur Zierde einen in einem Trümmerhaufen aufgestöberten vergoldeten Bilderrahmen gestellt, an dessen rechter oberer Ecke noch ein Fetzen eines offenbar mit Ölfarbe gemalten Adolf-Hitler-Portraits hing, auf dem leider nur die obendrein daumenlose, allem Anschein nach zu einem HITLER-Gruß hochgestreckte, merkwürdig blutbesprenkelt wirkende Hand unseres Führers zu sehen war, dessen Rundfunkreden, während ich und Kicki, tief beeindruckt von diesem Gebrüll, das bis hinaus zu den Speichern und bis hinunter zu den Luftschutzräumen aller Siedlungshäuser, ja, durch die ganze GAGFA-Siedlung dröhnte, neben dem Rundfunkempfänger unserer Eltern kauerten, unser Vater nicht nur mit seinem Gebrüll zu überbrüllen wagte. Unser Vater, dieser feige Zivilist und Vaterlandsverräter, dessen Tage unserer Ansicht nach gezählt waren, brüllte beim Überbrüllen des Gebrülls unseres Führers obendrein stets das Gegenteil dessen, was unser Führer brüllte.

DU GRÖSSENWAHNSINNIG GEWORDENER ANSTREICHER, brüllte unser Vater, dessen Speichel dabei auf den Rundfunkempfänger spritzte, unseren Führer, als befände sich dessen Kopf in diesem Rundfunkempfänger, so unverschämt an, daß Kicki und ich längst im Wohnzimmer unserer Ruine den Entschluß gefaßt hatten, ihn, diesen Verleumder unseres Führers, bei der GESTAPO anzuzeigen. Die Tatsache, daß er noch immer nicht von der GESTAPO abgeholt und ins KZ eingeliefert worden war, hatte unser Vater einzig und allein der Unauffindbarkeit der zwar allgegenwärtigen, unserer Meinung nach aber unsichtbaren GESTAPO zu verdanken, nach der auch mein MANN, der SS-Oberscharführer Wolfgang Wätz, in der Absicht, seinen Vater, dessen Verbrechen unserer Meinung nach darin bestand, daß er statt in einem von den Schützengräben an der Ostfront für den ENDSIEG bis zum letzten Blutstropfen zu kämpfen, Lebensmittel verkaufte, ebenfalls bei der GESTAPO anzuzeigen, bislang vergebens mit seinen fünf, wie gesagt, zwar minderjährigen, aber dafür ungemein militanten SS-Männern vergebens gesucht hatte.

Trotz der Drohung meiner Mutter, uns, sobald sie uns in einer Ruine ertappte, unverzüglich in ein Kinder-KZ, das sie das KINDER-KZ AM WALDESRAIN nannte, einzuliefern, empfingen wir, ohne Eintrittsgebühren zu verlangen, außer meiner Freundin Gaby Glotterthal, ohne die wir nie erfahren hätten, daß man zum FICKEN unbedingt eine Zahnbürste und eine Dose Schuhcreme brauchte, am häufigsten meinen MANN, den SS-Oberscharführer und künftigen Nachfolger unserer Führers: Wolfgang Wätz, der auf dem Globus seines Vaters, von dem ihm beigebracht worden war, wo sich Kontinente, Nationen und Weltmetropolen befanden, bereits all jene Länder mit einem Hakenkreuz angekreuzt hatte, denen unser Führer aus Gründen, die für uns nicht unbegreiflicher hätten sein können, nicht den Krieg erklärt hatte.

Mein MANN, unser künftiger Führer, der mir und Kicki, der von ihm bereits als sein Schwager und als der Onkel seiner Kinder zum General ernannt worden war, einen Weltkrieg versprochen hatte, der selbst den großartigen Weltkrieg, den unser Führer führte, in den Schatten stellen sollte, erschien bei seinen Besuchen in unserer Ruine, in der sich mein Bruder, brüllend Befehle erteilend, auf seine Rolle als General vorzubereiten suchte, stets in Begleitung seiner fünf SS-Männer, die seinen Besuchen nicht nur einen offiziellen Charakter verliehen, der mir wie eine Ehrerweisung erschien, die mich mit Stolz erfüllte. Mit Stolz erfüllte mich zudem der Gehorsam, mit dem die fünf SS- Männer die brüllend vorgebrachten Befehle meines MANNES befolgten. Ohnehin barst ich schier vor Stolz darüber, die FRAU eines solchen MANNES zu sein, der mich trotz meiner fragwürdigen ERBMASSE zur künftigen Mutter von Ariern auserwählt hatte, die nicht nur Herrenmenschen sein mußten, vor denen jene Untermenschen, von denen meine Freundin Gaby Glotterthal die Juden zu den untersten Untermenschen und die Russen zu den obersten Untermenschen zählte, mit ihren morschen Knochen zu zittern hatten. Die von mir geborenen Arier hatten obendrein noch härter als Kruppstahl, noch zäher als Leder und noch flinker als Windhunde zu sein.

Sobald die fünf SS-Männer meines MANNES anläßlich der Besuche in meiner Ruine mich und meinen Bruder Kicki, mit hochgestreckten Händen und mit einem brüllend vorgebrachten HEIL HITLER begrüßt hatten, das ich und Kicki, aus Leibeskräften mit hochgestreckten Händen HEIL HITLER brüllend, vergebens zu überbrüllen trachteten, bat ich meinen MANN, auf dem sitzflächenlosen Polstersessel Platz zu nehmen. Seine fünf SS-Männer, die allein ihr Alter daran hinderte, angeführt von meinem MANN unverzüglich zu den Schützengräben an der Ostfront zu marschieren, die auch auf meinen Bruder Kicki eine ungemeine Sogwirkung ausübten, mußten hingegen beeindruckend reglos stramm stehen. Wie durften auch weder nach rechts noch nach links, geschweige denn hinauf zu jenem eßtischplattengroßen Loch in unserer Wohnzimmerdecke, an dessen Rändern diese kantigen Trümmerbrocken gefährlich, aber atemberaubend locker herabhingen, oder hinunter auf unseren Wohnzimmerfußboden schauen, durch dessen rissige, hauchdünne Stellen wir samt und sonders wie durch das Eis während einer Tauwetterperiode in den stockfinsteren Keller unserer Ruine stürzen konnten.

Während die fünf SS-Männer, denen mein MANN auf den der Siedlungshaushälfte meiner Eltern gegenüberliegenden Zuckerrübenäckern mit jenem Gebrüll, das nun einmal die Verständigungsweise aller aufrechten Nationalsozialisten war, eine militärische Ausbildung und einen Drill beigebracht hatte, der es ihnen gebot, mit soldatenhaft blind wirkenden, blicklosen Augen geradeaus zu schauen, in die Richtung unseres vergoldeten Bilderrahmens mit der merkwürdig blutbesprenkelt anmutenden, daumenlosen Hand unseres Führers starrend, in Habachtstellung, in ständiger Abrufbereitschaft und ganz Ohr auf einen jener brüllend vorgebrachten Befehle meines MANNES warteten, der eben wegen seiner ständigen Brüllerei an manchen Tagen nur noch wispernd und krächzend HEIL HITLER zu flüstern vermochte, demonstrierte ich meinem MANN, daß ich trotz meiner fragwürdigen ERBMASSE, die ich, wie gesagt, restlos in mir auszumerzen trachtete, die beste FRAU war, die er unter den Mädchen in der GAGFA-Siedlung finden konnte.

Auf einem delligen Tablett, das Kicki aus einem Trümmerhaufen ausgebuddelt hatte, servierte ich meinem MANN, unserem künftigen Führer, der mir schon jetzt eine Dienstbotenschar, die sich aus den Witwen, ewigen Soldatenbräuten, Schwestern und Schwägerinnen jener Feinde rekrutieren sollte, von deren Bataillonen nur mehr große Fetzenhaufen übrigbleiben würden, in Aussicht gestellt hatte, sorgsam arrangierte, annähernd Tortenstücken ähnelnde Trümmerbrocken, ehe ich ihm durch ein von mir aus einem Trümmerhaufen ausgebuddeltes Sieb in einen ebenfalls von mir in einem Trümmerhaufen entdeckten, verbeulten Zinnbecher aus einer zwar henkellosen, aber mit Rosengirlanden verzierten Kaffeekanne, bei der es sich selbstverständlich ebenfalls um einen von unseren Trümmerhaufenfunden handelte, jenes Regenwasser einschenkte, das sich während meiner und Kickis Abwesenheit nur dadurch in der besagten Kaffeekanne angesammelt hatte, daß ich diese Kaffeekanne jedesmal, bevor wir unsere Ruine verlassen mußten, um vor unserer Mutter in der Siedlungshaushälfte unserer Eltern zurück zu sein, wo wir, eine immense Artigkeit ausstrahlend, mit unseren Buntstiften Sonne, Monde, Sternlein oder Engelchen auf Papierbögen malten, nach einer halsbrecherischen Kletterei auf dem Speicher unserer Ruine aufstellte, die kein Dach mehr vor Regen, Hagel oder Schnee zu schützen vermochte.

Mein MANN, der mir, um mich zu befähigen, die besagten Arier zur Welt zu bringen, mit deren Riesengröße verglichen selbst die von uns allen nur als Störenfriede mißachteten Erwachsenen sich wie Zwerge auszunehmen hatten, bei jedem Besuch Schokolade, Lakritze, Brausepulver und Marzipankartoffeln auszuhändigen pflegte, ohne ein Wort darüber zu verlieren, daß er diese Geschenke, von denen ich meinem Bruder Kicki erst nach der Beendigung der Besuche meines MANNES die Hälfte abgeben wagte, aus dem Lebensmittellagerraum seines Vaters, des Lebensmittelladeninhabers Wätz, gestohlen hatte, trank das Regenwasser, das ich ihm durch das verbogene Sieb aus der henkellosen Kaffeekanne in den verbeulten Zinnbecher gegossen hatte, nicht nur mit großen Schlucken aus. Zu meiner Freude bezeichnete er dieses Regenwasser darüber hinaus als köstlich.

Solch ein köstliches Getränk bietet einem sonst niemend an, meinte er.

Das muß gekonnt sein, fügte er hinzu.

Ein derartiges Lob vergönnte mein MANN, der künftige Führer, der SCHWAGER meines von ihm schon jetzt zum General ernannten Bruders Kicki, der seinerseits der künftige Onkel der von mir erst noch zu gebärenden Arier war, keinem einzigen Kind in der ganzen GAGFA-Siedlung, in der er der Herrscher war, dessen Entscheidungen sich selbst Kinder beugten, die nicht nur bereits in die Schule gehen mußten, sondern sogar einen Kopf größer waren als er.

Obwohl meine Mutter meinen MANN als einen Aufschneider zu diffamieren pflegte, der seine Macht allein den Lebensmitteln zu verdanken hatte, die seinem Vater geliefert wurden, der den Verkauf von Lebensmitteln zu Gnadenakten, Gunsterweisungen oder Bestrafungen umzumünzen verstand, vermochte mich diese Frau eines feigen Zivilisten und ruchlosen Vaterlandsverräters, die ich meine Mutter nennen mußte, ebenso wenig wie meinen Bruder Kicki davon zu überzeugen, daß irgendein Zusammenhang zwischen der Macht meines MANNES und den Lebensmitteln seines Vaters bestand, bei dem genießbare Lebensmittel nicht allein mit Lebensmittelmarken und mit Geld, sondern vor allem durch den gleichzeitigen massenhaften Erwerb verfaulter, verschimmelter, verwesender, aasig riechender, ungenießbarer Lebensmitteln zu erlangen waren.

Als die FRAU meines MANNES, dem ich ewige Treue geschworen hatte, zweifelte ich nicht daran, daß er es, egal, wozu er sich auch immer ernennen mochte, egal, welche Entscheidungen er auch immer darüber fällen mochte, welches Kind jeweils zum Bewohner welcher Ruine wurde, egal, welche Ruinenvermietungsgebühren er jeweils für irgendwelche Ruinen in Form von Bombensplittern fordern mochte, auch ohne die Lebensmittel seines Vaters zum Herrscher über die Kinder in der GAGFA-Siedlung, zum Befehlshaber von fünf SS-Männern, zum Oberscharführer und zum Vermieter oder zum Ruinenspekulanten all jener Ruinen, auf die er nach jedem Bombenangriff ein unangefochtenes Besitz-, Verkaufs-, Verwaltungs- und Vermietsrecht geltend machte, gebracht hätte. Mein MANN entschied über die Höhe der Preise jener Ruinen, deren Besitzer viele Kinder in der GAGFA-Siedlung zu werden wünschten. Mein MANN entschied über die Höhe der Mietgebühren jener Ruinen, deren Mieter viele Kinder in der GAGFA-Siedlung zu werden wünschten. Um die geforderten Preise für den Kauf oder für die Miete einer Ruine erstatten zu können, stiegen nicht wenige Kinder nach dem Zubettgehen und nach dem Aufsagen des Nachtgebets: LIEBER GOTT, MACH MICH FROMM, DASS ICH IN DEN HIMMEL KOMM, mit Taschenlampen oder Bunkerlichtern ausgerüstet, in Pyjamas aus den Fenstern ihrer Kinderzimmer, um, während ihre Eltern wähnten, sie schliefen tief und träumten süß, bis zum Anbruch der Morgendämmerung die ganze GAGFA-Siedlung und deren Umgebung nach Bombensplittern zu durchsuchen.

Plackereien dererlei Art waren mir und meinem Bruder Kicki dadurch erspart worden, daß mir mein MANN als Hochzeitsgeschenk eine der schönsten Ruinen vermacht hatte. Die Tatsache, daß er mich obendrein, wenn auch höchst offziell, in meiner Ruine besuchte, betrachteten Kicki und ich, wie gesagt, als Ehrerweisungen, für die wir uns dadurch erkenntlich zu zeigen mühten, daß wir meinen MANN, ohne hierfür Gebühren zu verlangen, unsere Sehenswürdigkeit: nämlich unsere völlig unbeschädigte Klosettschüssel begutachten ließen, was dieser, sobald er das Regenwasser ausgetrunken hatte, stets zu tun pflegte.

Nachdem er unsere Klosettschüssel mit einem Schweigen, welches uns verriet, daß auch für ihn der Anblick unserer Klosettschüssel eine Augenweide war, betrachtet hatte, klappte er, ohne die hohen Gebühren erstatten zu müssen, die wir hierfür von anderenKindern erst nach langem Überlegen erhielten, den leider von einem Riß durchzogenen Klosettdeckel auf und setzte sich, ohne die hierfür noch höheren Gebühren bezahlen zu müssen, die uns nicht viele Kinder zu erstatten vermochten, auf die ein wenig verbogene Klosettbrille.

Wohl wissend, daß er auf unserem Klosett wegen der Unbrauchbarkeit der auf dem Fußboden neben unserer Klosettschüssel liegenden, zerquetschten Wasserspülung seine Notdurft nicht verrichten konnte, öffnete er seinen Hosenlatz. Denn auch für meinen MANN stellte unsere Klosettschüssel keine Klosettschüssel, sondern eines von jenen Geschenken aus dem Himmel dar, die wir allein dem großartigen Weltkrieg zu verdanken hatten, der diese wunderbaren Bombenangriffe mit sich brachte, die unseren Vater, diesen feigen Zivilisten, diesen ruchlosen Vaterlandsverräter, dessen hartnäckige Weigerung, HEIL HITLER zu sagen, außer mir und meinem Bruder Kicki sogar unserer Mutter peinlich war, in Panik zu versetzen und bei meiner Mutter Tränenausbrüche auszulösen vermochten, für die weder ich noch Kicki das geringste Verständnis hatten. Auch von diesem Bombenangriff, den das Schrillen der Sirenen noch immer ankündigte, erhoffte ich mir neue Bombentrichter, die die ohnehin beträchtliche Anzahl meiner Bombensplitter und der Bombensplitter meines Bruders Kicki zu vermehren versprachen.

Auch von diesem Bombenangriff erhoffte ich mir weitere Trümmerhaufen, in denen ich vielleicht endlich jenen Lampenschirm, jenen Rauchtisch und jenen Blumenständer fand, die mir zur Vervollständigung der Wohnzimmereinrichtung in meiner Ruine unentbehrlich erschienen. Auch von diesem Bombenangriff erhoffte ich mir weitere Ruinen und weitere Verschüttete, deren Tod ich schon insofern hocherfreulich fand, als er uns Kindern überhaupt erst den Zutritt zu jenen Ruinen ermöglichte, von denen mein MANN, begleitet von seinen fünf SS-Männern, von Kicki, seinem SCHWAGER, und von meiner Freundin Gaby Glotterthal, nachdem die Leichen der ehemaligen Besitzer, die wir nicht als verstorbene Besitzer, sondern als ärgerliche, nunmehr überwundene Hindernisse betrachteten, weggeschafft worden waren, Besitz zu ergreifen pflegten.

Außerdem erhoffte ich mir von diesem Bombenangriff weitere Blindgänger, über die wir, all den Verboten und Drohungen unserer Eltern zum Trotz, HART WIE KRUPPSTAHL, ZÄH WIE LEDER, FLINK WIE WINDHUNDE und jederzeit bereit, für unseren Führer zu sterben, wie wir es allesamt waren, gerade weil diese Blindgänger jeden Augenblick explodieren konnten, voller Todesverachtung mit ausgebreiteten Armen zwar immer wieder, doch nie so oft wie mein Bruder Kicki balancierten, der jetzt die blutrote Schachtel mit dem pechschwarzen Hakenkreuz, in der sich, wie gesagt die naturgetreuen Miniaturnachbildungen der deutschen Wehrmacht mitsamt der Miniaturnachbildung unseres Führers befanden, mit seinen kleinen, aber kräftigen Händen fest umklammerte, um diese Schachtel, zu deren Erwerb er meine Mutter mit einer unerträglichen Hartnäckigkeit, mit einer lästigen Bockigkeit und mit zermürbenden Beweiserbringungen über die Notwendigkeit, ihr Besitzer zu sein, geradezu getrieben hatte, in unseren Luftschutzraum zu bringen.

Laß diese verfluchte Schachtel gefälligst im Zimmer, herschte meine Mutter, die, nicht anders als mein Vater, grundsätzlich dagegen war, daß in unserem Kinderzimmer dieser großartige Weltkrieg, dessen Ende sie herbeiersehnten, tagtäglich fortgesetzt wurde, meinen Bruder Kicki mit einer bebenden Stimme an, die mir verriet, daß meine Mutter genauso feige wie mein Vater war.

Wenn ich die Schachtel nicht mitnehmen darf, gehe ich nicht in den Luftschutzraum, erwiderte Kicki, der die blutrote Schachtel mit dem pechschwarzen Hakenkreuz noch immer fest umklammerte.

Du wirst sterben, wenn du hier oben im Kinderzimmer bleibst, drohte meine am ganzen Leibe zitternde Mutter mit ihrer bebenden Stimme meinem Bruder, ohne zu ahnen, daß Kicki HART WIE KRUPPSTAHL, ZÄH WIE LEDER und jederzeit bereit war, für unseren Führer zu sterben.

Ohne sich von der Drohung meiner Mutter einschüchtern zu lassen, hockte mein Bruder, die blutrote Schachtel mit dem pechschwarzen Hakenkreuz so fest umklammernd, daß meine Mutter sie ihm nicht einmal zu entreißen versuchte, auf der Kante seines Kinderbetts und blickte voller Bockigkeit meine Mutter an, die mit ihren schwärzlichen Lockenwicklern und ihrem zerknitterten, zerschlissenen, hellblauen Nachthemd, zu dem weder ihre graue Persianerjacke noch ihre goldenen hochhackigen Stöckelschuhe paßten, so liederlich aussah, daß sie meiner Ansicht nach der GESTAPO auffallen mußte, auf deren Auftauchen vor der Haustür der Siedlungshaushälfte meiner Eltern ich und mein Bruder Kicki, wie gesagt, längst gefaßt waren. Mit einem durchdringenden Blick musterte ich meine am ganzen Leibe zitternde Mutter.

Warum hast du eigentlich solche Angst, fragte ich sie, während völlig unvermittelt das Schrillen der Sirenen abbrach.

Weil jeden Augenblick eine Bombe auf unser Häuschen fallen und es in eine Ruine verwandeln kann, unter deren Trümmern wir verschüttet werden, stieß meine Mutter hervor.

Das ist doch kein Grund, eine solche Angst zu haben, belehrte ich sie.

Zum Glück bist du noch zu klein, um verstehen zu können, daß wir alle in Lebensgefahr schweben, unterstellte mir meine Mutter, die mich: die FRAU eines SS-Oberscharführers, mich: die FRAU unseres künftigen Führers, mich: die künftige MUTTER der besagten Arier, mich: die künftige Gebieterin einer sich aus den Witwen, ewigen Soldatenbräuten, Schwestern und Schwägerinnen jener bataillonsweise im Weltkrieg meines MANNES in riesige Fetzenhaufen verwandelten Feinde rekrutierenden Dienstbotenschar, mit den Puppenkleidern, die sie mir für meine längst in die Abstellkammer meiner Eltern verbannte Puppe Adolfine schenkte, nicht zu einem kleinen Mädchen zu degradieren vermochte.

Ich weiß, daß wir alle in Lebensgefahr schweben, entgegnete ich, HART WIE KRUPPSTAHL, meiner zitternden Mutter.

Wenn du das wirklich wüßtest, hättest du ebenfalls Angst, behauptete sie.

Ich hielt diese Behauptung für dermaßen indiskutabel, daß ich, statt meiner Mutter zu widersprechen, schweigend in die Richtung des wegen des VERDUNKELUNGS-Gesetzes mit einem himmelblauen Rouleau, auf das meine Mutter einen Mond und zahlreiche Sterne aus aufklebbarem gelben Buntpapier geklebt hatte, verdeckten Kinderzimmerfensters starrte.

Mir macht es nichts aus, verschüttet zu werden, erklärte schließlich mein Bruder Kicki, der künftige General unseres künftigen Führers, den meine Eltern auch nicht mit Geschenken wie einem Hampelmann zu einem kleinen Jungen abzustempeln vermochten.

Vielmehr hatte Kicki, um zu verhüten, daß die Anwesenheit dieses Hampelmanns der Erhabenheit des von uns in unserem Kinderzimmer tagtäglich geführten Weltkriegs auf eine nicht wiedergutzumachende Art und Weise Abbruch tat, den besagten Hampelmann nicht anders als ich meine Puppe Adolfine, in die Abstellkammer unserer Eltern verbannt, wo diese beiden, für unseren Weltkrieg völlig unbrauchbaren Spielsachen, Seite an Seite gegen die Wand gelehnt, zwischen dem Bügelbrett und dem Nähkasten meiner Mutter sitzend, mehr und mehr in Vergessenheit gerieten.

Mir macht es auch nichts aus, verschüttet zu werden, erklärte ich jetzt meinerseits, nach wie vor HART WIE KRUPPSTAHL, meiner zitternden Mutter.

Redet in Gottesnamen nicht solchen Unsinn, rief sie, indem sie meinen Bruder Kicki, obwohl dieser seine blutrote Schachtel mit dem pechschwarzen Hakenkreuz noch immer fest umklammerte, aus seinem Bett hob und in den Arm nahm.

Ich kann alleine zu dem Luftschutzraum hinuntersteigen, sagte Kicki, der meiner Mutter dadurch, daß er mit seinen zwar kurzen, aber stämmigen Beinen zappelte und sich mit seinem ebenfalls stämmigen Körper gegen den ihn umfassenden Arm stemmte, bewies, daß er kein kleiner Junge war. Er sträubte sich so lange dagegen, in den Luftschutzraum hinuntergetragen zu werden, bis ihn meine Mutter auf den Fußboden des Kinderzimmers stellte.

Mit seiner blutroten Schachtel mit dem pechschwarzen Hakenkreuz in den Händen marschierte Kicki treppabwärts zum Erdgeschoß, während ich, bemüht, meiner zitternden Mutter meine Todesverachtung zu demonstrieren, auf dem Rand meines Kinderbettes sitzenblieb. Ohne mich aus der Ruhe bringen zu lassen, warf ich ihr abermals einen durchdringenden Blick zu.

Warum bist du nicht in der Partei, fragte ich sie.

Statt dumme Fragen zu stellen, solltest du besser schleunigst zum Luftschutzraum hinuntersteigen, erwiderte meine Mutter.

Betont langsam stand ich auf und stieg hinter meinem Bruder Kicki die Treppe zum Erdgeschoß der Siedlungshaushälfte meiner Eltern hinunter, auf deren Mitte angelangt mein Bruder plötzlich stehenblieb und sich nach meiner Mutter, die sich hinter mir mühte, mich zur Eile zu drängen, umdrehte.

Warum ist der Vati auch nicht in der Partei, wollte er von ihr wissen.

Ich habe euch doch gesagt, daß ihr, statt dumme Fragen zu stellen, schleunigst in den Luftschutzraum hinuntersteigen sollt, stieß meine Mutter hervor.

Wir stellen keine dummen Fragen, wies ich sie zurecht.

Doch meine Mutter drängte mich, nicht bereit, mit mir zu diskutieren, abermals zur Eile.

Wenn ich groß bin, gehe ich in die Partei, verkündete mein Bruder Kicki, ehe er seinen Weg treppabwärts fortsetzte. Erst gehe ich in die Partei: Ich bin die Ältere, verkündete ich meinerseits.

Plötzlich detonierte die erste Bombe.

Heute Nacht, um halb Acht, wenn die Fliegerbombe kracht und der Bauch explodiert, kommt ein Blindgänger herausspaziert, Heil Luftschutz, sang ich, während ich ohne jegliche Eile, gefolgt von meiner mich immer wieder zur Eile drängenden Mutter, hinter meinem Bruder, der wie ich keinerlei Eile an den Tag legte, die Treppe zum Erdgeschoß der Siedlungshaushälfte, die meinen Eltern gehörte, hinunterstieg.

In der anderen Siedlungshaushälfte wohnte mit seiner Frau und mit seiner Tochter Rosemarie, die, obwohl sie genauso alt war wie ich, noch immer mit ihrer Puppe spielte, Herr Beselsöder, der im Gegensatz zu meinem Vater nicht nur in der Partei war, sondern es als ein stellvertretender Gauleiter viel weiter gebracht hatte als mein Vater, der sich jetzt, da wir vor dem Kellereingang angelangt waren, mit einem aschfahlen, angstverzerrten Gesicht, mit dem Nähkasten meiner Mutter in der Hand, an meiner Mutter, an mir und an meinem Bruder Kicki vorbeidrängelte. Mit dem Handtuch um dem Hals, mit dem er sich während der Bombenangriffe seinen Schweiß von der Stirn zu wischen pflegte, und in seinem zerknitterten Pyjama, über dem er einen Regenmantel trug, dessen Gürtel auf der Kellertreppe schleifte, wirkte er wie meine Mutter dermaßen liederlich, daß er der Gestapo, die ihn zu meiner Verwunderung und zur Verwunderung meines Bruders Kicki aus für uns unbegreiflichen Gründen noch immer nicht abgeholt und ins KZ gebracht hatte, einfach auffallen mußte.

Ohne uns auch nur eines Blickes zu würdigen, hastete er, offensichtlich wieder einmal dicht daran, in Panik auszubrechen, die Kellertreppe hinunter. Mich überraschte es keineswegs, daß dieser feige Zivilist und ruchlose Vaterlandsverräter einzig und allein den Nähkasten meiner Mutter in Sicherheit zu bringen trachtete, den er ebenso fest umklammerte wie mein Bruder seine blutrote Schachtel mit dem pechschwarzen Hakenkreuz. Denn ich konnte mich an keinen Bombenangriff erinnern, bei dem mein Vater, den schon das Schrillen der Sirenen kopfscheu machte, nicht ausschließlich den besagten Nähkasten, der weder wertvoll noch unersetzbar war, gerettet hätte.

Zwar begriff ich ebensowenig wie mein Bruder, aus welchen Gründen unser Vater, sobald das Schrillen der Sirenen ertönte, mit dem Regenmantel über seinem zerknitterten Pyjama und dem Handtuch um seinen Hals, geradezu besinnungslos zu der Abstellkammer raste, in der der Nähkasten aufbewahrt wurde. Aber ich hatte mich mittlerweile, so widersinnig mir dies auch erschien, daran gewöhnt, daß für meinen Vater, trotz seiner Unfähigkeit, auch nur einen Knopf anzunähen oder das Loch in einem Socken zu stopfen, der Nähkasten meiner Mutter das Wichtigste auf der Welt war, was mein Bruder Kicki als ein Verhalten zu bezeichnen pflegte, das für alle feigen Zivilisten und ruchlosen Vaterlandsverräter typisch sei. Nur meine Mutter ereiferte sich immer wieder von neuem darüber, daß sich mein Vater dermaßen um den Nähkasten sorgte.

Die Kinder können ja getrost krepieren: Hauptsache ist, daß

dem Nähkasten nichts passiert, keifte sie auch jetzt hinter meinen Vater her, bei dem das Schrillen der Sirenen ein Entsetzen hervorzurufen pflegte, das ihn blind und taub, ja, ebenso sprachlos wie unansprechbar zu machen vermochte. Auch in diesem Augenblick reagierte er in keiner Weise auf das Gekeife meiner Mutter.

Zwar gestand er nach jedem Bombenangriff meiner Mutter, die endlich den Grund wissen wollte, der ihn dazu bewog, immer nur den Nähkasten zu retten, daß es ihm selber völlig unbegreiflich sei, was ihn dazu veranlaßte, einzig und allein etwas dermaßen Nebensächliches, ihm völlig Gleichgültiges wie dem Nähkasten in den Luftschutzraum zu schaffen, so als hinge von diesem Nähkasten das Geschick, Leben oder Tod, Glück oder Unglück seiner Familie ab. Er war außerstande, meiner Mutter irgendeine Erklärung darüber zu erteilen, was ihn, sobald die Sirenen zu schrillen begannen, immer wieder an unserer Kinderzimmertür vorbei, durch die jeder andere Vater getreten wäre, um sich zunächst einmal seiner Kinder anzunehmen, in die Abstellkammer trieb, um dort geradezu zwanghaft nach dem Griff dieses Nähkastens zu fassen, der, seinen Äußerungen zufolge, für ihn bedeutungsloser nicht hätte sein können. Er mutmaßte lediglich, daß ihn das Schrillen der Sirenen, wenn auch nur vorübergehend, um seinen Verstand zu bringen schien.

Dennoch hastete er wie bei jedem Bombenangriff so auch jetzt, als wäre ihm Hören und Sehen vergangen, den Griff des Nähkastens umfassend, ohne offensichtlich zu wissen, was er tat, die Kellertreppe hinunter, während mein Bruder und ich einander mit einem bedeutsamen Blick bestätigten, daß nur ein feiger Zivilist und ein ruchloser Vaterlandsverräter wie unser Vater zu Widersinnigkeiten fähig war, über die wir Kinder lediglich die Köpfe schütteln konnten.

Empörend fanden wir allein die Tatsache, daß wir von einem solchen Vater immerzu der Unvernünftigkeit bezichtigt wurden.

Obwohl ausgerechnet unser Vater, der selber nicht verstand, was er da trieb, sobald die Bomben detonierten, mir und meinem Bruder Kicki fortwährend unterstellte, daß wir dies und jenes einfach nicht verstehen könnten, verstanden wir nur allzu gut, daß unserem Vater, der uns, sobald beispielsweise unser Onkel Fritz über etwas dermaßen Interessantes wie die Deportation splitternackter Juden und Jüdinnen, denen die Busen abgeschnitten worden waren, berichtete, aus dem Wohnzimmer zu schicken pflegte, vor dessen Tür wir lauschend dennoch manches, wenn auch nur höchst lückenhaft, in Erfahrung brachten, bei weitem mehr an diesem Nähkasten als an seinem Vaterlande lag.

Als er die unterste Stufe der Kellertreppe erreicht hatte, riß der hölzerne Griff des hölzernen Nähkastens ab, den unser Vater, der uns ständig unsere Schlamperei vorwarf, auf eine dermaßen schlampige Art und Weise nach jeder Entwarnung zu reparieren pflegte, daß dieser Griff bei nahezu jedem Bombenangriff frühestens auf der untersten Stufe der Kellertreppe, spätestens in dem zum Luftschutzraum führenden Kellervorraum wieder abriß.

Krachend plumpste der Nähkasten auch jetzt auf den Kellerboden, über den sich das gesamte Nähzeug meiner Mutter ergoß. Während Kicki und ich nichts anderes erwartet hatten, starrte unser Vater, der, obwohl der Griff dieses Nähkastens, wie gesagt, bei jedem Bombenangriff abzureißen pflegte, gerade das, was zu erwarten war, nicht erwartet hatte, fassungslos, als wäre etwas ganz Entsetzliches geschehen, indem er den Nähkastengriff fest mit einer Hand umklammerte, auf die über den Kellerfußboden verstreuten Zwirnsrollen, Stecknadeln, Nähnadeln, Sicherheitsnadeln, Fingerhüte, Scheren, Stopfeier, Häkchen, Ösen, Druckknöpfe, Maßbänder, Stickrahmen, Schulterpolster, Reißverschlüsse und Schweißblätter.

Das hat mir gerade noch gefehlt, stieß er hervor, ehe er vor der untersten Stufe der Kellertreppe in die Knie ging, den abgerissenen Nähkastengriff so achtsam, als wäre er eine Kostbarkeit, neben sich auf den Kellerboden legte und mit fahrigen Handbewegungen, nachdem er mehrfach genau neben das, was er zu ergreifen beabsichtigte, gegriffen hatte, einzig und allein darauf bedacht, im Nähkasten Ordnung zu schaffen, zunächst einmal die Schweißblätter in diesen Nähkasten einzuordnen begann.

Als gleichzeitig mehrere Bomben detonierten, zuckte er allerding so heftig zusammen, daß er mit seinen zittrigen Händen statt Ordnung eine Unordnung im Nähkasten schuf, die er von neuem zu ordnen bemüht war. Bei seinem Herumhantieren mit den Schweißblättern konzentrierte er sich so ausschließlich darauf, Ordnung im Nähkasten zu schaffen, daß er, abgesehen von den Schweißblättern, die er immer wieder zurechtrückte, ehe er mit einem schiefgelegten Kopf und zusammengekniffenen Augen überprüfte, ob irgendein Schweißblatt schräg lag oder ob die Abstände zwischen den einzelnen Schweißblättern miteinander übereinstimmten, nicht mehr wahrzunehmen schien.

Obwohl wir ihn, um überhaupt an ihm vorbeizukommen, weil er vor der untersten Stufe der Kellertreppe kniend, uns, ohne sich dessen bewußt zu sein, den Weg zum Luftschutzraum versperrte, beim Durchzwängen durch die schmale Lücke zwischen seiner über den Nähkasten gebeugten Gestalt und der Kellerwand nicht nur streifen, sondern obendrein ein Stück zur Seite drängen mußten, nahm mein Vater weder meinen Bruder Kicki noch mich, geschweige denn meine Mutter zur Kenntnis, die trotz ihres Zornes über die Vernachlässigung jener Pflichten, die ihrer Ansicht nach von einem Familienoberhaupt erfüllt zu werden hatten, sprachlos über die Art und Weise, in der ihr Mann und Vater ihrer Kinder, ungeachtet der Lebensgefahr, in der seine Familie schwebte, den Nähkasten zum Mittelpunkt einer Welt machte, in der das Weltgeschehen im Schaffen einer Ordnung all jener Schweißblätter bestand, die er da, hauptsächlich auf die Regelmäßigkeit der Abstände zwischen diesen oftmals ganz verschwitzten Schweißblättern und auf die makellose Korrektheit ihrer Lage achtend, nebeneinander im Nähkasten reihte und übereinander schichtete, in Anbetracht des bodenlosen Unfugs, den ihr Mann in seiner Todesfurcht da trieb, kein Sterbenswort hervorbrachte.

Das hat mir gerade noch gefehlt, zischte mein Vater immer wieder, indem er sein Augenmerk so intensiv auf die, wie gesagt, oftmals völlig verschwitzten Schweißblätter im Nähkasten meiner Mutter lenkte, daß er jetzt trotz der pausenlos detonierenden Bomben nicht einmal mehr zusammenzuckte.

Sogar der stellvertretende Gauleiter Beselsöder, der ihm, hinter dem niedrigen Notausgang stehend, der vor kurzem durch die Kellerwand, die das Zweifamiliensiedlungshaus in zwei Hälften trennte, gebrochen worden war, mit einem brüllend vorgebrachten HEIL HITLER, HERR DOKTOR WELSNER begrüßte, vermochte meinen Vater nicht aus seiner Geistesabwesenheit zu reißen. Statt zumindest GUTEN ABDEND, HERR BESELSÖDER zu sagen, hob er lediglich stirnrunzelnd den über den Nähkasten gesenkten Kopf und blickte kurz in die Richtung des Notausgangs, zu dem ich jetzt, gefolgt von meinem Bruder Kicki, der noch immer die blutrote Schachtel mit dem pechschwarzen Hakenkreuz fest umklammerte, auf Zehenspitzen schlich.

War da nicht irgendein Geräusch? wollte mein Vater von uns wissen.

Herr Beselsöder hat HEIL HITLER gesagt, erwiderte ich meinem Vater.

Heil denen, die kein Unheil stiften, rief er, ehe er sich wieder in die Ordnung der Schweißblätter im Nähkasten vertiefte.

HEIL HITLER, Herr Beselsöder, begrüßten ich und mein Bruder Kicki den stellvertretenden Gauleiter, dessen stramm stehende Stiefel und dessen zwei kurze Hosenbeinstücke der braunen Uniform hinter dem Notausgang zu sehen waren. Obwohl

Herr Beselsöder unseren HITLER-Gruß nicht erwiderte, starrten ich und mein Bruder wie gebannt die Stiefel und die Hosenbeinstücke der braunen Uniform des stellvertretenden Gauleiters an, dessen Gestalt und dessen Gesicht die Kellerwand über dem Notausgang verbarg.

Trotzdem wußten wir genau, wie dieser stellvertretende Gauleiter aussah. Denn versteckt hinter den Stachelbeersträuchern vor dem Gartenzaun, der den Garten unserer Eltern vom Garten des Herrn Beselsöder trennte, hatten wir oft genug, sobald er in seinem Garten auf dem Steinplattenweg auf und ab marschierte, dessen Uniform, dessen Stiefel, dessen zackige Gangart, dessen knallende Schritte und die schneidende Stimme bestaunt, mit der dieser stellvertretende Gauleiter meinem Vater, der mich und meinen Bruder schon dadurch kompromittierte, daß er statt HEIL HITLER zu brüllen, in einer normalen Lautstärke GUTEN MORGEN, GUTEN TAG oder GUTEN ABEND zu sagen pflegte, ein brüllend vorgebrachtes HEIL HITLER zu Ohren kommen ließ.

Diese Bombenangriffe müssen wir eben für den ENDSIEG auf uns nehmen, brüllte in diesem Augenblick der stellvertretende Gauleiter Beselsöder, dessen Mund sich hoch über dem Notausgang befinden mußte, meinem Vater zu.

Doch abermals überhörte mein Vater die brüllend vorgebrachte Äußerung des stellvertretenden Gauleiters. So, als wäre er damit beauftragt worden, die ordentlichste Ordnung zu schaffen, die seit Menschengedenken je in einem Nähkasten geschaffen worden war, mühte sich mein Vater, im Nähkasten meiner Mutter der ihm offensichtlich vorschwebenden Vorstellung jener denkbar ordentlichsten Ordnung durch ein ständiges Zurechtrücken und Umgruppieren auch jener zum Teil verschwitzten Schweißblätter gerecht zu werden, die er, wie ein Tier auf allen Vieren über den Kellerboden kriechend, aufklaubte, ohne sich der Schändlichkeit seines Verhaltens im Hinblick auf den noch immer hinter dem Notausgang stramm stehenden stellvertretenden Gauleiter, der sich doch lediglich mit ihm über die Bombenangriffe unterhalten wollte, die wir seiner Ansicht nach, für den ENDSIEG auf uns nehmen mußten, bewußt zu sein.

Obwohl der Anblick der Stiefel und der beiden Hosenbeinstücke der Uniform des stellvertretenden Gauleiters Beselsöder für uns eine Augenweide darstellte, an der wir uns nicht satt zu sehen vermochten, zerrte uns meine Mutter, während ringsum Bomben detonierten, mit einem aschfahlen Gesicht in den Luftschutzraum, der kalkweiß, schlauchförmig und fensterlos war. Zudem tauchte diesen Luftschutzraum die von seiner Decke herabhängende nackte Glühbirne in ein dermaßen grelles Licht, daß Kicki und ich jedesmal blinzeln mußten, wenn wir den besagten Luftschutzraum betraten, in dessen vorderem Teil sich zwei Eisentüren befanden, deren Gewicht die Angeln, an denen sie befestigt waren, aus den Wänden zu reißen drohte. Zwischen den beiden Eisentüren stand eine Kiste voller Märchenbücher, aus denen uns unsere Eltern, trotz ihrer Absicht, uns daraus vorzulesen, damit wir in Anbetracht der Bombendetonationen nicht jene Angst bekamen, die wir ihrer Ansicht nach hätten bekommen müssen, wegen ihrer eigenen Angst noch nie während eines Bombenangriffs noch nie ein einziges Märchen vorgelesen hatten. Im hinteren Teil des Luftschutzraums war gerade Platz genug für zwei schmale Feldbetten, in die meine Mutter jetzt erst meinen Bruder Kicki, der unverzüglich seine blutrote Schachtel mit dem pechschwarzen Hakenkreuz unter dem Kopfkissen seines Feldbetts in Sicherheit brachte, und daraufhin mich hob, während in näherer Nähe erneut eine Bombe detonierte.

War das ein Ami oder ein Tommy, fragte ich meinen Bruder, der anhand der Detonationsgeräusche festzustellen vermochte, welcher Bombentypus jeweils explodierte.

Das war ein Ami, erwiderte mir Kicki mit der Sachlichkeit eines Fachmannes.

Die Amis schaffen schönere Schäden als die Tommis, meinte ich.

Den Amis haben wir die schönsten Geschenke aus dem Himmel zu verdanken, entgegnete Kicki.

Was redet ihr da denn schon wieder für einen Unsinn, fiel ihm meine Mutter ins Wort.

Der Kicki redet keinen Unsinn: Er kennt sich mit Bomben viel besser aus als du, verteidigte ich meinen Bruder.

Wenn ich gewußt hätte, was für eine grauenvolle Kindheit euch durch diesen Adolf Hitler beschert werden würde, hätte ich euch nicht auf die Welt gebracht, jammerte meine Mutter.

Wir haben die schönste Kindheit, die man sich vorstellen kann, widersprach ich ihr, während ringsum Bomben detonierten.

Schlaft jetzt, Kinder, sagte meine Mutter, indem sie die rechte Luftschutzraumtür schloß.

Aber bei einem Bombenangriff zu schlafen, erschien mir und Kicki noch widersinniger als der Unfug, den unser Vater noch immer im Kellervorraum trieb. Die draußen vonstatten gehende Zerstörung entfachte in uns eine Zerstörungswut, die Trümmer, Schutt, Asche, Ruinen und Verschüttete in Hülle und Fülle forderte. Mit bösartig funkelnden Augen saßen wir in unseren Feldbetten und lauschten, berauscht wie von den Klängen einer wunderbaren Musik, den Bombendetonationen.

Bis zum Vergasen könnte ich Bomben detonieren hören, flüsterte ich meinem Bruder zu, mit dem ich, wie alle Kinder in der GAGFA-Siedlung, kaum daß unsere Mutter mit ihrer leeren Einkaufstasche und mit ihrem leeren Einkaufsnetz in aller Herrgottsfrühe das Haus verlassen hatte, VERGASERLENZ zu spielen pflegte, indem ich alle Gashähne auf der Küchenherdplatte in der Küche unserer Eltern aufdrehte und, nicht anders als Kicki, so lange mit gesenktem Kopf das aus den Gashähnen strömende giftige Gas einatmete, bis wir beide auf eine wundervolle Art und Weise schwindlig waren.

Schlaft jetzt, Kinder, wiederholte meine Mutter, die uns trotz ihrer Drohung, uns in das Kinder-KZ einzuliefern, das sie das KINDER-KZ AM WALDESRAIN zu nennen pflegte, nicht daran hindern konnte, auch auf die Gefahr hin, von ihr hierbei ertappt zu werden, VERGASERLENZ zu spielen. Sie war auch außerstande, uns jetzt dazu zu bringen, uns, indem wir schliefen, ein dermaßen denkwürdiges Ereignis wie diesen Bombenangriff entgehen zu lassen.

Hoffentlich werden genügend Häuser in der GAGFA-Siedlung von Bomben getroffen, flüsterte ich meinem Bruder zu.

Wir haben noch viel zu wenig Ruinen, erwiderte mir Kicki, der sich mit dem Gedanken trug, kraft seiner Verschwägerung mit meinem MANN und mithilfe jener von ihm massenhaft gesammelten Bombensplitter eine eigene Ruine zu kaufen.

Morgen früh durchsuchen wir, sobald die Mutti zum Einkaufen gegangen ist, mit meinem MANN, mit seinen SS-Männern und mit Gaby Glotterthal die GAGFA-Siedlung so lange, bis wir für dich eine Ruine gefunden haben, in der du dich wirklich wie zuhause fühlst, versprach ich meinem Bruder eben wispernd, als so nah eine Bombe detonierte, daß nicht nur die Wände des Luftschutzraums zu wanken begannen. Der vibrierende Fußboden brachte unsere Feldbettmatratzen so stark zum Beben, daß wir kichern mußten, als säßen wir in einem Karussell.

Plötzlich sprang die von meiner Mutter soeben erst geschlossene rechte Luftschutzraumtür auf und knallte zu unserer Erheiterung gegen die Kiste mit den Märchenbüchern, aus denen uns unsere zutode verängstigten Eltern bei einem Bombenangriff noch nie ein einziges Märchen vorgelesen hatten, ehe diese rechte Luftschutzraumtür wieder, wie von Gespenstern zugeschlagen, krachend ins Schloß fiel. Wild pendelte die von der

Decke des Luftschutzraums herabhängende nackte Glühbirne hin und her. Doch noch lustiger fanden wir die Tatsache, daß an der Decke dieses Luftschutzraums ein langer, diagonal verlaufender Riß entstand, aus dem Kalkbröckchen auf uns niederrieselten.

Selbst mein Vater entrann dank dieser Bombendetonation, über die ich hymnisch äußerte: DAS IST ER, DER TOTALE KRIEG, seiner gigantischen Geistesabwesenheit. Mit einem verschwitzten Schweißblatt in seiner vor Schweiß glitschigen Hand, aus der dieses verschwitzte Schweißblatt zu Boden glitt, stürzte dieser feige Zivilist, mit einem Mal FLINK WIE EIN WINDHUND in unseren Luftschutzraum. Seine keineswegs arischen dunkelbraunen Haare standen ihm zu Berge. Seine keineswegs arischen grünen Augen quollen aus seinen Augenhöhlen. Seine Augäpfel waren butterfarben. An seinen Schläfen traten bläuliche Adern hervor. Sein Gesicht hatte die Farbe eines Kloßteigs.

Das haben wir diesem Adolf Hitler zu verdanken, brüllte er, ehe er sich keuchend gegen die rechte Luftschutzraumtür lehnte.

Unser Häuschen, unser wunderschönes Häuschen, schluchzte meine Mutter, der die Tränen aus den Augen schossen. Sie flossen nicht: sie ergossen sich förmlich über ihr Gesicht.

Voller Hilflosigkeit streichelte mein Vater, ohne dem verschwitzten Schweißblatt das ihm aus seinen glitschigen Händen zu Boden geglitten war, die geringste Beachtung schenken, die häßlichen Lockenwickler auf dem Kopf meiner Mutter.

Wenn doch nur endlich wieder Frieden wäre, schluchzte meine Mutter, indem sie ihr tränennasses Gesicht mit ihrem hellblauen zerknitterten und zerschlissenen Nachthemd trocknete.

Bald wird wieder Frieden sein, Trudelchen, suchte sie mein Vater zu trösten, während noch immer ringsum Bomben detonierten.

Was ist Frieden, fragte ich meinen Vater.

Daß du nicht weißt, was Frieden ist, hast du diesem Adolf Hitler zu verdanken, brüllte er.

Umbringen könnte ich diesen Verbrecher, fügte er fauchend vor Haß hinzu.

So etwas darfst du doch in Anwesenheit der Kinder nicht sagen: Sie erzählen es nur herum, warnte ihn meine Mutter.

Der Führer erfährt alles: Der Führer weiß alles: Deswegen ist er ja unser Führer, erklärte mein Bruder.

Wiederum detonierten in nächster Nähe mehrere Bomben.

Unser Häuschen, unser wunderschönes Häuschen, jammerte meine Mutter.

Aber mein Vater versuchte diesmal nicht, sie zu trösten. Vielmehr starrte er stirnrunzelnd auf den diagonal von der einen Ecke der Luftschutzraumdecke bis zur entgegengesetzten Ecke der Luftschutzraumdecke verlaufenden Riß, aus dem auf unsere Köpfe noch immer Kalkbröcklein rieselten, an denen wir wie an Bonbons zu lutschen begannen.

Dieser Riß gefällt mir ganz und gar nicht, meinte mein Vater.

Das wäre ja noch schöner wenn er dir gefiele, kreischte ihn meine Mutter an.

Ich sehe jetzt nach, was passiert ist, entgegnete mein Vater, indem er auf die linke, noch immer offenstehende Luftschutzraumtür zuging.

Doch ehe er den Luftschutzraum verlassen konnte, hielt ihn meine Mutter an seinem Regenmantel fest.

Ich will nicht wissen, was passiert ist, kreischte sie so laut, daß mein Vater unschlüssig vor der linken Luftschutzraumtür stehenblieb.

Aber wir müssen doch wissen, ob wir verschüttet sind, erwiderte er meiner Mutter.

Ich will auch nicht wissen, ob wir verschüttet sind, kreischte sie, während ich verstohlen die Hände unter die Bettdecke meines Feldbetts schob, mir meine Wollstrümpfe auszog und hingebungsvoll meine juckenden Beine zu kratzen begann. Zwischendurch schaute ich beunruhigt hinauf zur Decke des Luftschutzraums.

Was mich beunruhigte, war keineswegs der diagonal durch diese Decke verlaufende Riß, sondern die Tatsache, daß mit einemmale keine Bomben mehr detonierten. Mit angehaltenem Atem lauschte ich. Aber es war nicht einmal mehr eine entferntere Detonation zu vernehmen.

Plötzlich begannen die Sirenen von neuem zu schrillen.

Das ist leider schon die Entwarnung, sagte mein Bruder Kicki voller Enttäuschung. Auch ich war enttäuscht.

Nur meine Eltern schienen alles andere als enttäuscht zu sein.

Was heißt hier LEIDER, schnauzte mein Vater meinen Bruder Kicki an.

Bitte schimpf diese armen Kinder nicht: Durch diesen Weltkrieg sind sie völlig mißraten, bat meine Mutter meinen Vater, ehe sie ihm aufatmend die Hand drückte. Hand in Hand standen unsere Eltern, die uns MISSRATEN nannten, in ihrer ganzen Liederlichkeit zwischen den beiden Eisentüren vor der Kiste voller Märchenbücher im Luftschutzraum.

Zum Glück sind wir noch am Leben, meinte mein Vater, ohne zu merken, daß er mit dieser Äußerung mir und meinem Bruder Kicki, der jetzt die blutrote Schachtel mit dem pechschwarzen Hakenkreuz unter dem Kopfkissen seines Feldbetts hervorzog, verriet, daß er im Gegensatz zu uns nicht bereit war, jederzeit für unseren Führer zu sterben.

Hoffentlich steht unser Häuschen nicht in Flammen, stieß meine Mutter hervor, die nicht ahnte, wie willkommen uns jene Flammen, vor denen sie Angst hatte, gewesen wären.

Kann ich jetzt nachsehen, was passiert ist, erkundigte sich mein Vater bei ihr.

Ich fände es entsetzlich, wenn wir verschüttet wären, erwiderte mit einer bebenden Stimme meine Mutter.

Uns macht es nichts aus, verschüttet zu sein, erklärte ich meinen Eltern, die mir und meinen Bruder Kicki jetzt befahlen, so lange im Luftschutzkeller zu bleiben, bis wir von ihnen geholt wurden.

Hand in Hand verließen sie den Luftschutzraum und stiegen die Kellertreppe hinauf.

Hand in Hand schlich ich mit meinem Bruder Kicki die Kellertreppe hinauf bis zum Kellerausgang hinter ihnen her.

Nachdem wir zu unserem Bedauern festgestellt hatten, daß die Siedlungshaushälfte unserer Eltern nicht in Flammen stand, stiegen wir wieder treppabwärts und kletterten in unsere Feldbetten.

Über meinem Kopf hörte ich meine Eltern von einem Zimmer ihres Häuschens zum nächsten eilen, ohne daß meine Mutter oder mein Vater durch offensichtlich nicht vorhandene hauchdünne Fußbödenstellen in den Keller stürzten. Den Geräuschen, die sie verursachten, nach zu urteilen, waren die bei diesem Bombenangriff entstandenen Schäden allem Anschein nach nicht nennenswert. Statt aus ihren Angeln zu stürzen, fielen immer wieder Türen ins Schloß. Auch das Geprassel der Scherben, die aus geöffneten Schranktüren zu Boden fielen, bestätigte mir, daß wieder einmal nichts für die Vervollständigung der Wohnzimmereinrichtung meiner Ruine Brauchbares zu Bruch gegangen zu sein schien.

Ich fand diesen Bombenangriff nicht besonders interessant, sagte ich zu meinem Bruder Kicki.

Aber Kicki schien mir nicht zuzuhören. Mit einer unglückseligen Miene blickte er in die Richtung seines Bauches.

Was hast du denn, fragte ich ihn.

Ich habe, obwohl ich schon zum General ernannt worden bin, ins Bett gemacht, stammelte er, indem er die blutrote Schachtel mit dem pechschwarzen Hakenkreuz beiseite schob, seine Bettdecke hochhob und mir den großen, gelben, nassen Urinflecken auf der Mitte seines Lakens zeigte.

Ungerührt betrachtete ich diesen Urinflecken.

Du bist ein Bettnässer, konstatierte ich.

Es ist einfach so aus meinem Pimmel herausgelaufen, stammelte mein Bruder.

Ein Bettnässer darf nicht in die Partei, entgegnete ich ihm.

Glaubst du, der Führer erfährt, daß ich ins Bett gemacht habe, fragte mich Kicki mit zuckenden Mundwinkeln.

Der Führer erfährt alles: Der Führer weiß alles: Deswegen ist er ja unser Führer, belehrte ich ihn.

Verzweifelt begann mein Bruder, den großen, gelben, nassen Urinflecken auf der Mitte seines Lakens trockenzureiben.

Du bist selber schuld, daß du jetzt auch nicht mehr General werden darfst: Nicht einmal SA-Mann kann ein Bettnässer werden, erklärte ich ihm.

Kann ein Bettnässer wenigstens stellvertretender Gauleiter werden, erkundigte sich Kicki bei mir.

Voller Unerbittlichkeit schüttelte ich den Kopf.

Ein Bettnässer kann nur KZler werden: Du kommst ins KZ: Alle KZler machen ins Bett, erwiderte ich, fest überzeugt von der Wahrhaftigkeit der Enthüllungen meiner Freundin Gaby Glotterthal, immerhin der Tochter eines Obermedizinalrats, die mir vor einiger Zeit auseinandergesetzt hatte, daß alle KZler, abgesehen davon, daß es sich bei ihnen samt und sonders um Kommunisten und somit gleichzeitig, weil alle Kommunisten Juden und weil alle Juden Kommunisten waren, um Juden handelte, Bettnässer waren.

Mein Bruder fing trotz seiner Bemühung, stets HART WIE KRUPPSTAHL zu sein, zu weinen an. Wie er da schluchzend neben der blutroten Schachtel mit dem pechschwarzen Hakenkreuz auf der Mitte des Urinfleckens in seinem Feldbett hockte, bot er in der Tat ein Bild des Jammers.

Ich fand sein Los zwar hart, aber unabwendbar.

Kann ich deine Schachtel mit der deutschen Wehrmacht und mit unserem Führer haben, wenn du von der Gestapo abgeholt worden bist, erkundigte ich mich bei ihm.

Doch mein Bruder Kicki schüttelte nicht nur den Kopf. Vielmehr legte er obendrein schützend die Hand auf die blutrote Schachtel mit dem pechschwarzen Hakenkreuz, in der sich die deutsche Wehrmacht und unser Führer befanden.

Die nehme ich mit ins KZ, entgegnete er mir, ehe er, als bestände für ihn doch noch der Rest einer Aussicht auf Rettung, fortfuhr, den großen, gelben, nassen Urinflecken auf der Mitte seines Lakens trockenzureiben.

II

Ein Ereignis, das uns märchenhaft erschien, ließ bei mir und bei meinem Bruder Kicki das ihm zwar von mir prophezeite, aber aus irgendeinem Grund nicht eingetretene Geschick, als KZler sein Dasein fristen zu müssen, gänzlich in Vergessenheit geraten. Dieses Ereignis bestand darin, daß im Verlauf des letzten Bombenangriffs, den ich voreilig als nicht besonders interessant bezeichnet hatte, eine Bombe in unserem Garten explodiert war. Obwohl diese Bombe bei ihrer Detonation die äußere Seitenwand der Siedlungshaushälfte unserer Eltern eingedrückt, sämtliche Fensterscheiben in den Fenstern dieser Siedlungshaushälfte zerschmettert, die meisten Spalierobstbäume, Stachelbeersträucher und Himbeerbüsche entwurzelt oder sogar zerfetzt und unseren Rasen total ruiniert hatte, betrachteten wir den Bombentrichter als ein Geschenk aus dem Himmel.

Ohne meinen MANN oder dessen SS-Männer, geschweige denn meine Freundin Gaby Glotterthal über das besagte märchenhafte Ereignis zu informieren, durchsuchten mein Bruder Kicki und ich, ständig in Schmutz und Dreck herumwühlend, den Bombentrichter und dessen näheres und entfernteres Umfeld, das heißt das, was von unserem Garten übriggeblieben war, dessen Zaun unseren privaten Bombentrichter dem Zugriff aller anderen Kinder in der GAGFA-Siedlung entzog, so lange Tag für Tag, während der Zeit, in der unsere Mutter vor dem Lebensmittelladen des Vaters meines MANNES Schlange stehen mußte, nach Bombensplittern, bis unsere vier CAMELIA-Schachteln schier vor Bombensplittern barsten.

Nachdem wir diese Bombensplitter massenweise gehortet hatten, hasteten wir, FLINK WIE WINDHUNDE, kaum daß unsere Mutter wieder einmal das Haus verlassen hatte, mit dem Vorsatz, möglichst rasch ein Attentat auf den Vater meines MANNES, den Lebensmittelladeninhaber Wätz zu verüben, mit jeweils zwei CAMELIA-Schachteln voller Bombensplitter unter den Armen zu der Ruine, auf die meiner Freundin Gaby Glotterthal von meinem MANN, nicht nur wegen des Wissens, das sich die Tochter des Obermedizinalrats durch das Belauschen der Gespräche ihrer Eltern und durch das Aushorchen ihres großen Bruders Werner angeeignet hatte, ohne Entgelt ein Besitzrecht zuerkannt worden war. Gaby Glotterthal hatte dieses Besitzrecht auf eine Ruine, deren Sehenswürdigkeit ein völlig unbeschädigtes Waschbecken mit einem Warmwasserhahn, aus dem nicht einmal ein Tropfen warmen Wassers rann, sowie mit einem Kaltwasserhahn, aus dem kein Tropfen kalten Wassers rann, und einem Stöpsel, der wegen des Warm- wie Kaltwassermangels kein Wasser am Durchfließen zu hindern vermochte, nicht zuletzt jenen Kostbarkeiten zu verdanken, auf die sie durch gründlichste Durchforstungen des Lazaretts, das ihr Vater leitete, gestoßen war.

Weil sich die Tochter dieses Obermedizinalrats mit ihrer Unschuldsmiene Zugang zu jenem Operationssaal zu verschaffen wußte, in dem ihr Vater den frisch aus der Ostfront eingelieferten, verwundeten, verstümmelten, verkrüppelten oder sterbenden Soldaten, in denen meine Freundin keine Kriegsversehrten, keine Krüppel oder keine für das Vaterland Gefallenen, sondern lediglich Fundgruben für die von allen Kindern in der GAGFA-Siedlung heißbegehrten Kugeln sah, eben jene garantiert echten russischen Kugeln herausoperierte, besaß Gaby Glotterthal, die nichts dabei fand, die heißbegehrten, garantiert echten russischen Kugeln aus einem Abfalleimer, der neben dem Operationstisch ihres Vaters stand, aus ebenfalls herausoperierten Lungenflügeln, Nieren, Ohrmuscheln, Augen, Zungen oder aus amputierten Fingern, Händen, Armen, Zehen, Füßen, Beinen, Hodensäcken oder Gedärmen herauszufischen, mittlerweile eine ansehnliche Sammlung jener heißbegehrten, garantiert echten russischen Kugeln besaß, die sie von dem Blut, das sie besudelte, reinigte, um sie daraufhin zu polieren.

Von diesen garantiert echten russischen Kugeln einmal abgesehen, war Gaby Glotterthal zudem die Besitzerin einiger von den in Reih und Glied stehenden Holzbeinen, die sie in einem Lazarett-Lagerraum für Kriegsversehrten- oder Kriegskrüppelbedarf gleichermaßen aufgespürt hatte, wie jene Schachteln voller blauer, grüner, grauer oder brauner Glasaugen aufgespürt hatte, die ebenfalls unter den Kindern in der GAGFA-Siedlung einen hohen Kurswert hatten. Außerdem hatte sie sich, dank der Unschuldsmiene, die sie anläßlich ihrer Diebstähle aufzusetzen pflegte, und dank der Krokodilstränen, die sie anläßlich ihrer Diebstähle im Hinblick auf das Geschick der verwundeten, verstümmelten, verkrüppelten oder sterbenden Soldaten aus ihren kleinen, ungemein engstehenden, zumeist gehässig, aber, wenn Not am Manne war, untröstlich dreinschauenden Augen, ein ganzes Lager jener von ihr in den Medikamentenschränken des

Lazaretts aufgespürten, codeinhaltigen Hustensaftflaschen, die EKSPEKTUSIN hießen, zugelegt, so daß sie imstande war, für zehn Bombensplitter den rapide steigenden Bedarf der Kinder in der GAGFA-Siedlung, die nach EKSPEKTUSIN-Hustensaft lechzten, zu befriedigen.

Als ich und mein Bruder mit unseren vier CAMELIA-Schachteln voller Bombensplitter vor der Ruine der Gaby Glotterthal angelangt waren, riefen wir beide, um die von ihr verlangten Eintrittsgebühren zu sparen, vor dem Kellerloch, durch das meine Freundin in ihre Ruine zu kriechen pflegte, die Tochter des Obermedizinalrats Doktor Glotterthal, der meine Freundin, diese unverfrorene Diebin, als MEIN ENGELSKINDCHEN zu bezeichnen pflegte, so lange und so laut, bis diese, verschmutzt mit Schutt und Asche, aus dem besagten Ruinenloch herauskroch.

Ohne ein Wort zu verlieren, zeigten wir dieser Diebin, deren Habgier keine Grenzen kannte, zunächst einmal unsere schier vor Bombensplittern berstende CAMELIA-Schachteln, um ihre Habgier ins Unermeßliche zu steigern, ehe ich ihr mit der Förmlichkeit einer Geschäftsfrau mitteilte, daß mein Bruder Kicki, der General meines MANNES, von ihr eine von den garantiert echten russischen Kugeln und außerdem eines von den Holzbeinen, die sie aus jenem Kriegsbehinderten-Bedarfs-Lagerraum gestohlen hatte, in dem sich auch bis zur Decke reichende Krückenstapel sowie ausgestopfte schwarze Handschuhe, die sich die deutschen Soldaten, um trotz der Ermangelung der hierfür zum Hochstrecken notwendigen Hände HEIL HITLER zu sagen imstande zu sein, über ihre Armstümpfe stülpen konnten, sowie Särge und Rollstühle befanden, als der General unseres künftigen Führers, zu einem günstigen Preis zu erwerben gedachte.

Was mich selbst betraf, so informierte ich meine Freundin Gaby Glotterthal mit einer Beiläufigkeit, die meine Besitzgier bemänteln sollte, darüber, daß ich mich für ein Glasauge sowie für fünf Flaschen EKSPEKTUSIN-Hustensaft interessierte.

Nachdem wir uns auf den mit Trümmerbrocken besäten Rasen vor dem Kellerloch, durch das Gaby Glotterthal in ihre Ruine hinein- und aus ihrer Ruine herauszukriechen pflegte, niedergesetzt hatten, trieben ich und mein Bruder Kicki, den seine Habgier zu Glanzleistungen im Feilschen inspirierte, Gaby Glotterthal, indem wir immer wieder aufstanden und glaubwürdigste Anstalten trafen, unverrichteterdinge zu gehen, falls sie nicht Wertminderungen ihrer Kostbarkeiten, die wir als Schund und Plunder bezeichneten, vornähme, soweit, daß sie aus Furcht, zwei dermaßen wohlbetuchte Kunden, wie ich und mein Bruder Kicki es dank unserer Bombensplitter waren, zu verlieren, die Preise auf eine uns letztlich akzeptabel erscheinende Art und Weise senkte.

Obwohl wir im Verlauf unserer Verhandlungen mehrfach dicht daran gewesen waren, uns zu prügeln, uns zu kratzen, uns zu beißen und uns gegenseitig unsere alles andere als arischen Haare auszureißen, krochen wir am Ende handelseinig und friedfertig, ohne Eintrittsgebühren in Form von fünf Bombensplittern erstatten zu müssen, gemeinsam mit Gaby Glotterthal durch das besagte Kellerloch in deren Ruine, wo sie ein Wohnzimmer eingerichtet hatte, von dem wir uns trotz des zwar lehnenlosen, aber ansonsten mit burgunderrotem Samt bezogenen Kanapees, das ihr die SS-Männer meines MANNES in dieses Wohnzimmer transportiert hatten, trotz der in zwei Hälften gesprengten Marmorplatte eines Rauchtischs, dessen Gestell unauffindbar war, und trotz des elektrischen Staubsaugers, der mir fast genauso wertvoll wie unsere Rundfunkempfängereinfassung erschien, in keiner Weise beeindruckt zeigten.

Hochnäsig, ja, geradezu blasiert, nahmen ich und mein Bruder Kicki auf dem lehnenlosen Kanapee Platz, während Gaby Glotterthal völlig damit beschäftigt war, die Kostbarkeiten, die wir mit unseren Bombensplittern zu erwerben beabsichtigten, aus den Trümmerbrocken, unter denen sie sie verborgen hatte, zutage zu fördern. Fachmännisch begutachteten wir erst die beiden Holzbeine, die die Tochter des Obermedizinalrats erst aus den Zeitungen, in die sie sie gewickelt hatte, wickeln mußte, ehe sie uns diese Holzbeine, von denen das eine ein rechtes Holzbein und das andere ein linkes Holzbein war, auf der in zwei Hälften gesprengten Marmorplatte eines Rauchtischs präsentierte.

Fachmännisch begutachteten wir die in einer Zigarrenschachtel aufbewahrten, garantiert echten russischen Kugeln, die uns die Tochter des Obermedizinalrats auf der in zwei Hälften gesprengten Marmorplatte vorführte. Fachmännisch begutachteten wir die blauen, grünen, grauen oder braunen Glasaugen, die wir uns von Gaby Glotterthal zeigen ließen. Nur die Fünf ESPEKTUSIN-Hustensaftflaschen, die meine Freundin unter den Trümmerbrocken zum Vorschein brachte, kaufte ich ihr ohne langes Federlesen ab.

Während es meinem Bruder Kicki äußerst schwerfiel, die Entscheidung zu treffen, ob er sich das rechte oder das linke Holzbein zulegen sollte, während es meinem Bruder Kicki äußerst schwerfiel, die Entscheidung zu treffen, welche der ihm von Gaby Glotterthal in der Zigarrenschachtel feilgebotenen, garantiert echten russischen Kugeln er erwerben sollte, bereitete es mir keinerlei Kopfzerbrechen, unter den Glasaugen, die mir von Gaby Glotterthal angepriesen wurden, ein arisch blaues Glasauge auszuwählen, das ich, nachdem ich hierfür in Form von Bombensplittern den geforderten, stark reduzierten Preis bezahlt hatte, auf meine Handfläche legte und, enttäuscht darüber, daß es mich nicht anblickte, umso hartnäckiger anblickte, ehe ich mit großen Schlucken eine von den fünf EKSPEKTUSIN-Hustensaftflaschen austrank, was mich dermaßen benommen machte, daß ich meinen Bruder Kicki bei seinen entscheidungen im Hinblick auf die Wahl eines der beiden Holzbeine oder im Hinblick auf die Wahl einer von den garantiert echten russischen Kugeln mit Rat und Tat zur Seite zu stehen außerstande war.

Völlig bedudelt beobachtete ich, wie Kicki seine zwar stämmigen, aber viel zu kurzen Beine erst in das linke und daraufhin in das rechte Holzbein zu stecken versuchte. Obwohl diese beiden Holzbeine einem erwachsenen Soldaten nur bis zu den Knien reichen sollten, waren beide Holzbeine so lang, daß mein Bruder darin versunken wäre, wenn ihm von Gaby Glotterthal nicht hastig das linke wie das rechte Holzbein von seinen Beinchen gezerrt worden wäre. Völlig bedudelt beobachtete ich auch, daß Gaby Glotterthal die Füße der beiden zur Debatte stehenden Holzbeine und diese beiden Holzbeine etwa bis zu deren Wadenhöhe mit dem Zeitungspapier ausstopfte, in das sie die besagten Holzbeine gewickelt hatte. Erst als mein Bruder Kicki mit dem bis zur Wadenhöhe ausgestopften rechten Holzbein über seinem rechten Bein und mit einer von den garantiert echten russischen Kugeln in der Hand, deren Deformation von der Wucht des Einschusses kundete, durch das Wohnzimmer in der Ruine meiner Freundin Gaby Glotterthal hin- und her-, vor- und zurückhumpelte, war ich wieder in der Lage, seine Frage, ob er jetzt endlich wie ein frisch von der Ostfront in ein Lazarett transportierter Kriegsversehrter aussähe, der sein rechtes Bein für den ENDSIEG geopfert hätte, zu beantworten.

Jeder, dem du so über den Weg läufst, wird dich für einen Kriegsversehrten halten, versicherte ich ihm.

Sehe ich aus, als hätte ich, HART WIE KRUPPSTAHL, dem Tode ins Auge geschaut? wollte mein Bruder von mir wissen.

Du schaust so aus, als würdest du mehr vom Tod als vom Leben verstehen, beteuerte ich ihm dermaßen glaubwürdig, daß er das ausgestopfte rechte Holzbein für die geforderten einhundert Bombensplitter erwarb.

Obwohl wir alle noch nicht zur Schule gehen mußten, konnten wir selbstverständlich schon deshalb bis hundert zählen, weil dies für unsere Geschäftsabschlüsse notwendig war. Erst zählte mein Bruder Kicki jene einhundert Bombensplitter auf der in zwei Hälften gesprengten Marmorplatte ab. Dann zählte Gaby Glotterthal das, was mein Bruder, der kein Betrüger sein wollte, abgezählt hatte, auf der gleichen in zwei Hälften gesprengten Marmorplatte nach. Ungeachtet der Tatsache, daß Gaby Glotterthal beim Nachzählen der von meinem Bruder Kicki, der eineinhalb Jahre jünger als meine Freundin war, abgezählten Bombensplitter zwei Zählfehler unterliefen, die zur Folge hatten, daß die Tochter des Obermedizinalrats, bedingt durch den ersten Zählfehler, von meinem Bruder Kicki einen Bombensplitter zuviel forderte und daß die Tochter des Obermedizinalrats, bedingt durch ihren zweiten Zählfehler, meinem Bruder Kicki, der dies ablehnte, einen Bombensplitter zurückzugeben versuchte, einigten wir uns letztendlich darauf, daß wir allesamt redliche Geschäftsleute waren, die niemanden übers Ohr zu hauen trachteten.

Mit dem rechten, bis zur Wadenhöhe mit Zeitungspapier ausgestopften Holzbein unter dem einen Arm, mit den beiden fast leeren CAMELIA-Schachteln unserer Mutter, die angeblich IHRE TAGE hatte, unter dem anderen Arm und mit der vom Blut gereinigten, polierten, garantiert echten russischen Kugel von der Ostfront in der Hosentasche hastete mein Bruder Kicki, FLINK WIE EIN WINDHUND, gemeinsam mit mir, der Besitzerin eines arisch blauen Glasauges, das ich in meiner Mundhöhle lutschte und beleckte, und der Besitzerin von leider nur noch vier EKSPEKTUSIN-Hustensaftflaschen, die ich in meine Umhängetasche gesteckt hatte, und nicht zuletzt der Besitzerin von zwei unter meine Arme geklemmten, immerhin noch fast bis zur Hälfte mit Bombensplittern gefüllten CAMELIA-Schachteln, erpicht darauf zu erfahren, was diese TAGE waren, die meine Mutter hatte, zu unserer Ruine, wo wir unsere Schätze, nicht anders als Gaby Glotterthal, unter Trümmerbrocken verbargen, um zu verhüten, daß sie während unserer Abwesenheit von anderen Kindern trotz unserer Drohung, jeden Dieb in jenes KINDER-KZ AM WALDESRAIN einzuliefern, gestohlen wurden.

Nur die garantiert echte russische Kugel von der Ostfront, die nicht etwa kugelrund, sondern eher wohl bedingt durch ihre Einschußwucht beulenartig, ja, geradezu furunkelhaft anmutete, so als hätten sie werweißwieviele Knochen ungemein geprellt, behielt mein Bruder Kicki, gewissermaßen als ein Indiz für die Existenz jener Ostfront, zu der es ihn hinzog, in seiner Hosentasche, während ich mein arisch blaues Glasauge so lange mit meinen Zähnen zu meiner Zunge beförderte, bis ich es zu meinem Entsetzen verschluckte.

Bitte hilf mir, Kicki, flehte ich meinen Bruder an.

Was ist denn passiert, erkundigte er sich erschrocken.

Ich habe mein arisches Glasauge verschluckt, röchelte ich.

Versuch, es wieder zu erbrechen, riet mir mein Bruder.

Das kann ich nur, wenn du mir einen Finger in den Mund steckst, röchelte ich.

Mein Bruder steckte mir seinen Zeigefinger in den Mund. Mich überkam ein Brechreiz. Dennoch war es mir unmöglich, das arische Glasauge auszuspeien.

Das einzige, was ich erbrach, war der EKSPEKTUSIN-Hustensaft.

Glaubst du, daß ich mit diesem arischen Glasauge in meinem Magen sterben werden, erkundigte ich mich bei meinem Bruder, dicht daran, in Panik auszubrechen.

Es wird nicht lange in deinem Magen bleiben, beteuerte mir mein Bruder.

Wenn es nicht aus deinem Mund herauskommt, wird es bestimmt aus deinem Popo herauskommen, fügte er, obwohl er von uns beiden der Jüngere war, fast väterlich hinzu.

Ich ekle mich davor, es aus meinem Aa herauszufischen, röchelte ich.

Wenn du dich davor ekelst, mußt du es eben mit deinem Aa aus der Toilette spülen, riet mir Kicki.

Hoffentlich sterbe ich nicht, jammerte ich.

Du bist doch sowieso bereit, jederzeit für unseren Führer zu sterben, sagte mein Bruder.

Aber dieses verfluchte arische Glasauge ist doch nicht unser Führer, fiel ich ihm in einem weinerlichen Tonfall ins Wort.

Laß dir eines sagen: Du mußt, was immer auch wegen dieses arischen Glasauges mit dir geschieht, HART WIE KRUPP-STAHL bleiben, ermahnte mich mein Bruder Kicki dermaßen nachdrücklich, daß ich plötzlich sogar bereit war, wegen dieses arischen Glasauges zu sterben.

III

Erst nachdem ich am nächsten Morgen nach einer fast schlaflosen Nacht beim Aa-Machen etwas, das mein arisches Glasauge sein konnte, in die Klosettschüssel meiner Eltern hatte plumpsen hören, das ich, nachdem ich es in meinem Aa nicht hatte entdecken können, mit meinem Aa durch die Wasserspülung aus dem Klosettbecken wegschwemmte, beschloß ich mit meinem Bruder Kicki meinen MANN über das Vorhandensein des Bombentrichters in unserem Garten zu unterrichten. Die Verspätung dieser Unterrichtung beabsichtigte ich mit der angeblich ständigen Anwesenheit meiner Mutter zu entschuldigen, die mich und meinen Bruder Kicki angeblich daran gehindert hatte, die Siedlungshaushälfte unserer Eltern auch nur für einen Augenblick zu verlassen.

Mit einer von meinen nunmehr vier EKSPEKTUSIN-Hustensaftflaschen in meiner Umhängetasche, mit der ich meinen MANN beschwichtigen wollte, hastete ich, nun endlich dazu imstande, die von anderen Kindern zweifellos in der Zwischenzeit längst bewohnten neuen Ruinen, die von anderen Kindern zweifellos in der Zwischenzeit längst durchforsteten neuen Bombentrichter und die ebenfalls von anderen Kindern in der Zwischenzeit längst durchwühlten neuen Trümmerhaufen in der GAGFA-Siedlung zumindest in Augenschein zu nehmen, mit meinem Bruder Kicki, der seine garantiert echte russische Kugel von der Ostfront in seiner Hosentasche, in ein Spitzentaschentuch meiner Mutter gewickelt, bei sich trug, zu der Ruine meines MANNES, bei der es sich um die allerschönste Ruine in der vor kurzem wegen des Bombenangriffs des Tommy moosgrün angestrichenen GAGFA-Siedlung handelte.

Denn die Ruine meines MANNES konnte man nicht nur durch eine allerdings nur noch an einer Angel hängende, unverschließbare Haustür betreten, deren Wert ein Briefkastenschlitz noch erhöhte, durch den wir, damit mein MANN Post bekam, Briefcouverts zu schieben pflegten, in denen sich Zettel befanden, auf die wir, weil wir weder schreiben noch lesen konnten, Hakenkreuze, die von Judenstern-Girlanden umkränzt waren, mit Buntstiften malten.

Das eigentliche Prunkstück der Ruine meines MANNES stellte eine völlig unbeschädigte Badewanne dar, in der erst mein MANN, dann ich, dann mein Bruder Kicki, dann meine Freundin Gaby Glotterthal und schließlich der Reihe nach die fünf SS-Männer, die mein MANN brüllend befehligte, splitternackt ausgezogen und für eine Minute lang langgestreckt liegend, unsere wasserlosen Wannenbäder zu nehmen pflegten.

Als eine Sehenswürdigkeit betrachteten wir auch den Balkon, der an einer von den nicht eingestürzten Außenwänden der Ruine meines MANNES so locker hing, daß er, sobald man diesen Balkon betrat, so heftig schlingerte, daß nur die Kinder, die wie ich oder mein Bruder Kicki HART WIE KRUPPSTAHL waren und jederzeit bereit, für unseren Führer zu sterben, auf diesen Balkon einen Fuß zu setzen wagten.

Mein MANN, der letztlich die Berechtigung seines hohen Ansehens, damit dieses nicht unversehens sank, immer wieder unter Beweis zu stellen hatte, hielt mit beiden Beinen auf diesem schlingernden Balkon stehend, brüllend vorgebrachte Ansprachen, bei denen er uns stets mit LIEBE VOLKSGENOSSEN UND GENOSSINNEN anredete, ehe er uns entweder von den Siegen unserer tapferen deutschen Wehrmacht an der Ostfront berichtete oder uns auf die Verleumdungen unseres Führers von seiten Churchills hinwies, den wir voller Empörung nur noch das englische Lügenmaul nannten, wenn er, mein MANN , uns nicht von der Notwendigkeit der Fortsetzung unserer Pogrome überzeugte, bei denen wir bislang vergebens auf der Suche nach einem einzigen von jenen Millionen Juden, die, den Äußerungen unseres Führeres zufolge, unsere ERBMASSE zu verunreinigen und unser völkisches Brauchtum in den Schmutz zu ziehen trachteten, so lange FLINK WIE WINDHUNDE kreuz und quer durch die ganze, moosgrün gestrichene GAGFA-Siedlung rasten, bis wir zur Entgeisterung unserer Eltern, die nicht begriffen, aus welchen Gründen wir uns dermaßen verausgabten, zutode erschöpft in deren Siedlungshaushälften taumelten, wo wir in unsere Kinderbetten sanken und unverzüglich einschliefen, ohne etwas gegessen, ohne uns gewaschen, ohne uns ausgezogen oder die Zähne geputzt zu haben.

Auch an diesem Tag fanden mein Bruder und ich meinen

MANN wieder einmal breitbeinig auf dem schlingernden Balkon seiner Ruine stehend vor, wo er wieder einmal brüllend seine fünf SS-Männer und meine Freundin Gaby Glotterthal von der Notwendigkeit unserer Pogrome zu überzeugen bemüht war. Strammstehend, mit soldatenhaft blind wirkenden, blicklos geradeaus gerichteten Augen, lauschten, ganz Ohr, die fünf SS-Männer, meines MANNES: nämlich der SS-Mann Adolf Dittmeier, der Sohn eines erwachsenen SS-Mannes, der im fernen Polen für seine Verdienste um die ENDLÖSUNG, unter der sich keiner von uns etwas vorzustellen vermochte, schon mehrfach ausgezeichnet worden war: der SS-Mann Gustav Ege, der Sohn eines Bibliothekars, der an der Ostfront gefallen war: der SS-Mann Manfred Schmer, der Sohn eines Oberlehrers, der in einer ebenso grundlosen wie unergründlichen Wut seinen von ihm ausnahmslos als HUNDSKNOCHEN bezeichneten Schülern und Schülerinnen Schläge auf die Handrücken zu versetzen pflegte mit seinem angeblich beim Hinabsausen pfeifenden, zischenden, ja sogar raubtierhaft fauchenden Lineal: der SS-Mann Erich Rübsam, der Sohn eines Drogisten, der beide Beine bis eine Handbreit über seinen Knien an der Ostfront für den ENDSIEG geopfert hatte: und schließlich der SS-Mann Leo Zöpel, Sohn eines Dentisten, der zurecht davor zitterte, seinen Rang wegen des Verhaltens seines Vaters einzubüßen, der sich nicht nur wie mein Vater grundsätzlich weigerte, HEIL HITLER zu sagen. Vielmehr drohte der Dentist Doktor Zöpel, zu dessen Patienten bezeichnenderweise mein Vater zählte, seinen Sohn, den SS-Mann Leo Zöpel, dadurch um seinen Rang zu bringen, daß er, dieser verabscheuenswerte ADOLF-HITLER-Gegner, ohne sich darum zu scheren, daß sich die Mehrzahl seiner ehemaligen Patienten inzwischen von anderen Zahnärzten, in deren Wartezimmern ADOLF-HITLER-Bilder hingen, ihre Zähne ziehen ließen, davon Abstand nahm, selbst in seinem immer leerer werdenden Wartezimmer zumindest ein kleines ADOLF-HITLER-Bild aufzuhängen.

Um trotz seines Vaters, der wie mein Vater aus dem simplen Aufhängen eines ADOLF-HITLER-Bildes eine Staatsaffäre machte, seinen Rang nicht zu verlieren, stand Leo Zöpel auch jetzt noch strammer als die übrigen SS-Männer meines MANNES vor dessen schlingernden Balkon. Nur um trotz seines Vaters, der sich genauso wie mein Vater mit meiner Mutter, mit seiner Mutter stritt, die wie meine Mutter im Aufhängen eines kleinen ADOLF-HITLER-Bildes kein Umstürzen irgendwelcher Grundsätze sah, seinen Rang nicht zu verlieren, blickte Leo Zöpel noch unbeirrbarer als die übrigen SS-Männer meines MANNES geradeaus. Nur um trotz seines Vaters, dem der Anblick eines ADOLF-HITLER- Bildes in seinem Wartezimmer, wie der Anblick eines ADOLF-HITLER-Bildes in seinem Wohnzimmer meinem Vater, ein Dorn im Auge war, seinen Rang nicht zu verlieren, lauschte Leo Zöpel noch angespannter als die übrigen SS-Männer meines MANNES dessen brüllend vorgebrachter Ansprache über die Notwendigkeit der Fortsetzung unserer Pogrome.

Wir werden diese Pogrome erst abbrechen, wenn wir einen von diesen Millionen Juden gefunden haben, HEIL HITLER, beendete mein MANN in diesem Augenblick seine Ansprache.

SS-Oberscharführer BEFEHL, WIR FOLGEN DIR, brüllten die fünf SS-Männer, ehe sie beiseite traten, um meinen MANN, dem jetzt der SS-MANN Leo Zöpel, offensichtlich in der Hoffnung, hiermit seinen Rang zu retten, die rechte Hand hochstrekkend, ein brüllend vorgebrachtes HEIL WÄTZ zurief, Platz zu machen.

Ohne sich den Stolz, mit dem ihm dieses HEIL WÄTZ erfüllen mußte, anmerken zu lassen, marschierte mein MANN jetzt auf mich zu, um daraufhin, als handle es sich um einen Tribut, der gezollt werden mußte, die ihm von mir hingestreckte EKSPEKTUSIN-Hustensaftflasche entgegenzunehmen.

Nachdem ich ihn über das Vorhandensein eines Bombentrichters in unserem Garten unterrichtet und die Verspätung dieser Unterrichtung mit der angeblich ständigen Anwesenheit meiner Mutter entschuldigt hatte, brachen wir alle, angeführt von meinem MANN, FLINK WIE WINDHUNDE zur Besichtigung des besagten Bombentrichters in unserem Garten auf, vor dessen Tor angelangt, ich und mein Bruder Kicki zwar nicht von meinem MANN, dafür aber von dessen fünf SS-Männern und von meiner Freundin Gaby Glotterthal Eintrittsgebühren in der Höhe von fünf Bombensplittern und Besichtigungsgebühren in der Höhe von zehn Bombensplittern forderten und auch erhielten.

Obwohl die Sehenswürdigkeit unseres Bombentrichters dadurch, daß die Nachbarn unserer Eltern in den besagten Bombentrichter, um ihn aufzufüllen, ihre Abfälle warfen, arg beeinträchtigt war, zeigten sich mein MANN, dessen fünf SS-Männer und meine Freundin Gaby Glotterthal vom Anblick unseres Bombentrichters, an dessen Rand sie schweigend, ja, fast andächtig standen und in den sie ebenfalls schweigend, ja, geradezu andächtig hinabblickten, tief beeindruckt.

Was sie ebenfalls tief beeindruckte, waren die entwurzelten oder zerfetzten Spalierobstbäume, Stachelbeerbüsche und Himbeersträucher sowie unser total ruinierter Rasen, den mein Vater, statt darauf Gras zu säen, sobald er aus jenem DIEMENS-Werk heimgekommen war, in dem etwas dermaßen Überflüssiges wie Transformatoren hergestellt wurden, die weder Räder hatten, die für den Sieg rollten, noch Kanonenrohre vorwiesen, von denen ganze russische Bataillone in große Fetzenhaufen zu verwandeln gewesen wären, in der Absicht, einen Kartoffelacker zu schaffen, im Schweiße seines Angesichts umzugraben pflegte.

Bemüht, meinen MANN, dessen fünf SS-Männer und meine

Freundin Gaby Glotterthal, deren ohnehin kleine, ungemein engstehende Augen sich vor Neid darüber hinaus zu Äuglein verkleinerten, noch tiefer zu beeindrucken, wies ich sie auf jene völlig verwüsteten Stellen hin, auf denen sich vor dem Bombenangriff unsere Schaukel, deren Gestänge völlig zerknickt in unserem Bombentrichter unter den Abfällen der Nachbarn meiner Eltern lag, sowie unser Sandkasten befunden hatten, in dem wir, statt mit den dummen Sandkastenformen, die unsere Mutter für uns gekauft hatte, Sandkuchen zu backen, im Sommer auf der linken, das heißt östlichen Seite, wo sich die Ostfront mitsamt den Schützengräben, und auf der rechten, das heißt der westlichen Seite, wo Groß-Deutschland mitsamt dem Führerhauptquartier gewesen war, links bis zum letzten Blutstropfen für den ENDSIEG gekämpft und rechts Bombenangriffe mit allem Drum und Dran in Szene gesetzt hatten.

Mein MANN war von den Verwüstungen, die die Detonation der Bombe, bei der es sich, den Äußerungen Kickis zufolge, um einen Ami gehandelt haben mußte, dermaßen angetan, daß er nicht nur mich zu diesem freudigen Ereignis beglückwünschte. Während ich seine Glückwünsche mit der gebotenen Förmlichkeit entgegennahm, ließ die Förmlichkeit meines Bruders Kicki, der trotz der Gründlichkeit unserer Durchforstungen des Bombentrichters und des Gartens zu seiner Freude gerade doch noch einen Bombensplitter entdeckt hatte, so viel zu wünschen übrig, daß ich Kicki zuzischelte, er möge gefälligst einen Bückling machen.

Nachdem Kicki meiner Anweisung Folge geleistet hatte, veranstalteten wir wieder eines von unseren Pogromen, obwohl wir der Ansicht waren, daß für jene Millionen Juden, von denen viele mit arischen Frauen etwas getrieben haben sollten, das RASSENSCHANDE hieß, in den KZs nie und nimmer genügend Platz sein könnte. Doch während unserer Hetzjagd, bei der wir nicht nur FLINK WIE WINDHUNDE, sondern obendrein blutrünstig wie Jagdhunde waren, stießen wir in der GAGFA-Siedlung, deren moosgrüner Anstrich ebenso wenig Schutz vor Bombern bot wie die Luftschutzräume, nur auf Kinder und Erwachsene, denen man es auf den ersten Blick ansah, daß sie nicht zu den untersten Untermenschen: das heißt zu den Juden zählen konnten, von deren Äußerem wir zwar höchst vage, aber außerordentlich grausige Vorstellungen hatten.

Irgendwo muß doch ein Jude sein, dem man es von weitem ansehen kann, daß er ein Jude ist, sagte ich japsend zu meinem MANN, neben dem ich durch die Straßen der GAGFA-Siedlung hetzte.

Gerade weil man es ihnen schon von weitem ansehen muß, daß sie Juden sind, verstehe ich nicht, warum wir noch immer keinen einzigen von ihnen gefunden haben, erwiderte ebenfalls japsend mein MANN.

Weißt du, woran man es ihnen schon von weitem ansehen kann, daß sie Juden sind, fragte ich ihn japsend.

Ich weiß nur, daß man es ihnen schon von weitem ansehen kann, entgegnete japsend mein MANN, ehe wir, immerzu nach etwas Ausschau haltend, dessen unermeßliche Abscheulichkeit unser Vorstellungsvermögen überstieg, unser Pogrom so lange fortsetzten, bis wir uns, taumelnd vor Erschöpfung, zu den Siedlungshaushälften unserer Eltern schleppten.

Am liebsten möchte ich mich jetzt einfach auf dem Gehsteig langlegen, hechelte mein Bruder Kicki, der sich kaum mehr auf den Beinen halten konnte.

Das möchte ich auch am liebsten: Aber wir müssen HART WIE KRUPPSTAHL und ZÄH WIE LEDER bleiben, ermahnte ich ihn ebenfalls hechelnd, ehe ich, in der Absicht, ihn zu stützen, meinen rechten Arm um seine Schultern legte. Aber statt Kicki zu stützen, stütze ich mich dergestalt auf ihn, daß er, indem er mich mitriß, auf dem Gehsteig niederfiel.

Obwohl wir uns bei unserem Sturz die Arme, die Hände und

die Knie aufgeschürft hatten, empfanden wir die Zeit, in der wir dicht nebeneinander auf dem Gehsteig lagen, als eine Rastpause, die uns immerhin befähigte, uns wieder mit vereinten Kräften vom Gehsteig zu erheben und uns gegenseitig stützend, Arm in Arm die letzte Strecke unseres Heimwegs zurückzulegen.

Unsere körperliche Verfassung war dermaßen desolat, daß meine Mutter und mein Vater bei unserem Anblick völlig entgeistert waren.Fassungslos starrten sie unsere zerrauften Haare, unsere vor Schweiß glitschigen Gesichter, unsere aufgeschürften, schlaff herabhängenden Arme, unsere aufgeschürften, weichen Knie und unsere geöffneten trockenen Münder an, aus denen ein Hecheln drang, das ihnen verriet, wie schonungslos wir uns abgehetzt hatten.

Was habt ihr getrieben, wollte meine Mutter wissen.

Wir haben bloß FANGERLENZ gespielt, japste ich.

Was verstehst du unter FANGERLENZ, erkundigte sich mein Vater bei mir.

Genau das, was du, als Berliner HASCHMICH nennst, japste ich, indem ich, außerstande, mich länger auf den Beinen zu halten, mit meinem Bruder Kicki, auf dem gebohnerten Boden des Windfangs der Siedlungshaushälfte meiner Eltern niedersank.

Beim HASCHMICH-Spielen hetzt sich doch kein Kind so ab, wie ihr beide es getan zu haben scheint, behauptete mein Vater.

Wir wollten einfach nicht gefangen werden, japste Kicki.

Um beim HASCHMICH-Spielen nicht gefangen zu werden, läuft man doch nicht so, als liefe man um sein Leben, warf meine Mutter ein.

Wenn man gefangen wird, muß man nur noch schneller rennen, japste mein Bruder Kicki, dem bereits die leider nicht arisch blauen, sondern grünen Augen zugefallen waren.

Ich bin überzeugt davon, daß diese beiden Bälger etwas ganz

anderes als HASCHMICH-Spielen getrieben haben, sagte meine Mutter zu meinem Vater.

So wie Lisa und Kicki spielt kein Kind auf dieser Erde HASCHMICH, pflichtete ihr mein Vater bei, während mein Bruder Kicki im Windfang zu schlafen begann und mir meine leider nicht arisch blauen, sondern bloß grünen Augen zufielen.

Sie lügen wie gedruckt, hörte ich meine Mutter noch zu meinem Vater sagen, ehe auch ich auf dem gebohnerten Fußboden des Windfangs einschlief.

IV

Wieder einmal waren drei Bombenangriffe verflossen, die mir und meinem Bruder Kicki, dem meine Mutter mit ihren langwierigen Verhören ebenso wenig wie mir das Geständnis, daß wir statt FANGERLENZ zu spielen, Pogrome zu veranstalten pflegten, hatte entlocken können, zu einer Mehrung der Bombensplitter in unseren CAMELIA-Schachteln und zur Vervollständigung der Einrichtung unseres Ruinen-Wohnzimmers, in dem jetzt das zwar tischplattenlose, dafür jedoch aus Messing bestehende Gestell eines Rauchtisches stand, verholfen hatten, als wir dank meiner Freundin Gaby Glotterthal, die wieder einmal, vor der geschlossenen Wohnzimmertür stehend, ein Gespräch ihrer Eltern belauscht hatte, endlich erfuhren, wo wir einen von den lang genug vergebens gesuchten Juden finden konnten.

Den Erläuterungen der Tochter des Obermedizinalrats zufolge handelte es sich um einen Jungen namens Rudi Tründel, der, weil sein Vater Kommunist und somit gleichzeitig ein Jude war, ebenfalls ein Jude sein mußte. Gaby Glotterthal erzählte uns auch, daß der Vater des besagten Juden, nämlich der Kommunist Bruno Tründel, sich Jahre lang in einem Wandschrank, den seine Frau Rosa Tründel durch einen davor gestellten anderen Schrank völlig verdeckte, versteckt gehalten hatte. Trotzdem war der Kommunist Bruno aufgrund der Anzeige eines Mitbürgers, der auf irgendeine Art und Weise dahinter gekommen war, wo sich das Versteck des besagten Kommunisten befand, vor geraumer Zeit gegen Mitternacht von der GESTAPO abgeholt und ins KZ deportiert worden.

Auch hatte der Kommunist Bruno Tründel, der wie alle Kommunisten ein Jude sein mußte, statt anstandshalber heimlich, still und leise von der Bildfläche zu verschwinden, bei seiner Festnahme ein ungehörig großes Trara gemacht. Zur Empörung der Eltern von Gaby Glotterthal hatte der Kommunist, den Äußerungen meiner Freundin zufolge, bei seiner Festnahme ein mir noch nie zu Ohren gekommenes Lied, das mit der Verszeile: VÖLKER HÖRT DIE SIGNALE! AUF ZUM LETZTEN GEFECHT! begann, so unverschämt laut gesungen, daß seine Nachbarn nicht nur aus dem Schlaf geschreckt worden waren. Durch den unverschämt lauten Gesang des Kommunisten Bruno Tründel, der, wie gesagt, wie alle Kommunisten ein Jude sein mußte, hatte dieser Jude seine Nachbarn, die mit nichts etwas zu tun haben wollten, die von dem, was sie nicht zu wissen wünschten, nichts wissen wollten und von dem, was sie nicht zu hören wünschten, nichts hören wollten, mit seinem unverschämt lauten Gesang von etwas in Kenntnis gesetzt, von dem sie unter keinen Umständen in Kenntnis gesetzt zu werden wünschten.

Weil sich, den Äußerungen meiner Freundin zufolge, die aus dem Schlaf geschreckten Nachbarn des Kommunisten trotz dessen unüberhörbar lautem Gesang, allesamt so verhalten hatten, als schliefen sie dennoch tief und fest, grüßte die Frau dieses Kommunisten: nämlich Rosa Tründel, die in einer Büstenhalterfirma Näherin war, seither keinen von ihren Nachbarn mehr. Auch hatte sie ihrem Sohn Rudi Tründel verboten, mit den Kindern all jener Eltern in der moosgrün gestrichenen GAGFA-Siedlung zu spielen, die, statt zu fragen: WIE GEHT ES DENN IHREM MANN oder statt zu sagen: DAS IST JA ENTSETZLICH, DASS MAN IHREN MANN, DER KEINER FLIEGE ETWAS ZULEIDE GETAN HAT, ZUSAMMEN MIT LUSTMÖRDERN UND SITTLICHKEITSVERBRECHERN INS KZ EINGELIEFERT HAT, samt und sonders so taten, als hätten sie keine Ahnung davon, daß der Kommunist Bruno Tründel derzeit Seite an Seite mit Lustmördern und Sittlichkeitsverbrechern im Außenlager eines KZs einen Tunnel durch einen Sandberg zu graben hatte.

Aufgrund der Tatsache, daß, den Äußerungen meiner Freundin zufolge, alle Eltern in der GAGFA-Siedlung so taten, als hätte der vor dem Beginn des DRITTEN REICHES wegen seines Humors allgemein geschätzte Kommunist, der selbst die humorlosesten Menschen zum Lachen zu bringen vermochte, niemals existiert, hatte der Sohn dieses Kommunisten: der Jude Rudi Tründel stets so still und so leise im Garten seiner Eltern gespielt, daß er von uns, all unseren Pogromen zum Trotz nicht aufgespürt worden war.

Ohne Gaby Glotterthal, die zudem behauptete, daß sie die Fähigkeit besäße, zu riechen, welches Kind ein Arier, also ein Herrenmensch, und welches Kind ein Jude, also ein Untermensch der untersten Sorte wäre, hätten wir uns wohl niemals vor der Ruine meines MANNES versammelt, der mit einer mir und meinem Bruder von unserer Mutter versagten Spritzpistole bewaffnet war, während wir, durchaus darauf gefaßt, daß dieser Jude Widerstand leisten würde, immerhin über dicke, abgebrochene Äste verfügten. Allein Gaby Glotterthal, die behauptete, daß ein Hauptmerkmal aller Juden Feigheit wäre, war unbewaffnet erschienen. Außer einer ganzen Umhängetasche voller EKSPEKTUSIN-Hustensaftflaschen, von der ein jeder von uns für sich eine Flasche erwarb, hatte sie aber einen aus einem aufklebbaren Buntpapierbogen ausgeschnittenen, grellgelben, handflächengroßen Judenstern mitgebracht.

Nachdem wir diesen Judenstern, der verriet, daß die Tochter des Obermedizinalrats in kluger Voraussicht zu handeln verstand, mit der gebührenden Anerkennung gewürdigt hatten, stärkten wir uns zunächst einmal mit ein paar großen Schlucken EKSPEKTUSIN-Hustensaft, ehe wir Anstalten trafen, den Juden Rudi Tründel, solange dessen Mutter, die, wie gesagt, in einer Büstenhalterfirma einen Büstenhalter nach dem anderen nähte, außerhauses war, im Garten jener Siedlungshaushälfte zu überrumpeln, an deren Gartentorpfosten sich ein für uns unentzifferbares Namensschild befand, auf dem, den Versicherungen eines Schulkinds zufolge, in kleinen schwarzen Lettern der Name TRÜNDEL zu lesen stand.

Angeführt von meinem MANN, marschierten wir hinter dessen fünf SS-Männern zu der besagten Siedlungshaushälfte mit dem besagten Namensschild, um, dort angelangt, so geräuschlos, wie es uns nur möglich war, über das Gartentor zu klettern und daraufhin durch den Vorgarten um die Siedlungshaushälfte der Tründels herum zu schleichen, ehe wir brüllend: WIR SIND DIE GESTAPO in den Garten stürmten, wo der Jude Rudi Tründel uns dadurch die Fassung raubte, daß er ein arisch rotblonder, arisch blauäugiger, sommersprossiger, kräftiger Junge war, der uns, obwohl er nicht nur unbewaffnet, sondern obendrein mutterseelenallein auf dem Rand seines Sandkastens saß, mit einer Furchtlosigkleit entgegenblickte, die selbst meinen MANN, der unter uns Kindern am lautesten brüllen konnte, die Sprache verschlug.

Bemüht, sein Gesicht nicht zu verlieren, schritt er, gefolgt von seinen fünf SS-Männern, meiner Freundin Gaby Glotterthal, meinem Bruder Kicki und mir, mit der Spritzpistole in der Hand zu dem Sandkasten, in dem der zu unserer Entgeisterung alles andere als einer von den untersten Untermenschen aussehende Jude Rudi Tründel, dessen Körper allerdings momentan noch von Kleidungsstücken verborgen war, unter denen wir möglicherweise doch die Merkmale eines Untermenschen der untersten Sorte zu entdecken hofften, ein von vielen Mauern umzingeltes Gebäude errichtet hatte, das er auf die Frage meines zum Brüllen derzeit völlig unfähigen MANNES hin als das KZ bezeichnete, in das sein Vater deportiert worden war.

Dort ist mein Vater zusammen mit Mördern, Strolchen, Bankräubern, Betrügern, Totschlägern, Zuhältern und Sittlichkeitsverbrechern eingesperrt, sagte der Jude Rudi Tründel.

Jede Drecksau wird in diesem KZ menschlicher behandelt als ein kämpferischer Kommunist, fügte er hinzu.

Was ist ein Sittlichkeitsverbrecher, fragte ich den Juden Rudi Tründel.

Ein Sittlichkeitsverbrecher fickt zum Beispiel mit einem kleinen Mädchen wie dir, erwiderte der Jude Rudi Tründel.

Mit meiner Schwester hat noch nie ein Sittlichkeitsverbrecher gefickt, fiel ihm mein Bruder Kicki ins Wort, ehe er von ihm seinerseits wissen wollte, was ein ZUHÄLTER sei.

Ein ZUHÄLTER schickt Huren, damit sie für Geld mit wildfremden Männern ficken, auf den Strich, belehrte ihn der Jude Rudi Tründel.

Was ist ein Strich, erkundigte sich mein Bruder Kicki bei dem Juden Rudi Tründel, ehe ich die gleiche Frage stellen konnte.

Ein Strich ist eine Straße, auf der die Huren so lange herumstehen, bis ein wildfremder Mann kommt und sie fragt, wieviel Geld sie für das FICKEN mit ihm verlangen, erklärte der Jude Rudi Tründel meinem Bruder Kicki, der jetzt von ihm zu erfahren wünschte, ob auch in dem KZ, in dem sein Vater gemeinsam mit Sittlichkeitsverbrechern, die mit kleinen Mädchen fickten, und mit Zuhältern, die Huren, damit sie für Geld mit wildfremden Männern fickten, auf den Strich schickten, wo diese Huren darauf warteten, daß ein wildfremder Mann, der mit ihnen FIKKEN wollte, kam und sie fragte, wieviel Geld sie dafür verlangten, daß sie mit ihm fickten, gefickt würde.

In dem KZ, in das mein Vater deportiert worden ist, wird nicht gefickt, erklärte der Jude Rudi Tründel meinem Bruder Kicki, der, übermannt von einer gigantischen Wißbegier, jetzt noch von diesem Untermenschen der untersten Sorte, der wie ein Mensch aussah, wissen wollte, was FICKEN war.

Was FICKEN ist, weiß ich nicht: Ich weiß nur, daß die meisten Erwachsenen ficken, gestand der Jude Rudi Tründel meinem Bruder Kicki zu dessen Entrüstung.

Meine Eltern ficken, obwohl sie Erwachsene sind, nicht, verteidigte mein Bruder Kicki meinen Vater und meine Mutter.

Woher willst du das wissen, fragte der Jude Rudi Tründel.

Gerade weil die Erwachsenen immer nur dann ficken, wenn ihre Kinder schlafen oder außerhauses sind, wissen wir Kinder alle nicht, was FICKEN ist, fügte er hinzu.

Ich weiß, was FICKEN ist, behauptete meine Freundin Gaby Glotterthal mit einer wichtigtuerischen Miene.

So verrate uns doch bitte, was FICKEN ist, meinte ich trotz der Befürchtung, daß ich, wenn ich zugäbe, nicht zu wissen, was FICKEN war, von jedermann für dumm verkauft werden würde.

Meine Freundin Gaby Glotterthal schüttelte jedoch zu meiner Enttäuschung ihren für ihren knochigen Körper viel zu großen Kopf, auf dem erst ein Stück hinter ihrer rachitisch gewölbten Stirn ein recht dürftiger Haaransatz sproß.

FICKEN ist etwas so Abscheuliches, daß ihr, wenn ich euch verraten würde, was FICKEN ist, vor lauter Abscheu womöglich einen Herzschlag bekämt, meinte sie, ehe sie sich meinem MANN zuwendete, der aus purer Entgeisterung über das menschliche Aussehen des Juden Rudi Tründel mittlerweile eine ganze Flasche EKSPEKTUSIN-Hustensaft geleert hatte. Von dieser Flasche EKSPEKTUSIN-Hustensaft war mein MANN dermaßen bedudelt, daß ihn meine Freundin dreimal hintereinander den Sinn unseres Vorhabens erläutern mußte, ehe er begriff, daß wir alle nicht mit dicken Ästen bewaffnet in diesen Garten gestürmt waren, um uns mit dem Juden Rudi Tründel über das FICKEN zu unterhalten.

Den Juden beriechen, befahl er fast lallend der Tochter des Obermedizinalrats, die ihrerseits diesem, wie ein Mensch wirkenden Untermenschen der untersten Sorte aufzustehen befahl.

Mit angehaltenem Atem verfolgten wir, wie Gaby Glotterthal den zu unserer Entgeisterung arisch rotblonden und arisch blauäugigen Sohn des Kommunisten zunächst am Bauch, dann am Hosenlatz und schließlich zwischen den Beinen beschnupperte. Hierbei ließ sie sich so lange Zeit, daß sich mein MANN, der zu meiner Erleichterung wieder nüchterner zu werden begann, nach einer Weile, ohne Ungeduld, nach ihrem Befund erkundigte.

Statt indes endlich ihren Befund bekanntzugeben, beleckte Gaby Glotterthal, nicht gewillt, sich zur Eile drängen zu lassen, gewichtig, als wäre dies eine Amtshandlung, die Rückseite des aus einem Buntpapierbogen von ihr ausgeschnittenen grellgelben Judensterns und klebte diesen Judenstern, so gewichtig, als wäre auch dies eine Amtshandlung, auf den rechten Jackenärmel des Rudi Tründel, ehe sie meinem MANN zunächst einmal einen bedeutsamen Blick zuwarf.

Er ist ein Jude, sagte sie, nachdem sie uns lange genug im Hinblick auf ihren Befund auf die Folter gespannt hatte, schließlich zu meinem MANN.

Bist du dir sicher, fragte mein MANN.

Wieso sollte ich als die Tochter eines Obermedizinalrats, der ein riesiges Lazarett leitet, mir denn nicht sicher sein, wollte meine Freundin, die, statt meinem MANN die Frage zu beantworten, ihm aus Gründen, die ich noch zu klären beabsichtigte, eine Gegenfrage gestellt hatte, auf die mein MANN, der mit seiner ersten Frage ohnehin den Befund der Tochter des Medizinalrats als keineswegs über jeden Zweifel erhaben hingestellt hatte, nicht antworten konnte, ohne diesen Befund und mit ihm die Kompetenz der Tochter des Obermedizinalrats völlig infrage zu stellen.

Er ist ein Jude, wiederholte Gaby Glotterthal, ehe sie beiseite trat, um meinem MANN Platz zu machen, der, nach wie vor zum Brüllen unfähig, seinen fünf SS-Männern befahl, den Juden Rudi Tründel festzunehmen.

Ohne sich zur Wehr zu setzen, ließ sich der Sohn des Kommunisten, dessen Furchtlosigkeit auf uns alle total entwaffend wirkte, nicht nur von den fünf SS-Männern meines MANNES festnehmen. Genauso wie ein Vater sang dieser Jude das keinem von uns je zu Ohren gekommene Lied, dessen erste Strophe lautete:

WACHT AUF, VERDAMMTE DIESER ERDE,
DIE STETS MAN NOCH ZUM HUNGERN ZWINGT!
DAS RECHT WIE GLUT IM KRATERHERDE
NUN MIT MACHT ZUM DURCHBRUCH DRINGT,
REINEN TISCH MACHT MIT DEN UNTERDRÜCKERN.
HERR DER SKLAVEN, WACHE AUF!
EIN NICHTS ZU SEIN, TRAGT ES NICHT LÄNGER,
ALLES ZU WERDEN, STRÖMT ZUHAUF!
VÖLKER HÖRT DIE SIGNALE!
AUF, ZUM LETZTEN GEFECHT!
DIE INTERNATIONALE!

Obwohl ich gerne erfahren hätte, was für ein Lied es war, das der Jude Rudi Tründel, nicht die Hand, sondern merkwürdigerweise die Faust hochstreckend, da gesungen hatte, konnte ich diesen Juden schon insofern nicht nach dem besagten Lied und nach denen, die es sangen, fragen, als er bereits von den SS-Männern meines MANNES abgeführt wurde, der, noch immer etwas benommen, uns allen voran in die Richtung seiner Ruine schritt.

Während wir Herrenmenschen marschierten, lief der Untermensch Rudi Tründel lediglich zu der nur an einer Angel hängenden Haustür der Ruine meines MANNES, hinter dem wir nun über gefährlich wackelnde knirschende Stufenreste, HART WIE KRUPPSTAHL und jederzeit bereit, für unseren Führer zu sterben, wie wir es samt und sonders waren, mit einer Todesverachtung schritten, die dem todesverächtlichen Juden Rudi Tründel offensichtlich nicht zu imponieren vermochte, treppaufwärts zu dem Prunkstück dieser Ruine: nämlich zu der völlig unbeschädigten Badewanne, die sich zwischen den Resten eines offensichtlich einstmals gelblich gekachelten Badezimmers befand.

Nicht ohne zuvor einen großen Schluck aus der gerade erst erworbenen EKSPEKTUSIN-Hustensaftflasche getrunken zu haben, erklärte mein nach wie vor zum Brüllen unfähiger MANN die Badezimmerreste mitsamt der Badewanne zum WÄTZ-KZ, um sich daraufhin selbst zum KZ-Kommandanten zu ernennen, ehe er dem Juden Rudi Tründel befahl, sich splitternackt auszuziehen und sich zum Zwecke der Besichtigung seines Körpers in der Badewanne langzulegen.

Während wir abermals mit angehaltenem Atem verfolgten, wie sich der Jude Rudi Tründel entkleidete, daraufhin seinen Körper von allen Seiten zeigte und sich schließlich splitternackt in die Badewanne legte, geriet unser Weltbild bedingt durch die Tatsache ins Wanken, daß sich der Körper dieses Juden durch nichts unterschied.

Nicht nur auf mich, nicht nur auf meinen Bruder Kicki, nicht nur auf meine Freundin Gaby Glotterthal und nicht nur auf die fünf SS-Männer meines MANNES, sondern sogar auf meinen

MANN, den SS-Oberscharführer, KZ-KOmmandanten und Nachfolger unseres Führers wirkte der Anblick des Körpers des Juden Rudi Tründel, der, statt um Gnade zu flehen, mit seiner entwaffnenden Furchtlosigkeit lediglich voller Neugier darauf zu warten schien, was nun geschehen würde, dermaßen erschütternd, daß wir, um unser seelisches Gleichgewicht wiederzugewinnen, zunächst einmal unsere EKSPEKTUSIN-Hustensaftflaschen bis zum letzten Tropfen leerten.

Während durch das mehr als nur eßtischplattengroße Loch in der völlig zerfetzten Badezimmerdecke ein wässriger Schnee, der sofort taute, auf unsere Köpfe, auf unsere Mäntel, auf unsere alles andere als wasserdichten, ausgetretenen Schuhe und vor allem auf den splitternackten Juden Rudi Tründel rieselte, ohne den wir kein WÄTZ-KZ hätten eröffnen und ohne den sich mein MANN nie und nimmer zu einem KZ-Kommandanten hätte ernennen können, gafften wir, völlig benommen von dem codein-haltigen Hustensaft, den immer nasser und immer bläulicher werdenden Körper des Juden Rudi Tründel an, der noch immer voller Neugier darauf zu warten schien, was nun geschehen würde.

Zu meiner Beschämung fiel meinem MANN, dem KZ-Kommandanten, noch immer kein Befehl ein, den er seinen fünf SS-Männern hätte erteilen können, denen das Tauwasser aus den klatschnassen Haaren über ihre Stirnen rann und in die Augen lief. Statt den mittlerweile überfällig gewordenen Befehl zu erteilen, wischte sich mein MANN, der genausos klatschnaß war wie ich, mein Bruder Kicki und meine Freundin Gaby Glotterthal, zähneklappernd vor Kälte das Tauwasser, das auch ihm von seiner Stirn herabrann, aus den Augen, ehe er seinen immer nasser werdenden SS-Männern, denen durch ein Loch in den Wandresten hinter der Badewanne ein eisiger Wind direkt in die Gesichter pfiff, einen hilflosen fragenden Blick zuwarf.

Weil er diesen SS-Männern jedoch im Verlauf ihrer militärischen Ausbildung auf den der Siedlungshaushälfte meiner Eltern gegenüberliegenden Zuckerrübenäckern eingedrillt hatte, daß er, der Befehlshaber, für die Befehlserteilungen zuständig war, während ihre Aufgabe, wie die Aufgabe aller Befehlsempfänger, darin bestand, die jeweils erteilten Befehle, ohne sich darüber Gedanken zu machen, aus welchen Gründen sie das, was sie zu tun hatten, taten, zu befolgen, zeigten sich die fünf SS-Männer außerstande, meinem MANN, ihrem Befehlshaber, dem der Kadavergehorsam, den er ihnen brüllend beigebracht hatte, zum Verhängnis zu werden drohte, einen Befehl zu empfehlen, den dieser zu erteilen vermochte, ohne sich vor dem immer violetter anlaufenden Juden Rudi Tründel, der, obwohl er wie wir alle vor Kälte zitterte, schon zu feixen begann, eine Blöße zu geben.

In Habachtstellung, in ständiger Abrufsbereitschaft und ganz Ohr, warteten die fünf SS-Männer meines MANNES mit soldatenhaft blind wirkenden, blicklosen, geradeaus auf das Loch in den Wandresten hinter der Badewanne gerichteten Augen auf einen den in den KZs herrschenden Zuständen gerecht werdenden Befehl meines MANNES, des Kommandanten unseres WÄTZ-KZs, der jedoch offensichtlich über die in den üblichen KZs herrschenden Zustände ebenso wenig zu wissen schien wie ich, mein Bruder Kicki und meine Freundin Gaby Glotterthal, die durch das Belauschen eines Gesprächs ihrer Eltern lediglich herausgefunden hatte, daß in den nationalsozialistischen KZs etwas unsere Vorstellung Übersteigendes vonstatten ging, das als die ENDLÖSUNG bezeichnet wurde.

Zu meiner Überraschung war es kein anderer als mein Bruder Kicki, der meinem MANN, dem KZ-Kommandanten, der dank seiner peinlichen Ratlosigkeit schon im Begriffe war, das soeben erst eröffnete WÄTZ-KZ, dessen Erwähnung nach meinem Dafürhalten bereits genügen mußte, um die Kinder in der GAGFA-Siedlung in Angst und Schrecken zu versetzen, in Verruf zu bringen, den Ratschlag erteilte, den noch immer in der Badewanne langgestreckt liegenden, splitternackten Juden Rudi Tründel zu fragen, warum er wie ein Mensch aussah.

Warum siehst du wie ein Mensch aus, fragte mein nach wie vor zum Brüllen unfähiger MANN den Juden Rudi Tründel.

Weil ich ein Mensch bin, erwiderte er.

Du kannst kein Mensch sein, weil du der Sohn eines Kommunisten bist, der wie alle Kommunisten ein Jude ist, fiel dem Juden Rudi Tründel mein MANN, der plötzlich wieder zum Brüllen imstande war, brüllend ins Wort.

Aber der Jude Rudi Tründel, der zu meiner Verblüffung, nicht anders als wir Herrenmenschen HART WIE KRUPPSTAHL und ZÄH WIE LEDER zu sein schien, ließ sich von dem Gebrüll meines MANNES von keiner Weise einschüchtern. Er wagte es sogar, dem, was mein MANN behauptet hatte, keinen Glauben zu schenken.

Das, was du da gerade gesagt hast, ist einfach nicht wahr, widersprach er meinem MANN, der ihm zur Strafe für seine Widerspenstigkeit mit seiner Spritzpistole Wasser in sein ohnehin klatschnasses Gesicht spritzte.

Alle Kommunisten sind Juden so wie alle Juden Kommunisten sind, brüllte er, der KZ-Kommandant, den Juden Rudi Tründel an.

Das ist purer Unsinn, entgegnete der Jude Rudi Tründel zu meiner Empörung.

Wenn nicht alle Kommunisten Juden und nicht alle Juden Kommunisten wären, kämen sie nicht samt und sonders ins KZ, rief ich.

Es gibt solche und solche KZs, suchte mich der Jude Rudi Tründel zu belehren.

Ein KZ ist ein KZ, schrie ich ihn an.

Auch dieses WÄTZ-KZ ist ein KZ, gab mir mein MANN, der KZ-Kommandant, bemüht, den Juden Rudi Tründel in Furcht und Schrecken zu versetzen, brüllend recht.

Aber der Jude Rudi Tründel ließ sich zu meiner Empörung durch das Gebrüll meines MANNES nicht aus der Ruhe bringen.

Warum hast du keine Angst? fragte ich ihn kreischend.

Weil ich stolz darauf bin, daß ich mich jetzt wie mein Vater auch in einem KZ befinde, erwiderte der Jude Rudi Tründel.

Das ist kein Grund, stolz zu sein, brüllte mein MANN.

Vielmehr hast du Jude allen Grund dazu, Angst vor uns zu haben, fügte er brüllend hinzu.

Ich bin kein Jude, widersprach ihm der Jude Rudi Tründel.

Ich habe gerochen, daß du ein Jude bist, kreischte meine Freundin Gaby Glotterthal.

Man kann überhaupt nicht riechen, wer ein Jude ist, meinte der Jude Rudi Tründel.

Ich als die Tochter eines Obermedizinalrats, der ein riesiges Lazarett leitet, in dem es manchmal ärger zugeht als in einem KZ, kann riechen, wer ein Jude ist, kreischte Gaby Glotterthal.

Beipflichtend klopfte ich ihr auf die Schulter.

Warum gibst du nicht endlich zu, daß du ein Jude bist? schrie ich.

Weil ich kein Jude bin, erklärte der Jude Rudi Tründel.

Auch mein Vater ist kein Jude, fügte er hinzu.

Willst du uns etwa auch weismachen, daß dein Vater kein Kommunist ist, brüllte mein MANN, nun ganz und gar KZ-Kommandant, den Juden an.

Ich habe nie behauptet, daß mein Vater kein Kommunist wäre, entgegnete ihm der Jude Rudi Tründel.

Du gibst also zu, daß dein Vater ein Kommunist ist, schrie ich ihn an.

Selbstverständlich ist mein Vater ein Kommunist, erwiderte der Jude Rudi Tründel.

Alle Kommunisten sind Juden, kreischte Gaby Glotterthal.

Ich habe meinen Vater, der immerhin ein Obermedizinalrat

ist, selber sagen hören, daß es den Kommunisten ganz recht geschieht, wenn man sie wie die Juden behandelt, fügte sie mit einer sich überschlagenden Stimme hinzu.

So etwas kann nur ein Nazi sagen, behauptete der Jude Rudi Tründel.

Mein Vater ist ja auch ein Nationalsozialist, der wie alle Nationalsozialisten weder ein Kommunist noch ein Jude ist, kreischte Gaby Glotterthal, deren für ihren knochigen Körper viel zu großer Kopf vor Wut knallrot angelaufen war.

So reg dich bitte wegen diesem dreckigen Juden nicht dermaßen auf, suchte ich sie zu beschwichtigen.

Aber meine Freundin barst schier vor Wut.

Ein Nationalsozialist ist und bleibt ein Nationalsozialist, während ein Jude mal ein Jude oder mal ein Kommunist und ein Kommunist mal ein Kommunist oder mal ein Jude ist, kreischte sie.

Wo habt ihr bloß diesen Blödsinn gehört, wollte der Jude Rudi Tründel von uns wissen.

Statt das, was wir sagen, als einen Blödsinn zu bezeichnen, solltest du uns besser verraten, warum du, obwohl du ein Untermensch der untersten Sorte bist, wie ein Herrenmensch aussiehst, schrie ich den Juden Rudi Tründel an.

Es gibt weder Herrenmenschen noch Untermenschen, entgegnete der Jude Rudi Tründel.

So etwas kann nur ein Jude sagen, brüllte mein MANN. So etwas kann nur ein Nazi sagen, konterkarierte der Jude Rudi Tründel.

Wenn du nicht sofort eingestehst, daß das, was die Juden, die samt und sonders Kommunisten sind, sagen, Lügen sind und daß das, was die Nationalsozialisten sagen, die Wahrheit ist, bringe ich dich mit meinen fünf SS-Männern um, brüllte mein MANN, der jetzt so vollendet den KZ-Kommandanten herauskehrte, daß im ganzen WÄTZ-KZ jener Horror um sich griff, der mir das Gefühl vermittelte, der Held des Märchens VON EINEM, DER AUSZOG, DAS FÜRCHTEN ZU LERNEN zu sein.

Wenn du nicht endlich zugibst, daß alles, was die Nationalsozialisten sagen, die Wahrheit ist, bringen wir dich um, kreischte ich den Juden Rudi Tründel an.

Aber diesen versetzte meine Drohung keineswegs in Angst und Schrecken. Vielmehr reagierte er auf die Drohung, von uns umgebracht zu werden, mit jener Furchtlosigkeit, die mit der Feigheit, die eines der Hauptmerkmale der Juden sein sollte, einfach nicht zu vereinbaren war.

Mir macht es nichts aus, umgebracht zu werden. Ich bin jederzeit zu sterben bereit, behauptete er.

Wir sind ebenfalls jederzeit bereit, für unseren Führer zu sterben, verkündete ich brüllend, ohne daß es mir gelang, den Juden Rudi Tründel zu beeindrucken.

Für eueren Führer bin ich allerdings nicht jederzeit zu sterben bereit, meinte der Jude Rudi Tründel.

Niemals werde ich bereit sein, für eueren Führer zu sterben, fügte er zu unserer Verblüffung hinzu.

Sprachlos und schlotternd vor Kälte, blickten wir einander mit unseren vom Tauwasser getrübten Augen an. Selbst die fünf SS-Männer meines MANNES hatten Mühe, soldatenhaft den noch immer durch das Loch der völlig zerfetzten Decke unseres WÄTZ-KZs rieselnden, wäßrigen Schnee und dem durch das Loch in der Wand hinter der Badewanne pfeifenden eisigen Wind zu trotzen, der mittlerweile ihre Ohren knallrot hatte anlaufen lassen. Obwohl sie, die Hände an ihre Hosennähte gelegt, stramm zu stehen hatten, wischten sie sich immer wieder das Tauwasser aus ihren Augen, wenn sie sich nicht sogar fröstelnd die Hände rieben.

Gespannt und zitternd vor Kälte blickte ich meinen MANN an. Aber von neuem zeigte sich dieser der von meiner Freundin

Gaby Glotterthal angezettelten Situation keineswegs gewachsen. Statt den Juden Rudi Tründel wegen seiner Weigerung für unseren Führer zu sterben, der, weil er alles erfuhr, auch dies erfahren mußte, zu bestrafen, leerte mein MANN seine zweite EKSPEKTUSIN-Hustensaftflasche so hastig, daß er völlig verhandlungsunfähig wurde.

Einzig und allein darauf bedacht, seine immer wieder zufallenden, alles andere als arischen, braunen Augen offen zu halten, setzte er sich auf den Rand der Badewanne und starrte den Nabel des splitternackten Juden Rudi Tründel mit einer Verständnislosigkeit an, für die weder seine fünf SS-Männer noch Gaby Glotterthal, geschweige denn ich, die FRAU dieses von seinen Aufgaben völlig überforderten KZ-Kommandanten, oder mein Bruder auch nur das geringste Verständnis aufzubringen vermochten.

Abermals war es kein anderer als Kicki, der meinem MANN, dessen Verhalten mich, wenn auch nur kurzfristig, daran zweifeln ließ, ob er das Zeug dazu hatte, der Nachfolger unseres Führers zu werden, der uns mit einem noch großartigeren Weltkrieg als dem gerade von unserem Führer geführten Weltkrieg aufzuwarten versprochen hatte, den rettenden Ratschlag erteilte, dem Juden Rudi Tründel zu befehlen, sich anzukleiden, den fünf SS-Männern zu befehlen, den Juden Rudi Tründel abzuführen, dem zum einen der Befehl erteilt werden müßte, kein Sterbenswörtchen über unser WÄTZ-KZ und alles, was damit zusammenhing, zu verlieren, und zum anderen der Befehl erteilt werden müßte, sich in dem Garten der Siedlungshaushälfte seiner Eltern, in dessen Sandkasten er das von vielen Mauern umzingelte KZ errichtet hatte, in das sein Vater deportiert worden war, für weitere Festnahmen und für weitere Verhöre ein unserem WÄTZ-KZ zur Verfügung zu halten.

Weil indes mein MANN mittlerweile auf den Fußboden neben der Badewanne gesunken und eingeschlafen war, befolgten die fünf SS-Männer die Ratschläge meines Bruders Kicki, so als handle es sich hierbei um Befehle ihres Befehlshabers, des SS-Oberscharführers, KZ-Kommandanten und Nachfolgers unseres Führers: Wolfgang Wätz.

Mit unverhohlen skeptischen Mienen musterten sie meinen, auf dem Fußboden neben der Badewanne niedergesunkenen, tief und fest seinen Hustensaftrausch ausschlafenden MANN, ehe sie den Juden Rudi Tründel, der sich in der Zwischenzeit wieder angezogen hatte, mit dem grellgelben Judenstern auf seinem Jackenärmel aus dem WÄTZ-KZ und die gefährlich wackelnden knirschenden Stufenreste treppabwärts zum Ruinenausgang der Ruine meines MANNES führten.

Versuch bloß nicht, zu fliehen: Der GESTAPO entkommst du vielleicht: Aber uns wirst du nie entrinnen, rief ich hinter dem Juden Rudi Tründel her, während meine Freundin Gaby Glotterthal die Mutmaßung äußerte, daß dieser Jude, obwohl er ein Untermensch der untersten Sorte war, von irgendwem in einen Menschen verwandelt worden sein mußte.

Vielleicht hat ihn ein Zauberer mit seinem Zauberstab in einen Menschen verwandelt, räsonierte ich.

Vielleicht mußte er bis zum tiefsten Meeresgrunde zu einer Meereshexe hinuntertauchen, die ihm einen Zaubertrank aus Schlangenköpfen, Spinnenbeinen oder Krötenzungen zubereitete, den er nur auszutrinken hatte, um ein Mensch zu werden, meinte meine Freundin Gaby Glotterthal.

Vielleicht hat ihm auch eine böse Fee den Zauberspruch verraten, den er nur aufsagen mußte, um ein Mensch zu werden, fügte sie hinzu, ehe sie die Bombensplitter, die sie an diesem Tage durch den Verkauf ihrer EKSPEKTUSIN-Hustensaftflaschen eingenommen hatte, in der Badewanne hockend, in der vor ihr der splitternackte Jude Rudi Tründel gelegen hatte, nachzuzählen begann.

Ich würde meine ganzen Bombensplitter für einen Zauberspruch bezahlen, mit dem ich diesen Juden wieder in einen Untermenschen der untersten Sorte zurückverwandeln könnte, gestand ich ihr.

Warum legst du einen solchen Wert darauf, diesen Juden in einen Untermenschen der untersten Sorte zurückzuverwandeln, erkundigte sich Gaby Glotterthal, ohne ihren für ihren knochigen, aber schmächtigen Körper viel zu großen Kopf zu heben.

Weil ich noch nie einen Untermenschen der untersten Sorte gesehen habe, erwiderte ich.

Was versprichst du dir denn davon, einen Untermenschen der untersten Sorte zu sehen, wollte die Tochter des Obermedizinalrats von mir wissen.

Ich verspreche mir davon, daß ich endlich das Fürchten lerne, entgegnete ich Gaby Glotterthal, die nun zu sehr mit dem Nachzählen ihrer Bombensplitter beschäftigt war, um sich mit meinen Problemen auseinandersetzen zu können.

V

Allein der Tatsache, daß heute ein Sonntag, das heißt einer jener leidigen Tage war, an denen mich und meinen Bruder die Anwesenheit unserer Eltern daran hinderte, all das zu unternehmen, was unser Leben lebenswert machte, hatte der Jude Rudi Tründel das vorläufige Ausbleiben weiterer Festnahmen und weiterer Verhöre in unserem WÄTZ-KZ zu verdanken, dem auch mein MANN, dessen fünf SS-Männer sowie meine Freundin Gaby Glotterthal wegen der Anwesenheit ihrer Eltern fern bleiben mußten. Obwohl ich nicht wußte, wozu all diese Kinder wieder einmal von ihren Eltern gezwungen wurden, mühte ich mich, zu verhüten, daß dieser mir verhaßte Sonntag für mich und für meinen Bruder Kicki zu einer einzigen Qual auszuarten vermochte.

Kaum daß ich kurz nach dem Anbruch der Morgendämmerung, mit einem Wort: zu einem Zeitpunkt, da meine Eltern jenseits der Verbindungstür zwischen unserem Kinderzimmer und ihrem Schlafzimmer noch tief und fest schliefen, aufgewacht waren, schreckte ich meinen Bruder rücksichtslos aus dem Schlaf, damit ich mit ihm, noch unbehelligt von meinen Eltern, in unserem Kinderzimmer unseren Weltkrieg fortsetzen konnte. Zum Glück mußte ich Kicki nicht erst lang und breit erläutern, aus welchem Grunde er von mir dermaßen rücksichtslos aus dem Schlaf geschreckt worden war. Vielmehr zog mein Bruder wie an jedem Morgen kurz nach dem Anbruch der Morgendämmerung, gähnend zwar, doch kampfesbereit, unter dem Kopfkissen seines Kinderbetts, in dem sich unsere Ostfront befand, die blutrote Schachtel mit dem pechschwarzen Hakenkreuz hervor, kletterte aus seinem Kinderbett und glättete zunächst mit der flachen Hand seine Bettdecke, um daraufhin mit seiner Handkante in seiner Bettdecke jene Einkerbungen zu schaffen, die sowohl die Schützengräben der deutschen Soldaten als auch die Schützengräben der russischen Soldaten darstellten, die er in Ermangelung jener naturgetreuen Miniaturnachbildungen der russischen Roten Armee, zu deren Kauf er meine Mutter trotz seiner unerträglichen Hartnäckigkeit und trotz seiner zermürbenden Beweiserbringungen für die Notwendigkeit, der Besitzer der Miniaturnachbildungen der russischen Roten Armee zu sein, bislang noch nicht hatte treiben können, durch seine länglichen Bausteine ersetzen mußte.

Während er, leise fluchend über die Weigerung meiner Mutter, ihm jene Miniaturnachbildungen der russischen Roten Armee zu kaufen die besagten länglichen Bausteine zuerst in den russischen Schützengräben aufstellte, ehe er in Ermangelung naturgetreuer Miniaturnachbildungen jener Militärtransportfahrzeuge und Panzer, in die seine Miniaturnachbildungen der deutschen Wehrmacht hineinpaßten, die Miniaturnachbildungen der untersten militärischen Ränge der deutschen Wehrmacht, das heißt seine Gemeinen, seine Gefreiten und seine Feldwebel mit einem ganz gewöhnlichen Lastwagen zu den deutschen Schützengräben an der Ostfront beförderte, um sie in den vordersten Reihen unserer Ostfront nebeneinander aufzustellen, glättete ich mit der flachen Hand die Bettdecke meines Kinderbetts, das Groß-Deutschland darstellte, aus dem lediglich eine bunkerartige Wölbung herausragte, die ich und mein Bruder Kicki als das Führerhauptquartier bezeichneten.

Nachdem Kicki weit entfernt von unserer Ostfront in unserem Führerhauptquartier die Miniaturnachbildungen des Generalstabs der deutschen Wehrmacht und die Miniaturnachbildungen unseres Führers, an dessen Rücken wie zwei Flügel die Zipfel zweier zwar wie im Winde wehend wirkender, aber in Wahrheit völlig steifer Hakenkreuzfahnen-Miniaturnachbildungen befestigt waren, unter der das Führerhauptquartier darstellenden Wölbung in meiner Bettdecke, weil ohne sie kein Weltkrieg denkbar war, in Sicherheit gebracht hatte, plazierte er die Miniaturnachbildungen der höheren Rangordnungen der deutschen Wehrmacht umso weiter von unserer Ostfront entfernt, je höher ihre Ränge waren, auf dem Fußboden zwischen unseren Kinderbetten, der für uns die von der deutschen Wehrmacht bereits eroberten und besetzten Gebiete darstellte, deren Bewohnern von der deutschen Wehrmacht beigebracht worden war, was man unter Plünderungen, Vergewaltigungen, Brandstiftungen und Wettschießen auf Zielscheiben, die Köpfe waren, zu verstehen hatte.

In der Zwischenzeit hatte ich die Bettdecke meines Kinderbettes rings um das Führerhauptquartier geglättet und darauf jene quadratischen Bausteine, die kein Ersatz, sondern nur ein Notbehelf für die mir von meiner Mutter versagten Ruinen waren, zu jenen deutschen Städten gruppiert, die ich, in Ermangelung der mir von meiner Mutter versagten Verschütteten, mit der Aufstellung der Hüpfermännchen aus der Schachtel des Spiels MENSCH ÄRGERE DICH NICHT bevölkerte.

Wie immer waren ich und mein Bruder Kicki mit der Errichtung unserer Ostfront und mit der Errichtung unseres Vaterlands Groß-Deutschland nahezu gleichzeitig fertig. Nachdem wir einander mit einem FÜHRER, BEFIEHL! WIR FOLGEN DIR!, das wir, um zu vereiteln, daß unsere Eltern im Nebenzimmer aus dem Schlaf geschreckt und unseren ohnehin durch seinen provisorischen Charakter arg beeinträchtigten Weltkrieg vor dessen Beginn ein jähes Ende bereiteten, zu unserem Leidwesen nicht brüllend, wie es sich gebührte, sondern wispernd, darüber unterrichtet hatten, daß dem Beginn oder, besser gesagt: der Fortsetzung unseres Weltkriegs nichts im Wege stand, brachte mein Bruder den Kampf an unserer Ostfront, weil er wegen unserer Eltern weder das Donnern der Kanonen noch das Dröhnen der explodierenden Granaten, für die die Nägel aus dem Werkzeugkasten meines Vaters kein Ersatz, sondern nur ein Notbehelf waren, geschweige denn das Knallen der Kugeln nachzuahmen vermochte, durch ein leises Gezischel und Gepuste zum Ausdruck.

Was mich betraf, so sah ich mich ebenfalls wegen unserer Eltern dazu gezwungen, meine Bombenangriffe auf Groß-Deutschland keineswegs mit der Nachahmung des Schrillens der Sirenen oder mit der Nachahmung der Detonationsgeräusche jener Schusser, die kein Ersatz für die mir von meiner Mutter versagten Bomben- und Flugzeug-Miniaturnachbildungen, sondern nur ein Notbehelf waren, zum Ausdruck zu bringen. Statt dessen begleitete ich meine Bombenangriffe durch ein kaum hörbares Heulen und Wummern.

Nicht besser als mit meinen Bombenangriffen war es mit den

Kämpfen meines Bruders Kicki an der Ostfront bestellt. Weil sich meine Mutter weigerte, meinem Bruder die unentbehrlichen Miniaturnachbildungen von Panzern, Kanonen oder Maschinengewehren zu kaufen, und weil Kicki seinerseits weder gewillt war, weltfremd mit seiner garantiert echten russischen Kugel auf russische Soldaten zu schießen, noch die leiseste Neigung dazu zeigte, den Endsieg dadurch zu gefährden, daß er mit seiner garantiert echten russischen Kugel ein zweites, ein drittes oder gar ein viertes Mal den Leib eines deutschen Soldaten durchlöcherte, stieß er, außerstande sie zu erschießen, die die russische Rote Armee darstellenden länglichen Bausteine mit wegfegenden Handbewegungen Reihe um Reihe um, ohne einen einzigen Baustein stehen, das heißt leben zu lassen: was zu bedeuten hatte, daß sie an der Ostfront gefallen waren.

Weitaus wählerischer ging er, den Tod betreffend, mit seinen deutschen Gemeinen, mit seinen deutschen Gefreiten oder mit seinen deutschen Feldwebeln um. Statt diese Miniaturnachbildungen der untersten militärischen Ränge, die er umso näher an der Ostfront aufstellte, je niedriger ihr Rang war, mit wegfegenden Handbewegungen umzustürzen, das heißt wie die russischen Soldaten reihenweise sterben zu lassen, überlegte er, mit einer vorgeschobenen Unterlippe und einem sich abwägend bald nach rechts, bald nach links neigenden Kopf, jedesmal, bevor er beschloß, diesen oder jenen Gemeinen, diesen oder jenen Gefreiten, diesen oder jenen Feldwebel mit seinem Zeigefinger einen umstürzenden Stoß zu versetzen, stets eine hübsche Weile lang.

Während er die ausnahmslos gefallenen länglichen Bausteine, die nur ein Notbehelf für jene ihm von meiner Mutter versagten Miniaturnachbildungen der russischen Roten Armee waren, achtlos in der Bausteinschachtel, die er, in Ermangelung eines Miniatur-Massengrabes als Massengrab zu verwenden pflegte, verscharrte, bombardierte ich meinerseits unter Auslassung des

Führerhauptquartiers mit meinen Schussern Groß-Deutschland so gründlich, daß kein Hüpfermännchen mehr aufrecht stand, daß es auf meiner Bettdecke von Bombentrichtern nur so wimmelte. Dennoch hielten die quadratischen Bausteine, die ich, wie gesagt, zu deutschen Städten gruppiert hatte, selbst meinen heftigsten Schusserabwürfen völlig unbeschädigt stand.

Diese Tatsache versetzte mich in eine Wut, die mich, nicht anders als meinen Bruder Kicki, der den für den ENDSIEG an der Ostfront gefallenen deutschen Soldaten die letzte Ehre in Form von Salutschüssen nicht verwehren mochte, unsere Eltern vergessen ließ, die zum Glück noch immer im Nebenzimmer jenseits der Verbindungstür tief und fest schliefen. Kochend vor Wut über die Diskrepanz zwischen den mir vorschwebenden Zerstörungen Großdeutschlands und den mit meinen Schusserabwürfen realisierten Zerstörungen, schleuderte ich, während mein Bruder PENGPENG brüllend seinen für den ENDSIEG gefallenen deutschen Soldaten ihre Salutschüsse zukommen ließ, die quadratischen Bauklötze auf meinem Kinderbett so rabiat zu Boden, das heißt, auf die von der deutschen Wehrmacht bereits eroberten und besetzten Gebiete, daß sie beim Aufprallen nicht weniger Lärm verursachten als das PENGPENG-Gebrüll meines Bruders Kicki.

Die Frage, ob das Knallen der von mir auf den Fußboden geschleuderten Bauklötze oder das PENGPENG-Gebrüll, mit dem mein Bruder die Salutschüsse nachahmte, unsere Eltern aus dem Schlafe schreckte, spielte für mich und Kicki keine Rolle. Nicht etwa wie auf frischer Tat ertappt, sondern voller Gelassenheit beobachteten wir, wie mein Vater, gefolgt von meiner Mutter, die wieder einmal diese häßlichen Lockenwickler auf dem Kopfe trug, schlaftrunken, aber bebend vor Zorn durch die Verbindungstür in unser Kinderzimmer stürzten, um uns dafür zu bestrafen, daß wir sie aus dem Schlaf geschreckt hatten. Ohne verschüchtert vor diesem feigen Zivilisten und diesem ruchlosen

Vaterlandsverräter, den wir unseren Vater nennen mußten, oder vor diesem liederlichen Weibsbild zurückzuweichen, das wir unsere Mutter nennen mußten, obwohl sich dieses Weibsbild mit einem feigen Zivilisten und ruchlosen Vaterlandsverräter, mit dem sie unserer Meinung nach etwas weitaus SCHLIMMERES als RASSENSCHANDE trieb, auf eine Art und Weise eingelassen hatte, die wir nicht als Ehe respektierten, ließen wir uns, HART WIE KRUPPSTAHL, wie wir es waren, von diesem fragwürdigen Ehepaar rechts und links und links und rechts klatschende Ohrfeigen verpassen, ohne auch nur den leisesten Jammerlaut von uns zu geben.

Schluß jetzt mit eurem verfluchten Krieg, brüllte der feige Zivilist.

Räumt gefälligst euer Kinderzimmer auf, schrie uns das liederliche Weibsbild an, das nicht einmal dazu imstande war, jenen feigen Zivilisten und ruchlosen Vaterlandsverräter, der sich als ihr Mann bezeichnete, mit ihren Drohungen, sich von ihm scheiden zu lassen, dazu zu treiben, wenigstens ein einziges Mal HEIL HITLER zu sagen.

Nachdem dieses liederliche Weibsbild, das zuviel von uns verlangte, wenn es uns erklärte IHR KÖNNT STOLZ AUF EUREN VATI SEIN, die Verbindungstür zwischen unserem Kinderzimmer und dem Schlafzimmer, von dessen Ehebetten mitunter wahrhaftig eigenartige Geräusche in unser Kinderzimmer drangen, zugeschlagen hatte, machten sich mein Bruder und ich mit Leichenbittermienen daran, unsere Ostfront, unser Vaterland: Groß-Deutschland und die dazwischen liegenden, von unserer deutschen Wehrmacht bereits eroberten und besetzten Gebiete bis zum Anbruch der nächsten Morgendämmerung, da wir wieder Zeit hatten, unseren Weltkrieg in unserem Kinderzimmer fortzusetzen, aus der Welt zu schaffen.

Hoffentlich läuft uns unser Jude nicht davon, meinte beim Aufräumen seiner Spielsachen mein Bruder.

Ohne ihn wäre unser WÄTZ-KZ einfach nicht komplett, erwiderte ich, indem ich ebenfalls meine Spielsachen aufräumte.

Wir brauchen unseren Juden für die ENDLÖSUNG, erklärte Kicki.

Wenn wir nur wüßten, was die ENDLÖSUNG ist, stieß ich fast verzweifelt hervor.

Die Gaby Glotterthal hat zu mir gesagt, daß die ENDLÖSUNG alles endgültig lösen würde, fügte ich hinzu.

Hat sie dir auch gesagt, wie die ENDLÖSUNG alles löst, wollte mein Bruder von mir wissen.

Ich schüttelte den Kopf.

Sie behauptet, sie dürfe mir das nicht sagen, erwiderte ich.

Das behauptet sie wahrscheinlich nur, weil sie selber nicht weiß, wie die ENDLÖSUNG alles löst, mutmaßte mein Bruder.

Wahrscheinlich weiß sie auch nicht, was zum Beispiel die ENDLÖSUNG, die angeblich alles endgültig löst, lösen kann, meinte ich.

Unter ALLES kann man sich überhaupt nichts vorstellen, pflichtete mir Kicki bei.

Man könnte sich unter ALLES möglicherweise mehr vorstellen, wenn man nur ein einziges Beispiel von dem wüßte, was die ENDLÖSUNG bereits gelöst hat, entgegnete ich ihm.

Aber ALLES ist einfach zuviel, als das man sich auch nur das Geringste darunter vorstellen könnte, fügte ich gerade hinzu, als mich das Auftauchen meiner Mutter, die sich mittlereweile ihre alles andere als arischen dunkelbraunen Haare aus den häßlichen Lockenwicklern gewickelt, ihr blaßlila Sonntagskleid, das sie fortwährend ausbesserte, angezogen und ihre Lippen rot bemalt hatte, obwohl sich eine deutsche Frau nicht schminkte, unser Gespräch über die ENDLÖSUNG jäh abbrechen ließ.

VI

Nach dem Frühstück, bei dem uns von meiner Mutter außer Malzkaffee lediglich Brote serviert worden waren, die sie in Ermangelung von Butter und Marmelade mit lauwarmem Leitungswasser angefeuchtet und daraufhin mit Zucker bestreut hatte, teilte unser Vater, dessen überall ausgebesserter Sonntagsanzug eher wie ein Werktagsanzug wirkte, meinem Bruder Kicki, dessen Sonntagsanzug sogar gestopft worden war, und mir, der FRAU des SS-Oberscharführers, KZ-Kommandanten und Nachfolgers unseres Führers: Wolfgang Wätz, deren rostrotes, samtenes Sonntagskleid allen Verlängerungsversuchen meiner Mutter zum Trotz immer kürzer wurde, feierlich mit, daß wir alle, um dem lieben Gott dafür zu danken, daß wir noch am Leben waren, in die Kirche gehen würden. Dies überraschte um so mehr, als unsere Eltern mit uns vor längerer Zeit nur einmal in die Kirche gegangen waren; wir erinnerten uns nur daran, daß es in der Kirche merkwürdig gerochen hatte.

Obwohl weder mein Bruder Kicki noch ich einsahen, aus welchem Grunde wir dem lieben Gott, der nach meinem Dafürhalten der Führer im Himmel war, der mir bei jedem Gewitter mit Donner und Blitzen bewies, daß im Himmel, wenn auch mit einer Wehrmacht, die, im Gegensatz zu unserer deutschen Wehrmacht, Flügel hatte, ein Weltkrieg geführt wurde, dankbar sein sollten, ließen wir uns von unserer Mutter, die sich irrte, wenn sie meinte, uns Kinder, die wir HART WIE KRUPPSTAHL und ZÄH WIE LEDER waren, an der Hand halten zu müssen, und von unserem Vater, der in unserer Familie das einzige protestantische Familienmitglied war, zu der katholischen Kirche führen, die sich am östlichen Rand der GAGFA-Siedlung in der Nähe der Endhaltestelle der Straßenbahn befand.

Ehe wir diese katholische Kirche betraten, nahm mein Vater

seinen Hut ab, um sich daraufhin, weil alle Plätze auf den Kirchenbänken, auf denen links Mütter mit zumeist weinenden kleinen Kindern und rechts Väter mit ebenfalls zumeist weinenden kleinen Kindern saßen, besetzt waren, gemeinsam mit meiner Mutter, mit mir und mit meinem Bruder Kicki hinter die Rücken der Kirchgänger in den beiden letzten Bankreihen zu stellen. Aufgrund der Körpergröße dieser Kirchgänger konnten weder ich noch mein Bruder Kicki den Altar sehen, wo eine männliche Stimme DOMINUS VOBISCUM rief, was möglicherweise ein Zauberspruch war, mit dessen Hilfe sich unser in einen Menschen verwandelter Jude wieder in einen Untermenschen der untersten Sorte verwandeln ließ.

Während die erwachsenen Kirchgänger ET CUM SPIRITU TUO sagten, was möglicherweise ebenfalls ein Zauberspruch war, mit dem ich unseren in einen Menschen verwandelten Juden wieder in einen Untermenschen der untersten Sorte zurückzuverwandeln vermochte, nahm mich meine Mutter, damit ich auch etwas sehen konnte, auf den Arm. Mein Bruder Kicki wurde von meinem Vater auf den Arm genommen.

Angespannt starrten wir zum Altar, vor dem ein Mann in einem wundervollen festlichen Gewand, begleitet vom Glockengebimmel mehrerer, ebenfalls wundervoll gekleideter Kinder, die wesentlich älter als Kicki und ich sein mußten, mit wundervollen Geräten herumhantierte. Ich warf meinem Bruder Kicki, dem dies zu entgehen schien, einen entzückten Blick zu.

Völlig bezaubert von dem mir mysteriös erscheinenden Herumhantieren mit diesen wunderbar geheimnisvollen Geräten fixierte ich die mit Stickereien verzierte, glänzende Rückseite des langen Gewandes des so wundervoll festlich gekleideten Mannes.

Ist das der Führer, fragte mich Kicki plötzlich zu der mir unbegreiflichen Erheiterung der Kirchgänger vor uns, die aus mir ebenfalls völlig unbegreiflichen Gründen bald niederknieten, bald aufstanden, bald Lieder sangen, zu denen allerdings weder DIE FAHNE HOCH noch mein Lieblingslied zählten, dessen erste Strophe lautete:

ES ZITTERN DIE MORSCHEN KNOCHEN
DER WELT VOR DEM GROSSEN KRIEG
WIR HABEN DEN SCHRECKEN GEBROCHEN
FÜR UNS WARS EIN GROSSER SIEG
WIR WERDEN WEITERMARSCHIEREN
BIS ALLES IN SCHERBEN FÄLLT
DENN HEUTE GEHÖRT UNS DEUTSCHLAND
UND MORGEN DIE GANZE WELT.

Außer Liedern wie diesem, vermißte ich in der katholischen Kirche auch Hakenkreuzfahnen, an deren Stelle für mich nichtssagende Fahnen hingen, die eine Frau mit einem Kind oder einen nahezu splitternackten Mann zeigten, der an einem Kreuz hing, an dem die Haken fehlten. Nur dem Mann, der in dem wundervollen festlichen Gewand mit wunderbar geheimnisvollen Geräten herumhantierte, maß ich Bedeutung bei.

Es könnte sein, daß dieser Mann der Führer ist, erwiderte ich meinem Bruder, während vor uns die aus mir unbegreiflichen Gründen bereits erheiterten Kirchgänger aus mir noch unbegreiflicheren Gründen haltlos zu kichern begannen.

Das ist nicht der Führer, sondern ein Pfarrer, fiel mir meine Mutter, die mich schon über das Christkind, den Sankt Nikolaus, den Osterhasen und den Klapperstorch angelogen hatte, zischelnd überaus ärgerlich ins Wort.

Warum soll dieser Mann eigentlich nicht der Führer sein, fragte ich, ohne meine Stimme zu senken, worauf sich die kichernden Kirchgänger auf den beiden letzten Kirchbänken nach mir umdrehten.

So halt gefälligst deinen Mund, zischte mir meine Mutter zu, während mein Bruder, den mein Vater noch immer auf dem Arm hielt, seine rechte Hand hochstreckend HEIL HITLER rief.

Erneut drehten sich die Kirchgänger der beiden letzten Kirchbänke nach uns um. Ohne den auf ihren Armen weinenden kleinen Kindern die geringste Beachtung zu schenken, bogen sie sich, als hätte hier irgendwer einen Witz gerissen, vor Lachen, während der Mann mit dem wundervollen Gewand, der schon wegen dieses Gewandes nach meinem Dafürhalten unser Führer sein konnte, die Treppen zu etwas Balkonartigem hochstieg, das meine Mutter, auf meine Frage hin, als die KANZEL bezeichnete.

Kaum daß der Mann, bei dem es sich möglicherweise um unseren Führer handelte, diese Kanzel betreten hatte, schlug er mit einem zornesgeröteten Gesicht mit der Faust auf den roten, samtgepolsterten Rand der Kanzel.

Ich werde erst predigen, wenn diese mißratenen, plärrenden Rotznasen die Kirche verlassen haben, brüllte er nicht weniger laut, als unser Führer zu brüllen pflegte.

Mißratene plärrende Rotznasen gehören nicht in die Kirche, fügte er, zur Entrüstung jener Kirchgänger, die die weinenden kleinen Kinder in ihren Armen hielten, mit einem Gebrüll hinzu, das meine Vermutung und die Mutmaßung meines Bruders, es müsse sich bei ihm um unseren Führer handeln, der sich offenbar sein Lippenbärtchen abrasiert hatte, zu bestätigen schien.

Das Murren der Kirchgänger schwoll an, Protestrufe wurden laut, die das Gebrüll unseres wundervoll festlich gekleideten Führers auf der Kanzel übertönten.

LASSET DIE KINDLEIN ZU MIR KOMMEN: DENN IHRER IST DAS HIMMELREICH, hat Jesus Christus gesagt, rief zu meiner Verlegenheit meine Mutter.

Recht haben Sie, beteuerten ihr mehrere Kirchgänger, ehe sie mit ihren, von unserem wundervoll festlich gekleideten Führer als PLÄRRENDE ROTZNASEN bezeichneten, noch immer weinenden kleinen Kindern auf den Armen die Kirche verließen, auf deren Kanzel unser wundervoll festlich gekleideter Führer nun auf eine ungemein beeindruckende Art und Weise brüllte: WENN EINER SO WIE ICH DAUERND DAS SCHRILLEN DER SIRENEN HÖRT, DANN TREIBT IHN DAS GEPLÄRR VON ROTZNASEN AN DEN RAND DES WAHNSINNS.

Zwar verstand ich nicht, was unser Führer hiermit meinte. Aber allein das Gebrüll, mit dem er das, was er meinte, zum Ausdruck zu bringen vermochte, beeindruckte mich so tief, daß es mir zunächst gänzlich entging, daß mir mein Bruder Kicki, der sich auf dem Arm meines Vaters weit zu mir hinüberbeugte, etwas sagen wollte. Erst als er mich am Ärmel meines immer kürzer werdenden rostroten Samtkleides zupfte, wendete ich mich ihm zu.

Er ist unser Führer, flüsterte er mir zu.

Er kann einfach niemand anders als unser Führer sein, flüsterte ich zurück, während meine Eltern dem Ausgang der Kirche zustrebten, was Kicki nicht daran zu hindern vermochte, neben dem Weihwasserbecken, über dem diese nahezu splitternackte, jämmerliche männliche Gestalt mit den Händen an die viel zu kurzen Seitenbalken und mit den übereinandergelegten Füßen an das untere Ende eines viel zu langen Mittelbalkens eines hakenlosen Kreuzes genagelt worden war, brüllend HEIL HITLER zu brüllen.

Das ist Jesus Christus und nicht Adolf Hitler, belehrte meinen Bruder Kicki meine Mutter.

Diesen Jammerlappen, der da mit dem Stacheldraht am Kopf ans Kreuz genagelt worden ist, weil es sich bei ihm wahrscheinlich um einen Sittlichkeitsverbrecher handelt, habe ich nicht mit HEIL HITLER begrüßt, erwiderte ihr Kicki.

Jesus Christus ist kein Sittlichkeitsverbrecher, schnauzte meinen Bruder mein Vater an, der gerade mit ihm auf dem Arm ins Freie trat.

Wenn dieser Kerl kein Sittlichkeitsverbrecher ist, muß er ein Zuhälter sein, meinte ich, während nun meine Mutter mit mir auf dem Arm ins Freie trat.

Woher kennt ihr die Wörter SITTLICHKEITSVERBRECHER und ZUHÄLTER, wollte meine Mutter wissen, die mich nun auf dem Erdboden absetzte.

Davon war kürzlich in eurem Rundfunkempfänger die Rede, behauptete ich.

Zum Glück wissen sie nicht, wovon sie reden, wenn sie über SITTLICHKEITSVERBRECHER oder ZUHÄLTER sprechen, meinte mein Vater, der nun meinen Bruder Kicki auf dem Erdboden absetzte.

LASSET DIE KINDLEIN ZU MIR KOMMEN: DENN IHRER IST DAS HIMMELREICH, riefen rings um uns mehrere überaus entrüstete Kirchgänger, denen meine Eltern zuriefen: RECHT HABEN SIE: DER KINDER IST DAS HIMMELREICH.

Ich will aber nicht ins Himmelreich, rief mein Bruder Kicki zur Verblüffung meiner Eltern.

Möchtest du etwa lieber in die Hölle, fragte meine Mutter.

Ich will an die Ostfront, erwiderte mein Bruder Kicki mit einer finsteren Entschlossenheit, die meine Eltern offensichtlich bestürzte.

Kopfschüttelnd blickten sie einander an.

Warum willst du denn ausgerechnet an die Ostfront, fragte mein Vater.

Weil ich bis zum letzten Blutstropfen für den ENDSIEG kämpfen will, antwortete er meinem Vater, diesem feigen Zivilisten und ruchlosen Vaterlandsverräter, HART WIE KRUPPSTAHL und ZÄH WIE LEDER mein Bruder.

Abermals blickten meine Eltern einander kopfschüttelnd an.

Je länger dieser verfluchte Weltkrieg dauert, umso mißratener werden unsere Kinder, konstatierte schließlich mein Vater.

Wenn sie im Frieden aufgewachsen wären, hätten sie nie und nimmer dermaßen abartige Gedanken gehabt, erwiderte meine Mutter.

Was ist Frieden, fragte ich.

Frieden war beispielsweise noch zu der Zeit, als du zur Welt gekommen bist, entgegnete meine Mutter.

An diese langweilige Zeit kann ich mich leider nicht mehr erinnern, sagte ich.

Ist das nicht entsetzlich, daß unsere Kinder nicht wissen, was Frieden ist, stieß meine Mutter dermaßen verstört hervor, daß mein Vater seinen Arm tröstend um ihre Schultern legte.

Während wir unseren Heimweg fortsetzten, flüsterten unsere Eltern über unseren Köpfen etwas über den FRIEDEN, der mich nicht sonderlich interessierte. Wie mein Bruder Kicki stand ich noch ganz im Banne des Anblicks und des Gebrülls unseres wundervoll festlich gekleideten Führers, der die Väter und die Mütter aus der Kirche vertrieben hatte, deren Kinder im Gegensatz zu uns noch nicht HART WIE KRUPPSTAHL, ZÄH WIE LEDER und jederzeit bereit, für ihn, unseren Führer, den wir zum ersten Mal in unserem Leben leibhaftig zu Gesicht bekommen hatten, zu sterben waren.

Das war der schönste Tag in meinem Leben, flüsterte ich meinem Bruder Kicki zu.

Endlich haben wir unseren Führer gesehen, für den wir jederzeit zu sterben bereit sind, entgegnete mein Bruder Kicki mit einer Euphorie, die auf mich ansteckend wirkte.

Für diesen Führer lohnt es sich zu sterben, sagte ich.

Er sieht genauso schön aus, wie ich ihn mir vorgestellt habe, entgegnete mit strahlenden Augen mein Bruder Kicki.

Meinst du, unser Führer hat gehört, daß ich zweimal HEIL HITLER gerufen habe, fragte er mich.

Ich nickte so heftig, daß mir meine immer dunkelbrauner werdenden Haare, an deren Enden ich mir mit einer Brennschere Schillerlocken einzubrennen pflegte, ins Gesicht fielen. Mit einer Handbewegung entfernte ich die schulterlangen Haare aus meinem Gesicht.

Natürlich hat unser Führer gehört, daß du ihm zweimal HEIL HITLER zugerufen hast, beteuerte ich meinem Bruder.

Bist du dir sicher, wollte mein Bruder Kicki wissen.

Ich bin mir schon deshalb sicher, weil unser Führer nicht unser Führer wäre, wenn er nicht alles hören würde, sagte ich.

Meinst du, der Führer hat uns auch gesehen, fragte mich mein Bruder Kicki.

Abermals nickte ich.

Der Führer hört alles: Der Führer sieht alles: Deswegen ist er ja unser Führer, entgegnete ich ihm, während wir mit unseren Eltern an der Ruine meines MANNES vorbei gingen, der ich und mein Bruder Kicki schon insofern nicht die geringste Beachtung schenkten, als unsere Eltern nicht einmal ahnen durften, daß sich in dieser Ruine unser kürzlich eröffnetes WÄTZ-KZ befand.

VII

Endlich hatten wir, das heißt mein MANN, dessen SS-Männer, meine Freundin Gaby Glotterthal, mein Bruder Kicki und ich, uns wieder in unserem WÄTZ-KZ versammeln können, in dessen Badewanne bereits der splitternackte Jude Rudi Tründel lag, der von den SS-Männern meines MANNES im Garten der Siedlungshälfte seiner Eltern festgenommen und mit dem grellgelben Judenstern am Ärmel durch die GAGFA-Siedlung abgeführt worden war, in der sich zu dieser Zeit, weil unsere Mütter vor dem Lebensmittelladen des Herrn Wätz Schlange standen und weil unsere Väter, wenn sie nicht an der Ostfront bis zum letzten Blutstropfen für den ENDSIEG kämpften, ihrer Arbeit nachgingen, ausschließlich Kinder, die noch nicht das schulpflichtige Alter erreicht hatten, aufhielten.

Zu unserem Befremden schien sich der Jude Rudi Tründel darüber zu freuen, daß er, statt mutterseelenallein das KZ in seinem Sandkasten mit weiteren Mauern umzingeln, mit anderen Kindern spielen konnte. Zwar hatte er uns mitgeteilt, daß er, obwohl er kein Jude war, bereit sei, den Juden zu spielen. Aber wir wollten keineswegs, daß er den Juden lediglich spielte, sondern daß er der Jude war.

Voller Unerbittlichkeit verfolgten wir die von der Tochter des Obermedizinalrats in Szene gesetzte Untersuchung des splitternackten Juden Rudi Tründel, bei der Gaby Glotterthal nicht nur dessen Unterleib beschnupperte und abklopfte. Vielmehr horchte meine Freundin den ganzen Körper des Sohnes des ins KZ deportierten Kommunisten mit geheimnisvollen Instrumenten ab, die sie, wie die garantiert echten russischen Kugeln, offensichtlich aus dem Lazarett gestohlen hatte, das ihr Vater leitete, während ihre streitsüchtige Mutter mit aller Welt Prozesse führte, die Doktor Glotterthal schon insofern viel Geld kosteten, als seine Frau diese Prozesse ausnahmslos verlor.

Obwohl von unserem Juden, von dem Gedeih und Verderb unseres WÄTZ-KZs abhingen, bislang noch kein Fluchtversuch unternommen worden war, hatten wir ihm, um unserem Verhör zumindest zu einem Anstrich der gebührenden Gnadenlosigkeit zu verhelfen, an diesem Tage die Hände und die Füße mit einer Wäscheleine gefesselt, die der SS-Mann Leo Zöpel mitgebracht hatte, der sich durch seinen Vater, der noch immer kein Adolf-Hitler-Bild in seinem Wartezimmer aufgehängt hatte, auf eine

Art und Weise diskreditiert fühlte, daß er eine nachgerade hündische Unterwürfigkeit an den Tag legte, die die Souveränität meines MANNES maßlos zu steigern vermochte.

Mit einer fast fürstlichen Souveränität hatte mein MANN, mit übereinander geschlagenen Beinen auf dem Rand der Badewanne eher thronend als sitzend, dabei zugesehen, mit welcher Eilfertigkeit sein SS-Mann Leo Zöpel unseren Juden gefesselt hatte. Ohne zu merken, daß unser Spiel kein Spiel, sondern blutiger Ernst war, hatte sich unser Jude von dem SS-Mann Leo Zöpel, dem trotz seines Bestrebens, sich von meinem MANN Lob einzuheimsen, stets Tadel zuteil wurde, nicht nur bereitwillig, ja sogar vergnügt an Händen und Füßen fesseln lassen.

Obwohl er immerzu behauptete, daß er, ungeachtet dessen, daß er den Juden spielte, ebensowenig wie sein Vater ein Jude wäre, sträubte er sich dennoch keineswegs gegen die von ihm offenbar ebenfalls als ein Spiel betrachtete Untersuchung der Tochter des Obermedizinalrats, die, um ihrer Untersuchung einen professionelleren Charakter zu verleihen, an diesem Tag einen ebenfalls aus dem Lazarett ihres Vaters entwendeten blütenweißen Arztkittel trug, über dessen auf dem Fußboden unseres WÄTZ-KZs schleifenden unteren Teil sie oft genug derart stolperte, daß sie ständig zu stürzen drohte.

So, als wäre er beim Arzt, hinderte unser Jude Gaby Glotterthal, die, ihren Äußerungen zufolge, um Infektionen vorzubeugen, über ihrer Nase und über ihrem Mund eine weiße Maske und aus von ihr als HYGIENISCH bezeichneten Gründen hauchdünne, durchsichtige Gummihandschuhe trug, nicht daran, einen offensichtlich aus dem Operationssaal ihres Vaters, der mittlerweile eine von seinen fähigsten Operationsschwestern als Diebin verdächtigt und entlassen hatte, entwendeten Gummischlauch in seine Nasenlöcher und dann in seine Ohren zu stecken. Ja, er nahm es sogar hin, daß ihm die Tochter des Obermedizinalrats, der wegen des massenhaften Verschwindens von

EKSPEKTUSIN-Hustensaftflaschen aus den Medikamentenschränken des von ihm geleiteten Lazaretts inzwischen außer zwei Krankenpflegern auch eine Putzfrau und eine Hilfsschwester entlassen hatte, ebenfalls aus dem Lazarett gestohlene Spritzen bald in die Oberarme, bald in die Schenkel, bald in die Gesäßbacken stieß.

Die Tatsache, daß ihm die Stiche dieser keineswegs mit Ampullen gefüllten Spritzen Schmerzen bereiteten, verrieten nur seine bei jedem Spritzenstich zusammengebissenen Zähne, die er erst wieder auseinanderriß, als er auf das Geheiß der Tochter des Obermedizinalrats, die immerzu die für ihre kurzen knochigen Arme viel zu langen Ärmel des Arztkittels zurückschieben mußte, seine Zunge herauszustrecken hatte. Gaby Glotterthal, die auch fortwährend darauf zu achten hatte, daß ihr die hauchdünnen, durchsichtigen Gummihandschuhe nicht von den Händen rutschten, begutachtete die Zunge unseres Juden ebenso gründlich wie dessen Geschlechtsteile, über die sie die Bemerkung äußerte, sie kämen ihr verdächtig vor.

Warum kommt dir der Pimmel unseres Juden verdächtig vor, erkundigte sich mein MANN.

Weil er viel dünner und kleiner ist als der Pimmel meines großen Bruders, erwiderte die Tochter des Obermedizinalrats, die mit einer Unschuldsmiene den neuerdings von ihrem Vater angeordneten Leibesvisitationen des gesamten Lazarettpersonals, angefangen von den Putzfrauen bis zu den Assistenzärzten, beizuwohnen pflegte, das des Diebstahls bezichtigt wurde, die sie, die von ihrem Vater MEIN ENGELSKINDCHEN genannt wurde, begangen hatte.

Kleinere Jungen haben kleinere Pimmel als größere Jungen, suchte sie unser Jude zu belehren.

Weil wir jedoch meiner Freundin, die behauptet hatte, daß zu den Hauptmerkmalen der Juden, abgesehen von ihrer Feigheit, auch ihre Verlogenheit zählte, bei weitem mehr Glauben schenkten als unserem durch seine jüdische Verlogenheit gebrandmarkten Juden, hielten wir auch seine Behauptung, daß Kommunisten nur in Ausnahmefällen Juden und Juden nur in Ausnahmefällen Kommunisten wären, für eine faustdicke Lüge.

Du lügst wie gedruckt, brüllte mein Mann unseren Juden, der sich auch jetzt nicht dagegen zur Wehr setzte, daß die Tochter des Obermedizinalrats, ihren Zeigefinger, der die hauchdünne, durchsichtige Hsndschuhfläche durchdrang, bis zum Schaft in sein Popoloch bohrte, ehe sie uns, nachdem sie begierig, als strömte dieser einen betörenden Duft aus, den besagten Zeigefinger berochen hatte, einen bedeutsamen aus ihren kleinen, ungemein engstehenden, stets gehässig glitzernden Augen zuwarf, die wie auch ihre rachitisch vorgewölbte Stirn, ihr dürftiger Haaransatz und ihr disproportional großer Kopf auf ihren knochigen, schmalen Schultern, der einen einzigen Verstoß gegen die Ebenmäßigkeit der menschlichen Gestalt darstellte, wohl den Grund dafür bildeten, daß ihr kein einziger Junge bisher einen Heiratsantrag gemacht hatte, während mir Heiratsanträge von Jungen, die mir ebenfalls einen noch wundervolleren Weltkrieg als diesen ohnehin schon wundervollen Weltkrieg zu führen verhießen, gemacht wurden, die ich aufgrund jener meinem MANN versprochenen ewigen Treue selbstredend ablehnte. Immer wahlloser machte sie daraufhin, obwohl dies die Sache der Jungen und nicht die Sache der Mädchen war, allen x-beliebigen Jungen, die ihr über den Weg liefen, von sich aus Heiratsanträge, die allerdings aus einem Mangel an Neigung, der MANN einer solchen FRAU zu sein, immer abgelehnt wurden.

Im Gegensatz zu jenen Jungen, die ihr Körbe gaben, wußten wir, mittlerweile ihre Unansehnlichkeit gewohnt, wie wir es waren, ihr Wissen durchaus zu schätzen. Angespannt starrten wir auf ihren in das Popoloch unseres Juden gebohrten Zeigefinger. Schließlich erkundigte sich mein MANN, der ihr den Respekt, der einer Koryphäe zu zollen war, keineswegs verweigerte, ungeduldig nach ihrem Befund.

Dieser zweite von mir diagnosstizierte Befund hat den ersten von mir diagnostizierten Befund nur bestätigt, erklärte die Tochter des Obermedizinalrats, der in dem von den Diebstählen seines ENGELSKINDCHENS Gaby heimgesuchten, von ihm geleiteten Lazarett inzwischen die Krankenbetten der frisch aus der Ostfront eingelieferten verwundeten, verstümmelten, verkrüppelten oder sterbenden Soldaten nach Diebesbeute durchsuchen ließ, obwohl seinen Patienten zum Stehlen die Hände, zum Wegschleppen der Diebesbeute die Füße und Beine oder die Kraft fehlte, sich zum Stehlen auf den kurzen Weg der neuerdings überwachten Medikamentenschränke zu machen, deren Überwachern der Vater des ENGELSKINDCHENS Gaby gleichfalls mißtraute.

Die von mir diagnostizierten Befunde bestätigen, daß unser Jude, obwohl er wie ein Mensch aussieht, zu den Untermenschen der untersten Sorte zählt, sagte das ENGELSKINDCHEN Gaby, das sich nun des von ihr aus dem Lazarett entwendeten Arztkittels entledigte und diesen Arztkittel zusammenrollte, und ihn schließlich, ohne sich darum zu scheren, daß das Fehlen dieses Arztkittels die Kündigung irgendeiner imLazarett ihres Vaters tätigen Person nach sich ziehen konnte, auf dem Fußboden neben der Badewanne, auf deren Umkachelung sie den grellgelben Judenstern geklebt hatte, niederlegte, um ihn, falls weitere Befunde zur Bestätigung ihrer Befunde vonnöten sein sollten, jederzeit griffbereit zur Hand zu haben.

Hast du irgendeine Erklärung für das menschliche Aussehen dieses Untermenschen der untersten Sorte? erkundigte sich mein MANN bei der Tochter des Obermedizinalrats, in dessen von ihm geleiteten Lazarett mittlerweile selbst das Fehlen eines Fieberthermometers das gesamte Lazarett-Personal in Panik ausbrechen zu lassen vermochte, die eine Vernachlässigung der

Betreuung der verwundeten, verkrüppelten oder sterbenden deutschen Soldaten zur Folge hatte, die nicht ahnten, daß es die Schuld des ENGELSKINDCHENS war, daß ihnen ihr Fieber nicht gemessen, daß ihnen kein Frühstück oder kein Mittagessen oder keine Abendmahlzeit vorgesetzt wurde, die nicht ahnten, daß es die Schuld des ENGELSKINDES Gaby war, daß ihre Wunden nicht verbunden, daß ihnen ärztliche Visiten versagt wurden, die nicht ahnten, daß es die Schuld des ENGELSKINDES Gaby war, daß ihnen keine Spritzen verpaßt, keine schmerzlindernden Medikamente verabreicht wurden oder daß ihren rechterhand und linkerhand stebenden Kameraden während der Agonie von seiten dieses in Panik versetzten Lazarettpersonals keinerlei Beistand geleistet wurde.

Hast du irgendeine Erklärung für das menschliche Aussehen dieses Untermenschen der untersten Sorte, wiederholte jetzt mein MANN seine Frage.

Er muß sich von irgendeinem Zauberer, von irgendeiner Meereshexe oder von irgendeiner bösen Fee in einen Menschen verwandeln haben lassen, erwiderte ihm die Tochter des Obermedizinalrats, der jetzt mein Bruder Kicki ins Wort fiel.

Vielleicht hat er sich selber mit einem Zauberstab, mit einem Zauberring oder mit einem Zauberspruch in einen Menschen verwandelt, warf er mit seiner piepsenden Stimme ein.

Ich kenne einen Zauberspruch, mit dem ich ihn vielleicht in den Untermenschen der untersten Sorte, der er ist, zurückverwandeln kann, erklärte ich meinem MANN, der mich voller Skepsis ansah.

Aber du bist doch keine Hexe, meinte er.

Ich schüttelte den Kopf.

Trotzdem kenne ich einen Spruch, der ein Zauberspruch sein könnte, behauptete ich.

Wenn du wirklich meinst, du könntest mit deinem Zauberspruch diesen wie ein Mensch aussehenden Untermenschen der untersten Sorte zurück in das, was er in Wahrheit ist, verwandeln, dann sage bitte deinen Zauberspruch auf, entgegnete mein MANN.

Ich wartete, bis in unserem WÄTZ-KZ um mich herum keiner mehr einen Muckser tat, ehe ich das Risiko auf mich nahm.

DOMINUS VOBISCUM, sagte ich mit einer Stimme, die mir nicht weihevoll genug erschien, um diesem Anlaß gerecht zu werden.

Während alle Anwesenden in unserem WÄTZ-KZ mit angehaltenem Atem darauf warteten, daß ein Wunder geschah, vollführte ich mit der rechten Hand einen Wirrwarr mysteriös erscheinender Bewegungen in der Luft.

ET CUM SPIRITU TUO, sang ich eher als ich sprach.

Abermals trat in Anbetracht der von mir mit einem Zauberspruch verwechselten lateinischen Meßgebetszeile, die aufgrund ihrer Unverständlichkeit bei den Anwesenden im WÄTZ-KZ eine Weihestimmung auslöste, eine Stille ein, der etwas Andächtiges innewohnte, was auch der Sachverhalt, daß sich unser Jude noch immer nicht in einen Untermenschen der untersten Sorte zurückverwandelt hatte, nicht gänzlich aus der Welt zu schaffen vermochte.

Ich frage mich, warum es mir trotz meines Zauberspruchs nicht gelungen ist, diesen in einen Menschen verwandelten Untermenschen der untersten Sorte zurück in das zu verwandeln, was er vorher gewesen war, sagte ich, indem ich meinem MANN einen ratlosen Blick zuwarf.

Das ist dir nur deshalb nicht gelungen, weil du keine Hexe bist, suchte mich mein MANN zu beschwichtigen, der nicht anders als ich aufgrund jener Märchen, in denen im Handumdrehen Prinzen in Frösche, Kinder in Singvögel und friedliche Wandergesellen in Steine verwandelt wurden, die Verwandlung unseres Juden in einen Menschen längst nicht mehr für eine Mutmaßung, sondern für eine vollendete Tatsache hielt.

Mit seinen rotblonden Haaren und mit seinen vertrauenswürdig wirkenden blauen Augen sieht er so arisch aus, daß nur ein Dummkopf diesem Untermenschen der untersten Sorte nicht anmerkt, daß er sich in einen Menschen hat verwandeln lassen, sagte mein MANN, indem er unseren Juden musterte, der einem Herrenmenschen weitaus mehr ähnelte als mein MANN, der KZ-Kommandant, der braune Augen hatte. Auch die fünf SS-Männer, die mein MANN kürzlich zu KZ-Wärtern ernannt hatte, wirkten keineswegs so arisch wie unser Jude.

Meiner Ansicht hätte der SS-Mann Adolf Dittmeier als der Sohn eines dem Vernehmen nach im fernen Polen um die ENDLÖSUNG höchst verdienstreichen, erwachsenen SS-Mannes wesentlich arischer aussehen müssen, als er dies mit seinen fast jüdisch anmutenden, in viel zu langen, viel zu lappigen Ohrläppchen endenden, abstehenden Ohren tat.

Meiner Ansicht nach beeinträchtigte auch der SS-Mann Gustav Ege, der behauptete, seine nahezu mongolischen, dunkelbraunen Schlitzaugen von seinem Vater geerbt zu haben, eben dieser Augen wegen den heldenhaften Tod seines Vaters, der an der Ostfront bis zum letzten Blutstropfen für den ENDSIEG gekämpft hatte.

Zudem entsprachen der SS-Mann Manfred Schmer und der SS-Mann Leo Zöpel jenen höchst strikten Bedingungen, die ich an einen Arier stellte, zumeist in keiner Weise.

Im Gegensatz zu Leo Zöpel, der sich, nur um seinen Rang nicht zu verlieren, sogar dazu herabwürdigte, vor meinem MANN auf dessen Befehl hin Tänze aufzuführen, und der wegen der Erbmasse, die ihm von seinem Vater, dem Dentisten, aufgebürdet worden war, seinen Aufstieg durch Erniedrigungen aufrechtzuerhalten hatte, um bei meinem MANN, der ihn ganz und gar nicht ungern schikanierte, triezte, piesackte, abkanzelte, kritisierte und herumkommandierte, nicht in Ungnade zu fallen, war dem SS-Mann Manfred von seinem Vater, dem von allen schulpflichtigen Kindern mehr als der Leibhaftige gefürchtete Oberlehrer Schmer, eine Erbmasse vergönnt worden, mit der er nach meinem Dafürhalten Berge hätte versetzen können.

Doch statt seinem Vater nachzueifern, der von einer selbst im tiefsten Schlaf nicht verebbenden, grundlosen wie unergründbaren, übermächtigen Wut getrieben wurde, lebte der SS-Mann Manfred Schmer in Angst und Schrecken wie die von seinem Vater ausschließlich HUNDSKNOCHEN genannten Schulkinder, die dem Oberlehrer Schmer bei aller Mühe nichts richtig machen konnten, der alles als falsch, als falscher und falscher als falsch zu bezeichnen pflegte, ohne seinen HUNDSKNOCHEN zu verraten, wie das, was er falsch, falscher und falscher als falsch schimpfte, richtig zu machen war.

Dank der Berichte der HUNDSKNOCHEN des Oberlehrers Schmer war die Schule, unter Kindern wie mir, meinem MANN, dessen SS-Männern, meiner Freundin Gaby Glotterthal und meinem Bruder, der, obwohl sein erster Schultag in fernerer Zukunft lag als der in wenigen Monaten auf uns zukommende erste Schultag, beim Gedanken an seinen ersten Schultag aus lauter Furcht, statt HART WIE KRUPPSTAHL zu bleiben, WEICH WIE BUTTER wurde, dermaßen berüchtigt, daß wir es zwar billigten, aber durchaus verstanden, daß der Sohn dieses Oberlehrers: nämlich der SS-Mann Manfred Schmer durch die Furcht und durch den Schrecken, in die ihn sein Vater, der auch ihn ausnahmslos nur einen HUNDSKNOCHEN nannte, nach Beendigung des Unterrichts zu versetzen pflegte, daran hinderte, trotz seiner Erbmasse alle Welt in Furcht und Schrecken zu versetzen.

Der SS-Mann Manfred Schmer, dem momentan zumindest während der Unterrichtsstunden, in denen sein Vater fernab in der berüchtigten Schule den bereits schulpflichtig gewordenen HUNDSKNOCHEN weniger das Schreiben, das Lesen oder das Rechnen, als vielmehr das Ertragen von Schlägen, einem

Lehrfach, in dem die besagten HUNDSKNOCHEN mit wahren Meisterleistungen aufzuwarten hatten, beibrachte, noch eine Schonzeit vergönnt war, während der er seine von wuchtigen Linealschlägen kundenden, immer violett, bläulich, grünlich und gelblich verfärbten, nie abschwellenden Handrükken kühlen konnte, mußte uns nicht eigens erklären, daß er beabsichtigte, keineswegs in die Schule zu gehen. Ich verstand durchaus, daß der SS-Mann Manfred Schmer, der seinem Vater bislang nur zuhause als HUNDSKNOCHEN herzuhalten hatte, nicht gewillt war, auch noch in der berüchtigten Schule, deren Außenwände ich mit meinem Bruder Kicki schon mehrfach aus einer sicheren Distanz besichtigt hatte, und rund um die Uhr zu einem HUNDSKNOCHEN degradiert zu werden. Allein der Anblick seiner Handrücken bewies mir, daß der SS-Mann Manfred Schmer ganz zu Recht den festen Entschluß gefaßt hatte, einen Tag vor seinem ersten Schultag ins KZ zu gehen.

So, als wäre für ihn, den HUNDSKNOCHEN, selbst das, was andere, die nicht HUNDSKNOCHEN hatten sein müssen, als das größte Unglück bezeichneten, Glück genug, sehnte sich der SS-Mann Manfred Schmer nach seiner Einlieferung in eines von den bislang für ihn unauffindbar gebliebenen KZs. Obwohl er, nicht anders als wir alle, keine Ahnung hatte, was unter der ENDLÖSUNG, die den Äußerungen der Tochter des Obermedizinalrats zufolge, alles endgültig löste, zu verstehen war, erhoffte sich der Sohn dieses von einer ebenso grundlosen wie unergründbaren Wut gebeutelten Oberlehrers die endgültigere Lösung seines Problems, nämlich seinem Vater zu entrinnen. Bemüht, die GESTAPO, die für ihn den barmherzigen Samariter darstellte, auf sich aufmerksam zu machen, war Manfred Schmer zwar schon wiederholte Male mit einem nahezu untertassengroßen grellgelben Judenstern auf dem Ärmel seines Mantels durch die GAGFA- Siedlung gegangen. Aber sein grellgelber Judenstern hatte die Gestapo aus irgendeinem Grund nicht zu ködern vermocht.

Deshalb zerbrach sich der SS-Mann Manfred Schmer den Kopf darüber, auf welche Art und Weise er jenes Glücks teilhaftig werden konnte, obwohl er kein Jude und somit auch kein Kommunist war, um so, als wäre er ein Untermensch der untersten Sorte, ins KZ zu kommen. Wenn er ausnahmsweise einmal nicht an das Ziel seiner Träume: nämlich ans KZ dachte, atmete er in der Küche seiner Mutter das aus den Gashähnen auf der Gasherdplatte ausströmende Gas so lange ein, bis es ihm so schwindlig war, daß er zu seiner Ruine taumelte, deren Prunkstück in einer dicht neben einem bemerkenswert großen Durchbruch in den stockfinsteren Keller hinauf ins Nichts führenden Treppe bestand, auf deren oberster Stufe angelangt, jeder, der diese geländerlose, keinen Halt bietende, dicht an einem bemerkenswert großen Durchbruch vorbeiführende Treppe überhaupt hinaufzusteigen wagte, beim kleinsten Fehltritt auf dieser obersten, den Rand eines Abgrunds darstellenden Stufe in den darunter klaffenden Abgrund zu stürzen drohte, die auch jene sogenannten DEUTSCHEN WUNDERBLUMEN, die, wie auf allen Trümmerhaufen, auch auf den Trümmern in diesem Abgrund mit ihren gelben Blüten ins Kraut schossen, um keinen Deut die Gefahr, in der er war, zu bereinigen vermochten.

Besoffen von dem EKSPEKTUSIN-Hustensaft und schwindlig von dem vielen Gas, das er eingeatmet hatte, stieg der SS-Mann Manfred Schmer, der trotz seines Ranges nie vergaß, daß er im Grunde doch nur ein HUNDSKNOCHEN war, diese ins Nichts führende Treppe, taumelnd und wankend, bis zur obersten Stufe, also dem Rand eines Abgrunds durchaus gleichkam, hinauf, um eher lallend als brüllend zu rufen: HIER STEHT EIN HUNDSKNOCHEN, DER IN EINEN MENSCHEN VERWANDELT WURDE, WEIL MENSCHEN

KEINE PFOTEN, SONDERN HÄNDE HABEN, AUF DIE SICH'S BESSER SCHLAGEN LÄSST.

Auch in diesem Augenblick machte sich der SS-Mann Manfred Schmer, der es leid war, bis zu seinem Lebensende ein HUNDSKNOCHEN zu sein, kein Hehl daraus, daß er sich glücklich preisen würde, wenn er statt eines HUNDSKNOCHENS,der sich nur während der Abwesenheit seines Vaters in einen Menschen verwandeln konnte, zumindest für immer ein Jude, das heißt ein Untermensch der untersten Sorte sein könnte.

Du hast es gut, sagte er zu unserem Juden, dem aus jenen Körperstellen, in die die Tochter des Obermedizinalrats mit ihren Spritzen gestochen hatte, Blut tropfte.

Warum soll ich es hier in euerem KZ denn gut haben? fragte ihn unser Jude.

Weil du als Jude im Gegensatz zu mir jederzeit in ein KZ eingeliefert werden kannst, erwiderte der SS-Mann Manfred Schmer unserem Juden, der abermals behauptete, kein Jude zu sein.

Auch mein Vater ist kein Jude, sondern nur ein Kommunist, meinte er.

Wenn nicht alle Juden Kommunisten und nicht alle Kommunisten Juden wären, kämen sie doch nicht samt und sonders ins KZ, kreischte meine Freundin Gaby Glotterthal, von der wir wieder einmal EKSPEKTUSIN-Hustensaftflaschen erworben hatten.

Es gibt solche und solche KZs, widersprach ihr unser Jude.

Ein KZ ist ein KZ, brüllte mein MANN.

Auch dieses WÄTZ-KZ ist ein KZ, fuhr er fort, ehe er, nicht anders als ich und mein Bruder Kicki, seine Hustensaftflasche an die Lippen hob und einen großen Schluck Hustensaft trank.

Könnte ich auch ins WÄTZ-KZ, um endlich wenigstens ein KZler zu sein? erkundigte sich in einem bittenden Tonfall der SS-Mann Manfred Schmer bei meinem MANN.

Ein SS-Mann kann kein KZler werden, wies ihn mein MANN barsch zurecht.

Aber ich bin doch nur so lange ein SS-Mann, bis mein Vater wieder nachhause kommt, klagte der SS-Mann Manfred Schmer. Kaum daß mein Vater vom Unterricht nachhause gekommen ist, habe ich wieder ein HUNDSKNOCHEN zu sein, fügte er so weinerlich hinzu, daß ich ihn fragte, ob ich ihm helfen könne.

Helfen könntest du mir nur, wenn du eine Hexe wärst, erwiderte der SS-Mann Manfred Schmer.

In was möchtest du denn verwandelt werden? wollte ich von ihm wissen.

In einen Juden wie diesen hier, entgegnete Manfred Schmer, indem er auf unseren Juden deutete, der erneut behauptete, kein Jude zu sein.

Es zählt zu den Hauptmerkmalen der Juden, daß sie keine Juden sein wollen, kreischte Gaby Glotterthal.

Ich gäbe etwas dafür, wenn ich in einen Juden verwandelt würde, meinte der SS-Mann Manfred Schmer.

Es ist RASSENSCHANDE, wenn sich ein Arier in einen Juden verwandeln läßt, brüllte mein MANN.

Laß mich doch bitte versuchen, ihn in einen Juden zu verwandeln, flehte ich meinen MANN an.

Warum willst du das denn unbedingt versuchen, erkundigte sich dieser bei mir.

Weil unser WÄTZ-KZ viel furchteinflößender wäre, wenn wir statt eines einzigen Juden zwei Juden hätten, sagte ich.

Mein MANN trank erst einmal einen Schluck Hustensaft, ehe er, ebenfalls darauf bedacht, den Ruch der Kinderei, von dem unser WÄTZ-KZ nach wie vor noch nicht gänzlich bereinigt war, zunichte zu machen, beschloß, mich zumindest versuchen zu lassen, seinen SS-Mann Manfred Schmer in einen Juden zu verwandeln.

Knie vor mir nieder, damit ich versuchen kann, dich in einen

Juden zu verwandeln, befahl ich dem SS-Mann Manfred Schmer, der, bereit, alles zu tun, um kein HUNDSKNOCHEN mehr sein zu müssen, unverzüglich meinem Befehl Folge leistete.

Ich wartete so lange, bis keiner von den Anwesenden in unserem WÄTZ-KZ mehr einen Muckser tat, bevor ich die Hexenmeisterin herauskehrte. Bemüht, mir nicht anmerken zu lassen, wie geschmeichelt ich mich fühlte, der Brennpunkt des allgemeinen Interesses zu sein, bat ich den SS-Mannfred Schmer, seinen Kopf zu senken, ehe ich mit meiner rechten Hand ein Wirrwarr von Bewegungen vollführte.

DOMINUS VOBISCUM: ET CUM SPIRITU TUO, sang ich, während unser Jude in der Badewanne zu lachen begann.

Warum lachst du, brüllte ihn mein MANN an.

Weil man einzig und allein in Märchen irgendjemanden in irgendetwas anderes verwandeln kann, erwiderte unser Jude, ehe er auf den nach wie vor mit einem gesenkten Kopf vor mir niederknieenden SS-Mann Manfred Schmer, der trotz meines Verwandlungsversuchs nach wie vor der SS-Mann Manfred Schmer war, wies, der jetzt schicksalsergeben aufstand.

Mein SS-Mann ist nur deshalb kein Jude geworden, weil meine FRAU keine Hexe ist, brüllte mein MANN unseren Juden an.

Wie hast du eigentlich ausgesehen, bevor du in einen Menschen verwandelt worden bist, wollte mein Bruder Kicki, dem wie uns allen, noch nie ein Untermensch der untersten Sorte zu Gesicht gekommen war, von unserem Juden wissen.

Doch statt meinem Bruder zu antworten, schwieg unser Jude.

Antworte gefälligst, wenn du von einem von uns etwas gefragt wirst, brüllte ihn mein MANN an.

Ihr glaubt mir ja doch nicht, daß ich schon immer ein Mensch gewesen bin, sagte unser Jude.

Alle Juden behaupten, daß sie schon immer Menschen gewesen wären, kreischte Gaby Glotterthal.

Die Juden sind ja auch Menschen, belehrte sie unser Jude.

So etwas kann nur ein Jude behaupten, schrie ich unseren Juden an.

Wenn du uns nicht sofort gestehst, wer dich in einen Menschen verwandelt hat oder womit du dich selber in einen Menschen verwandelt hast, wirst du nichts mehr zu lachen haben, drohte unserem Juden brüllend mein MANN.

So glaubt mir doch bitte, daß es keine Zauberer, keine Hexen, keine bösen Feen, keine Zauberstäbe und keine Zaubersprüche gibt, bat unser Jude, der zu meiner Genugtuung jetzt endlich die Fassung zu verlieren begann.

Das offenkundige Nachlassen seiner Furchtlosigkeit hob nicht nur unser Selbstgefühl. Ohne der Tatsache Rechnung zu tragen, daß wir zu neunt waren, während unser Jude allein war, verspürten wir gegenüber diesem Untermenschen der untersten Sorte eine Überlegenheit, die danach heischte, demonstriert zu werden.

Es übermannte uns ein unbändiger Drang, unserem Juden dessen Unterlegenheit zu beweisen. Eine in uns zunächst nur keimende Grausamkeit begann in uns die Oberhand zu gewinnen. Mit geballten Fäusten und mit bösartig funkelnden Augen standen wir vor der Badewanne in unserem WÄTZ-KZ, in dem bislang noch nichts geschehen war, das dazu angetan gewesen wäre, die Kinder in der GAGFA-Siedlung allein durch die Erwähnung unseres WÄTZ-KZs in Angst und Schrecken zu versetzen.

Voller Verachtung spuckte ich unserem Juden ins Gesicht.

Die Hilflosigkeit, mit der er, bedingt durch seine gefesselten Hände, meinen Speichel aus seinem Gesicht zu wischen versuchte, ließ uns nicht nur seine Ohnmacht, sondern auch unsere Macht in ihrem vollen Ausmaß bewußt werden. Obwohl wir diese Macht allein dem Sachverhalt zu verdanken hatten, daß wir aufgrund unserer Anzahl leichterdings dazu imstande waren, einen einzelnen zum Opfer unserer Willkürakte zu degradieren, empfanden wir es nur als recht und billig, daß mein MANN unserem Juden jetzt einen Fausthieb aufs Kinn versetzte, auf dem sich im Handumdrehen ein Bluterguß bildete, der die Wucht bewies, mit der unser KZ-Kommandant zugeschlagen hatte.

Fleh uns gefälligst um Gnade an, kreischte meine Freundin Gaby Glotterthal.

Ich denke nicht daran, sagte unser Jude.

Warte nur, wir werden schon noch dafür Sorge tragen, daß du uns nicht nur um Gnade anflehst. Vielmehr wirst du in Bälde winseln, als wärst du der räudigste aller räudigen Straßenköter, brüllte mein MANN unseren Juden an.

Lieber sterbe ich, als daß ich wie der räudigste aller räudigen Straßenköter winseln würde, beteuerte unser Jude meinem MANN, dem KZ-Kommandanten, der unserem Juden als Strafe für die Weigerung, wie der räudigste aller räudigen Straßenköter zu winseln, nun einen Faustschlag auf das rechte Auge versetzte, das unverzüglich zuzuschwellen begann.

Jetzt sieht er schon eher wie ein Jude aus, kreischte meine Freundin Gaby Glotterthal, indem sie mir, offensichtlich auf meine Zustimmung wartend, einen fragenden Blick zuwarf.

Aber ich war weit davon entfernt, ihr beizupflichten.

Wortlos musterte ich unseren Juden, der trotz der blutenden Körperstellen, in die ihm die Tochter des Obermedizinalrats ihre Spritzen verpaßt hatte, trotz seines blutunterlaufenen, angeschwollenen Kinns, das wegen der Asymmetrie der Schwellung schief und deformiert wirkte, sowie trotz seines mittlerweile ebenfalls angeschwollenen Judenmauls, dessen Unterlippe wie eine Wulstlippe anmutete, und nicht zuletzt trotz seines inzwischen fast zugeschwollenen rechten Auges, von dem nur mehr ein Schlitz offen war, meinen zwar wolkig vagen, dafür aber überaus grausigen Vorstellungen vom Äußeren all jener Untermenschen, die auf eine mir rätselhafte Art und Weise, obwohl es, dem Vernehmen nach, in unserem Vaterlande Millionen von ihnen geben sollte, samt und sonders vom Erdboden verschwunden waren, bei weitem noch nicht entsprach.

Vielmehr war ich der Ansicht, daß der Anblick eines Untermenschen dem Anblick jener Ungeheuer aus dem Märchen VON EINEM, DER AUSZOG, DAS FÜRCHTEN ZU LERNEN den Rang ablaufen mußte. In meiner Todesverachtung wünschte ich mir seit langem irgendetwas, das mich das Fürchten lehren würde.

Ich wollte, ich könnte diesen Juden wieder in einen Untermenschen zurückverwandeln, meinte ich, hauptsächlich meinem MANN zugewendet, der mir allerdings in diesem Augenblick keinerlei Beachtung schenkte.

Vollauf damit beschäftigt, möglichst imposant zu wirken, stellte er sich, seine rechte Hand hochstreckend, wie von Leibwächtern umringt von seinen strammstehenden SS-Männern, denen von ihm jene Widerspenstigkeit, die unser Jude an den Tag legte, restlos ausgetrieben worden war, vor die Badewanne und starrte unseren Juden mit einer gerunzelten Stirn so bedrohlich, wie es ihm nur möglich war, an.

Als der Kommandant des WÄTZ-KZs fordere ich von dir Judensau jene Ehrerbietung, die jedem KZ-Kommandanten von jedem KZler gezollt zu werden hat, brüllte er unseren Juden an.

Doch unser Jude verzog nur seinen angeschwollenen Mund, dessen Schwellung es ihm versagte, jenen Hohn, den er offensichtlich zum Ausdruck zu bringen gedachte, auch tatsächlich zum Ausdruck zu bringen.

Du Nazisau verdienst nicht die geringste Ehrerbietung, sagte er zu meinem MANN, der über diese Äußerung für einen Augenblick völlig sprachlos war.

Augenscheinlich um Zeit zu gewinnen, trank er abermals einen großen Schluck Hustensaft.

Warum wagst du Judensau es, mir deine Ehrerbietung zu verweigern? fragte er schließlich unseren Juden.

Weil ich im Gegensatz zu dir Nazisau kein Feigling bin, entgegnete unser Jude.

Was bringt dich auf den Gedanken, daß ich ein Feigling wäre? brüllte ihn mein MANN an.

Die Tatsache, daß du fünf SS-Männer brauchst, um einen einzelnen festnehmen, abführen und fesseln zu können, damit du instande bist, ihm Fausthiebe zu versetzen, gegen die er sich wegen seiner Fesseln nicht zur Wehr setzen kann, sagte unser Jude zu meinem MANN, der in Anbetracht der Herabwürdigung seiner Person, die mit dem Ruch, ein Feigling zu sein, behaftet worden war, aus mir unbegreiflichen Gründen dennoch davon Abstand nahm, sich von diesem Ruch zu reinigen.

Statt seinen Mut dadurch unter Beweis zu stellen, daß er unseren Juden entfesselte und, ganz auf sich selbst gestellt, so lange mit ihm kämpfte, bis entweder er oder unser Jude aus diesem Kampf als Sieger hervorging, war er allem Anschein nach darauf bedacht, sein hohes Ansehen unter keinen Umständen einzubüßen, indem er das Risiko einging, im Kampf gegen einen Untermenschen der untersten Sorte eine Niederlage zu erleiden.

Das einzige, wozu er sich momentan zu ermannen vermochte, war die Leerung seiner Hustensaftflasche, die er, um noch mannhafter zu wirken, gegen die Kachelwandreste hinter der Badewanne dergestalt schleuderte, daß ein großer Teil der Scherben dieser geleerten EKSPEKTUSIN-Hustensaftflasche auf den splitternackten Leib unseres Juden niederprasselte.

Ich hätte nie gedacht, daß eine Nazisau wie du dermaßen feige wäre, sagte unser Jude.

Halt gefälligst dein Lügenmaul, du Judensau, brüllte mein MANN unseren Juden an.

Von einem Großmaul wie dir Nazisau lasse ich mir den Mund nicht verbieten, erwiderte unser Jude meinem MANN, der offensichtlich angestrengt überlegte, wie er unseren Juden für dessen Unverschämtheiten gebührend bestrafen sollte.

Voller Ratlosigkeit sah er mich an.

Natürlich darf er zur Strafe für seine Unverschämtheiten nicht mehr nachhause gehen, sagte ich.

Zur Strafe für deine Unverschämtheiten darfst du nicht mehr nachhause gehen, wiederholte mein MANN brüllend meine Äußerung.

Ich muß also in euerem verrotteten KZ bleiben, konstatierte unser Jude mit einer Ungerührtheit, die mich rasend machte.

Unser WÄTZ-KZ ist nicht verrottet, schrie ich diesen Untermenschen der untersten Sorte an.

Das einzige, was hier verrottet ist, bist du, fügte ich schreiend hinzu.

Was habt ihr denn davon, daß ich in euerem verrotteten KZ bleibe? erkundigte sich unser Jude.

Nichts, absolut nichts haben wir davon, schrie ich ihn an.

Warum laßt ihr mich denn dann nicht nachhause gehen? wollte unser Jude von uns wissen.

Weil ein KZler ins KZ gehört, erwiderte ihm brüllend mein MANN.

Mir macht es nichts aus, in euerem verrotteten KZ zu bleiben, erwiderte unser Jude.

Uns macht es auch nichts aus, daß du in unserem WÄTZ-KZ bleibst, das lange nicht so verrottet ist wie du, kreischte meine Freundin Gaby Glotterthal.

Aber seiner Mutter wird es etwas ausmachen, wenn er plötzlich nicht mehr nachhause kommt, meinte ich nachgerade genüßlich.

Die arme Mutter, murmelte mein Bruder Kicki.

Nenn dieses Weibsbild, das als die Frau eines Kommunisten, der ein Jude ist, RASSENSCHANDE getrieben hat, bloß noch einmal eine MUTTER!

Das arme Weibsbild, murmelte mein Bruder Kicki.

Soll sich dieses Weibsbild doch getrost die größten Sorgen machen, brüllte mein MANN.

Meine Mutter ist kein Weibsbild, widersprach unser Jude.

Sie wird mich suchen, fügte er hinzu.

Hier im WÄTZ-KZ findet sie dich nie, brüllte mein MANN, der sich zu meiner Erleichterung jetzt wieder seiner Rolle als KZ-Kommandant gewachsen zeigte.

Ich werde so lange ganz laut um Hilfe schreien, bis mich meine Mutter hört, erklärte unser Jude.

Am Hilfeschreien werden wir dich hindern, brüllte mein MANN mit einer sich überschlagenden Stimme, die mehrfach erstarb, während er dem SS-Mann Manfred Schmer, der lieber ein Jude als eine HUNDSKNOCHEN sein wollte, den Befehl erteilte, unseren Juden zu knebeln.

KZ-Kommandant befiehl! Ich folge dir! erwiderte brüllend der SS-Mann Manfred Schmer, indem er in seinen beiden Hosentaschen suchte, ehe er, vorläufig noch nicht der HUNDSKNOCHEN, der er in Bälde wieder zu werden hatte, meinem MANN, dem KZ-Kommandanten, brüllend mitteilte, daß er in Ermangelung eines Taschentuchs außerstande sei, den ihm erteilten Befehl, unseren Juden zu knebeln, Folge zu leisten.

Mein Vater hat mir, weil ein deutscher Junge nicht weinen darf, obwohl ich für ihn nur ein HUNDSKNOCHEN bin, offenbar auch noch mein letztes Taschentuch abgenommen, damit ich mir die Tränen, bevor er mich beim Weinen ertappt hat, nicht wegwischen kann, erklärte er meinem MANN, der sich bei seinen vier weiteren SS-Männern brüllend erkundigte, wer von ihnen ein Taschentuch hätte.

Ich habe sogar zwei Taschentücher, brüllte der SS-Mann Adolf Dittmeier, der bislang während jener Urlaubstage, in denen sich sein Vater von den Strapazen, die die ENDLÖSUNG offensichtlich mit sich brachte, in seiner Siedlungshaushälfte zu erholen pflegte, durch das Belauschen der Gespräche seiner Eltern, die immer dann, wenn es interessant wurde, zu flüstern begannen, zwar erfahren hatte, daß die ENDLÖSUNG etwas mit GAS zu tun hatte. Was diese ENDLÖSUNG mit GAS zu tun hatte, wußte indes der SS-Mann Adolf Dittmeier nicht. Er mutmaßte lediglich, daß sich in jenem KZ im fernen Polen, wo sich sein Vater dermaßen mit der ENDLÖSUNG verausgabte, daß er selbst im Urlaub nachts im tiefsten Schlaf wie ein Verrückter seine Mutter mit dem Ausruf: ICH HABE NICHTS ALS MEINE PFLICHT GETAN, aus dem Schlafe schreckte, viele Gasherde befinden mußten, weil nach seinem Dafürhalten zur Verwirklichung der ENDLÖSUNG so maßlos gekocht werden mußte, daß diese Kocherei seinen Vater bis an den Rand eines Nervenzusammenbruchs zu treiben schien. Auch hatte er seinen Vater, bei dem es sich in bezug auf die ENDLÖSUNG um einen Experten handelte, zu seiner Mutter irgendetwas über die unser Begriffsvermögen übersteigende sogenannte KAPAZITÄT sogenannter VERBRENNUNGSÖFEN, von denen Adolf Dittmeier, eben weil seine Eltern immer dann, wenn es interessant wurde, zu flüstern begannen, nicht wußte, was darin verbrannt wurde, zu seiner Mutter sagen hören, die seinen Vater, der immerzu behauptete, er sähe selbst wenn er seine Augen himmelwärts richte, statt Lämmerwolken, Nebelschwaden, Gewitterwolken oder statt eines azurblauen Firmaments, statt einer strahlenden Sonne oder statt des kühlen Mondeslichts, um das rings herum die Sterne funkelten, ganze Halden von Totengerippen vom Himmel auf ihn niederstürzen, mit den Worten: DU TUST NICHTS ANDERES ALS DEINE PFLICHT zu beschwichtigen suchte.

Zudem hatte Adolf Dittmeier, auf die Gefahr hin, jeden Augenblick ertappt zu werden, während der Urlaubstage, in denen sein Vater von der ENDLÖSUNG auch nicht erlöst wurde, bald vor der Wohnzimmertür, bald vor der Schlafzimmertür seiner Eltern lauschend herausgefunden, daß die ENDLÖSUNG für jene, denen deren Vollstreckung oblag, eine weitaus größere Tortur darstellte, als für jene, an denen diese ENDLÖSUNG vollstreckt zu werden hatte.

Obwohl wir uns keinen Reim auf das, was der SS-Mann Adolf Dittmeier da immerzu lauschend vor geschlossenen Türen stehend, herausgefunden hatte, zu machen vermochten, mutmaßten wir dennoch, daß in den VERBRENNUNGSÖFEN wahrscheinlich jene sogenannte KAPAZITÄT, unter der wir uns nichts vorstellen konnten, verbrannt wurde, während auf den vielen Gasherden, die, den Mutmaßungen des SS-Manns Adolf Dittmeier zufolge, in dem KZ im fernen Polen aufgestellt waren, nur deshalb dermaßen maßlos gekocht wurde, daß diese Kocherei den Vater des SS-Manns Adolf Dittmeier bis an den Rand eines Nervenzusammenbruchs trieb, weil die KZler nicht nur Juden, nicht nur Kommunisten, nicht nur Bettnässer, sondern obendrein nimmersatte Vielfraße waren.

Was dem SS-Mann Adolf Dittmeier, der jetzt das eine seiner beiden völlig verschmierten Taschentücher aus seiner Hosentasche zog, um es unverzüglich, während mein Bruder Kicki: DER ARME JUDE murmelte, unserem Juden tief in dessen Mundhöhle zu schieben, wahrhaftig große Sorgen machte, waren die Ausrufe seines Vaters, den die ENDLÖSUNG selbst bis in die tiefsten Träume verfolgte, in denen er sich mit dem Geschrei: MIT EINEM MÖRDER, DER FREIWILLIG TÖTET, HABE ICH SCHON DESHALB NICHTS GEMEIN, WEIL ICH FREIWILLIG NIEMALS TÖTEN WÜRDE, WENN MAN MIR NICHT DEN BEFEHL ZU TÖTEN, WAS ES NUR ZU TÖTEN GIBT, ERTEILTE selber während seiner Urlaubstage aus dem Schlaf zu schrecken pflegte.

Ich habe nichts anderes als meine Pflicht getan, sagte jetzt der SS-Mann Adolf Dittmeier, nachdem er sein verschmiertes, verschmutztes Taschentuch so tief in die Mundhöhle unseres Juden gestopft hatte, daß dem Letzteren dessen linkes, unverletztes Auge kurzfristig aus der Augenhöhle quoll, während erstickt durch den Knebel Geräusche, die auf einen Brechreiz hinwiesen, aus dem Lügenmaul unseres Juden drangen.

Freiwillig hätte ich diesen Juden niemals geknebelt, wenn mir hierzu nicht der Befehl erteilt worden wäre, fügte der Sohn des sich den Strapazen, die die Bewerkstelligung der ENDLÖSUNG mit sich brachte, im fernen Polen in einem KZ aussetzenden SS-Mannes hinzu.

Ich weiß bei weitem besser als du, welche Befehle ich dir zu erteilen habe, brüllte mein MANN, der KZ-Kommandant, den SS-Mann Adolf Dittmeier an.

Auch wenn dieser Jude ersticken sollte, hätte ich nichts mit einem Mörder gemein, weil ich ihn freiwillig nie geknebelt hätte, erklärte SS-Mann Adolf Dittmeier erregt.

Warum regst du dich eigentlich so auf, fragte ich ihn.

Weil ich Angst habe, daß ich, wenn dieser Jude erstickt, zur Rechenschaft gezogen werde, stieß der SS-Mann Adolf Dittmeier hervor.

Für dich besteht nicht der geringste Grund für irgendeine Angst: Schließlich trage ich als der Kommandant dieses WÄTZ-KZs, für alles, was hier mit diesem Juden auch immer geschehen mag, die volle Verantwortung, versuchte mein MANN den SS-Mann Adolf Dittmeier zu beruhigen.

Trägst du wirklich für alles, was mit diesem Juden geschieht, die volle Verantwortung, erkundigte sich der SS-Mann Adolf Dittmeier bei meinem MANN, der gravitätisch nickte.

Geradezu strotzend vor Verantwortungsbewußtsein, beugte er sich über unseren Juden, dessen Augen, während er röchelnde Geräusche von sich gab, offensichtlich bedingt durch einen Übelkeitsanfall zu tränen begannen.

Das hast du Judensau nun davon, daß du mich eine Nazisau

genannt hast, brüllte er unseren Juden an, den er mithilfe des Knebels mundtot gemacht hatte.

Jetzt kann er nicht mehr um Hilfe schreien, meinte ich.

Wenn er nicht mehr um Hilfe schreien kann, findet ihn in unserem WÄTZ-KZ weder dieses Weibsbild, das er seine Mutter nennt, noch die Polizei, erwiderte meine Freundin Gaby Glotterthal.

Hier wird ihn nicht einmal die GESTAPO finden, weil sie nicht die KZler sucht, die sowieso schon im KZ sind, behauptete ich.

Die GESTAPO sucht schließlich nur nach jenen Juden, die noch keine KZler sind, fügte ich hinzu.

Unser armer KZler, murmelte mein Bruder Kicki.

Aber keiner von uns schenkte ihm auch nur die geringste Beachtung. So, als handle es sich bei ihm nicht um ein menschliches Wesen, sondern nur um ein Machwerk, begutachteten wir kühlen Kopfes und ohne einen Anflug von jenem Mitgefühl, das meinen Bruder Kicki schon wieder dazu veranlaßte: UNSER ARMER KZLER zu murmeln, unseren Juden, der splitternackt, an Händen und Füßen gefesselt, mit einem Knebel in seinem Lügenmaul, mit einem blutunterlaufenen, deformiert erscheinenden Kinn und einem zugeschwollenen Auge sowie mit den langsam verkrustenden Spritzeneinstichstellen und den Scherben der von meinem MANN gegen die Kachelwandreste hinter der Badewanne geschleuderten leeren EKSPEKTUSIN-Hustensaftflasche auf dem Körper sattsam zerschunden in der Badewanne lag, über deren Rand jetzt mein Bruder Kicki kletterte, um zumindest die Hustensaftflaschenscherben vom Körper dieses in einen Menschen verwandelten Untermenschen der untersten Sorte zu entfernen.

Ich war dermaßen vertieft in den Anblick unseres Juden, daß ich zusammenschrak, als mich mein MANN, der KZ-Kommandant, in einem normalen Tonfall fragte, ob ich von ihm zur

KZ-Aufseherin ernannt werden möchte.

Wozu willst du mich ernennen, erkundigte ich mich, in der irrigen Auffassung, nicht richtig verstanden zu haben, was er mich gefragt hatte.

Ich habe dich gefragt, ob du von mir zur KZ-Aufseherin ernannt werden möchtest, sagte mein MANN zu meiner Entgeisterung zu mir.

Sprachlos über dieses ungemein ehrenvolle Angebot nickte ich lediglich mehrmals nacheinander.

Hiermit ernenne ich meine FRAU Lisa Welsner zur Aufseherin unseres WÄTZ-KZs, brüllte aus heiterem Himmel mein MANN so laut, daß ich mir die beschämende Blöße gab, erneut zusammenzuzucken.

HEIL HITLER, brüllten nun auch noch die fünf SS-Männer meines MANNES, die jetzt von ihm zu KZ-Wärtern ernannt wurden, was für sie, weil sie immerhin SS-Männer waren, statt einer Ehrerweisung eher eine Erniedrigung darstellen mußte.

Dennoch hüteten sie sich allesamt schon aus Angst, durch ihre Weigerung, sich zu KZ-Wärtern degradieren zu lassen, ihres Ranges als SS-Männer verlustig zu gehen, irgendwelche Einwände gegen ihre erniedrigenden Ernennungen zu KZ-Wärtern laut werden zu lassen. Vielmehr nahmen sie kommentarlos ihre Erniedrigungen als die Kehrseite ihrer hohen Ränge in Kauf.

Während sie mir in der Absicht, mich zu meiner Ernennung zur KZ-Aufseherin zu beglückwünschen, HART WIE KRUPPSTAHL, wie sie es waren, mit ihren Händen meine Hand dermaßen einquetschten, daß ich Mühe hatte, meine Schmerzen zu verhehlen, gratulierte mir meine Freundin Gaby Glotterthal, deren ohnehin kleine Augen sich vor Neid dermaßen verengten, so daß sie nicht größer als Erbsen waren, ebenso wenig wie mein Bruder Kicki, der, nachdem er die Hustensaftflaschenscherben vom Körper unseres Juden entfernt hatte und wieder über den Rand der Badewanne geklettert war, diesem Untermenschen der untersten Sorte, der da gefesselt und geknebelt in der Badewanne lag, mit einem argwohnerweckend mitleidigen Gesichtsausdruck anblickte.

Wenn du mit dieser Judensau Mitleid hast, dann bist du ein genauso ruchloser Vaterlandsverräter wie es unser Vater ist, herrschte ich ihn an, ehe ich meine Eignung zu einer KZ-Aufseherin dadurch demonstrierte, daß ich die Beinstellung, die Armhaltung und die Kopflage unseres Juden korrigierte, um ihm schließlich seinen Knebel noch tiefer in die Mundhöhle zu schieben.

Ich hatte gerade vor, auch noch den schief liegenden Pimmel unseres Juden geradezurücken, als mir mein MANN zu verstehen gab, daß wir unser WÄTZ-KZ schleunigst verlassen mußten, um noch genügend Zeit für die notwendige Beratung weiterer Maßnahmen im Hinblick auf unseren Juden zu haben.

FLINK WIE EIN WINDHUND trat ich hinter ihn, hinter seinen SS-Männern und hinter meiner Freundin Gaby Glotterthal, die mir zuzischelte: ICH HÄTTE SCHON TAUSEND MAL ZU EINER KZ-AUFSEHERIN ERNANNT WERDEN KÖNNEN, WENN ICH DIES NICHT UNTER MEINER WÜRDE GEFUNDEN HÄTTE, aus unserem WÄTZ-KZ, in dem mein Bruder Kicki zu meinem Ärger über den Rand der Badewanne gebeugt, unserem Juden, der, um besser hören zu können, was Kicki ihm zu sagen hatte, seinen Kopf hob, so leise etwas zuflüsterte, daß ich dies, obwohl ich es nicht verstehen konnte, für etwas Tröstliches hielt.

Komm gefälligst mit, wenn du nicht ebenfalls ein KZler werden willst, zischte ich meinem Bruder zu, der mir, schwankend zwischen dem Mitleid, das er offenkundig für unseren Juden empfand, und der Furcht, daß er von mir, falls er meinen Anweisungen zuwiderhandeln oder unseren Eltern irgendetwas, das diese nichts anging, verpetzen sollte, in einen auf einem Kiesweg zwischen lauter Kieselsteinen liegenden, höchstens stachelbeergroßen Kieselstein verwandelt werden würde, auf meinem Weg treppabwärts zum Ausgang der Ruine meines MANNES folgte, der bereits durch seine, wie gesagt, nur noch an einer Angel hängende, zwar nicht verschließbare, aber dafür wegen des Briefkastenschlitzes überaus wertvolle Haustür, an der obendrein noch das für uns von einem Schulkind entzifferte Namensschild, mit dem Namen der verschütteten, uns durch ihren Tod überhaupt den Zutritt zu dieser schönsten aller Ruinen gestattenden, einstmaligen Besitzer, die sich, als sie noch lebten, HATTENHEIMER genannt hatten, befestigt war, mit seinen fünf SS-Männern ins Freie trat.

VIII

Die Anforderungen, die mir als Aufseherin des WÄTZ-KZs gestellt wurden, verausgabten mich derart, daß ich, statt lange vor dem Läuten des Weckers auf dem Nachttisch meines Vaters aufzuwachen, um mit meinem, von mir rücksichtslos aus dem Schlafe geschreckten Bruder Kicki in unserem Kinderzimmer unseren Weltkrieg fortzusetzen, zu meinem Leidwesen von meiner Mutter geweckt werden mußte.

Ich hatte nämlich nicht nur zu entscheiden, welcher von den fünf SS-Männern meines MANNES, der mir inzwischen versprochen hatte, mich zur FRAUENSCHAFTSFÜHRERIN zu ernennen, als KZ-Wärter für die Ernährung unseres Juden an der Reihe war. Mein Mann, der KZ-Kommandant, erwartete zusätzlich von mir, daß ich durch die Überwachung des jeweiligen KZ-Wärters, dem die Ernährung unseres Juden oblag, dessen Tod verhinderte, der unser WÄTZ-KZ erneut mit dem Ruch, eine Kinderei zu sein, behaftet hätte. Abgesehen davon, daß mein MANN von mir verlangte, daß ich ihm Rede und Antwort über die körperliche Verfassung unseres Juden stand, fiel mir die Aufgabe zu, dafür Sorge zu tragen, daß der von mir jeweils hierzu beorderte KZ-Wärter die mit Urin durchtränkten Exkremente, die rund um den Unterleib unseres Juden eine klebrige, übelriechende Lache zu bilden pflegten, gleichermaßen penibel entfernte wie die säuerlich riechenden, von Speichel aufgeweichten, zerkauten, erbrochenen Eßreste, die den Hals, das Kinn und die Brust unseres Juden besudelten.

Was die mir gestellten Anforderungen zu einer regelrechten Zerreißprobe ausarten ließ, die bei mir, obwohl ich HART WIE KRUPPSTAHL und ZÄH WIE LEDER war, Tränenausbrüche auszulösen vermochte, war die Aufgabe, jene Krankheit zu heilen, die sich trotz des Beistands meiner Freundin Gaby Glotterthal, der mein MANN ebenfalls die Ernennung zur FRAUENSCHAFTSFÜHRERIN in Aussicht gestellt hatte, keineswegs besserte. Vielmehr verschlechterte sich der körperliche Zustand unseres Juden all jenen Medikamenten zum Trotz, die die Tochter des Obermedizinalrats, obwohl sie, wegen ihrer Unfähigkeit zu lesen, keine Ahnung hatte, bei welchen Krankheiten die besagten Medikamente verordnet wurden, unserem Juden zu verabreichen pflegte, dessen Husterei, dessen vor Rotz triefende Nasenlöcher, dessen Brechanfälle, dessen Bauchkrämpfe, dessen Fieberschauer und vor allem jene Erschöpfungszustände, die diesen von Tag zu Tag magerer werdenden Untermenschen der untersten Sorte, ungeachtet des meiner Mutter gestohlenen Sofakissens, das ich unter seinen Kopf geschoben hatte, oft genug unfähig machten, den Kopf zur Erleichterung der Aufnahme der ihm von dem jeweils von mir hierzu beauftragten KZ-Wärter eingeflößten Nahrungsmittel zu heben, jede Hoffnung an eine baldige Genesung als eine Illusion entlarvten.

Dank der Tatsache, daß auch mein MANN den körperlichen Zustand unseres Juden als besorgniserregend empfand, tat er sein Menschenmögliches, um eine Besserung dieses körperlichen Zustands unseres Juden herbeizuführen. Während sein Vater, der Lebensmittelladeninhaber Wätz, unsere in Sechserreihen geordneten, eine lange Schlange bildenden Mütter, deren Anblick der Lebensmitelladeninhaber als eine bodenlose Unzumutbarkeit, als eine schamlose Aufdringlichkeit und als eine unüberbietbare Unverfrorenheit so empört zu bezeichnen pflegte, daß sich manche Mütter bei ihm entschuldigten, weil sie von ihm etwas kaufen wollten, allmorgendlich brüllend davon in Kenntnis setzte, daß er zu etwas Höherem geboren sei, als lumpige Lebensmittel zu verkaufen, stahl mein MANN für unseren Juden Lebensmittel aus dem Lebensmittellagerraum seines Vaters, in dem der letztere nach Ladenschluß, der bei ihm selten schon Stunden vor der üblichen Ladenschlußzeit zur Verzweiflung unserer Mütter, denen er, ehe er seine Ladentür zuschlug und abschloß: JETZT GIBT'S NICHT EINMAL EINEN EINZIGEN SEMMELBRÖSEL MEHR ZUM FRESSEN zuzurufen pflegte, mysteriösen Kunden, von denen mein MANN durch das Schlüsselloch der stets verschlossenen Lebensmittellagerraumtür lediglich etwas Braunes zu sehen vermochte, Lebensmittel verkaufte, die in seinem Lebensmittelladen zu keinem Preis und unter keinen Umständen zu erwerben waren.

Mein MANN, der Nacht für Nacht, kaum daß ihn seine Mutter ins Bett gebracht hatte, wieder aufstand und hinunter zu der, wie gesagt, während der Anwesenheit jener mysteriösen Kunden stets verschlossenen Tür des Lebensmittellagerraums schlich, um herauszufinden, was sein Vater und jene mysteriösen Kunden, über die meine Freundin Gaby Glotterthal, jedesmal, wenn davon die Rede war, daß sie keineswegs allein Einkäufe tätigen konnten, DIE FICKEN BLOSS IN DIESEM LEBENSMITTELLAGERRAUM BIS ZUM VERGASEN zu behaupten pflegte, tatsächlich mit einer Heimlichkeit, die zum Verkaufen und zum Kaufen von Lebensmitteln völlig unnötig war, da unten in diesen Lebensmittellagerraum trieben, hatte mich nicht allein schon mehrfach gefragt, ob ich eine Erklärung für diese Geheimniskrämerei hätte. Vielmehr war mir von meinem MANN schon mehrfach die Gunst erwiesen worden, die wahrhaftig phänomenalen Lebensmittel zu besichtigen, die mein SCHWIEGERVATER, der Lebensmittelhändler Wätz, zwar in dem besagten Lebensmittellagerraum im Keller unter seinem Lebensmittelladen, nicht aber in seinem Lebensmittelladen über diesen Lebensmittelllagerraum zu verkaufen pflegte. Diese phänomenalen Lebensmittel, die im Lebensmittellagerraum meines SCHWIEGERVATERS, des Lebensmittelhändlers Wätz, unterbrochen von dem Knallen jener Champagnerflaschenkorken, die mein MANN morgens auf dem Fußboden des Lebensmittellagerraums zwischen leeren Champagnerflaschen und leeren Champagnergläsern aufzuspüren pflegte, jenen mysteriösen Kunden, unter PROSIT-Rufen nach der Ladenschlußzeit zu verkaufen pflegte, waren im Lebensmittelladen meines SCHWIEGERVATERS nicht nur nirgendwo zu entdecken. Sie waren auch zu keinem Preis und unter keinen Bedingungen zu erwerben.

Für mich war jede Besichtigung der phänomenalen Lebensmittel im Lebensmittellagerraum, zu dem sich mein MANN durch den Diebstahl eines Zweitschlüssels aus der Hosentasche seines Vaters Zutritt zu verschaffen gewußt hatte, ein fast genauso denkwürdiges Erlebnis wie es jeder von den wunderbaren Bombenangriffen war. Denn im Lebensmittellagerraum, in dem sich, den Äußerungen meines MANNES zufolge, die durch die Lebensmittelkäufe jener mysteriösen Kunden in den Regalen entstandenen Lücken zwischen den Lebensmitteln immer wieder füllten, ohne daß mein MANN, der allerdings, während seine Mutter, die Frau des Lebensmittelladeninhabers, ihre Vormittage beim renommiertesten Juwelier der Reichsparteitagsstadt N. verbrachte, wo sie massenweise Rubin- oder Smaragdringe, Brilliantencolliers, Platinbroschen, Platinohrringe, ja sogar Gürtelschnallen aus Platin erwarb, seine Pflichten als KZ-Kommandant nicht vernachlässigen konnte, jemals ein Lieferant dieser Lebensmittel, geschweige denn ein Lieferwagen zu Gesicht gekommen wäre, waren Schokoladetafeln, höher als ich groß war, gestapelt, hingegen riesige Schinken, Salamis, die länger als meine Arme waren, und Leberwürste, die denen verglichen meine Arme dürr erschienen, waren in den Regalen taubenblaue, fast schöner als Blumenvasen geformte Steingutgefäße voller Gänseschmalz nebeneinander gereiht, Kisten voller Bienenhoniggläser abgestellt, Pralinenschachteln getürmt und Früchte, die ich nie zuvor gesehen, geschweige denn jemals gekostet hatte, bald pyramidenförmig, bald halbkugelförmig arrangiert.

Während mein MANN, der diese Früchte bereits heimlich probiert hatte, mir sogar deren Namen, indem er hin und her deutend, die verschiedenen Früchte bald BANANEN, bald APRIKOSEN, bald LIMONEN, bald MELONEN, bald ANANAS, bald PARADIESÄPFEL, bald MANGOFRÜCHTE nannte, zu sagen vermochte, konnte er mir über den Inhalt jener Dosen bis zur Decke des Lebensmittellagerraums, wo Tüten und Schachteln zwischen der Decke und den Regalen eingeklemmt waren, ebenso wenig sagen wie über jene weder roten noch rosanen, imponierend großen, halben Fische, deren Farbe mir, obwohl ich nicht wußte, wie diese Farbe hieß, vornehm erschien.

Mein MANN erzählte mir nicht nur immer wieder, daß er trotz all seiner aufreibenden Durchsuchereien des Lebensmittellagerraums, während all jener Vormittage, die seine Mutter beim renommiertesten Juwelier der Reichsparteitagsstadt N. verbrachte, um am Ende im Hinblick auf die Rubin- und auf die Smaragdringe, im Hinblick auf die Brilliantencolliers, auf die Platinbroschen, Platinohrringe, Platingürtelschnallen, ja sogar im

Hinblick auf jene Platinkette, die den Hals ihres Zwergpudels zierte, Entscheidungen zu treffen, bislang weder eine von jenen Zahnbürsten, die man zum FICKEN brauchte, noch eine von jenen Schuhcremedosen, ohne die man nicht zum FICKEN fähig war, gefunden hatte, deren Unauffindbarkeit die Behauptung der Tochter des Obermedizinalrats, daß die besagten mysteriösen Kunden seines Vaters hinter der verschlossenen Lebensmittellagerraumtür BIS ZUM VERGASEN FICKTEN im höchsten Grade in Frage stellte.

Mein MANN, der mittlerweile geradezu darauf versessen war, auf Gedeih und Verderb herauszufinden, was für eine nach seinem Dafürhalten weitaus schweinischere Sauerei als das FIKKEN da unten im Lebensmittellagerraum Nacht für Nacht diese mysteriösen Kunden da trieben, hatte mir außerdem berichtet, daß er, obwohl er Nacht für Nacht vor der verschlossenen Tür des Lebensmittellagerraums seines Vaters lauschte, außer dem besagten Mehrstimmigen PROSIT lediglich die ständig von diesen Kunden vorgebrachte Äußerung: BESTER HERR WÄTZ, WIR MÜSSEN IHNEN WOHL NICHT EIGENS SAGEN, DASS WIR UNS SELBSTVERSTÄNDLICH HIERFÜR BEI IHNEN ERKENNTLICH ZEIGEN WERDEN und die von seinem Vater ständig vorgebrachte Äußerung: MEINE HERREN, ICH MUSS IHNEN WOHL NICHT EIGENS SAGEN, DASS ES MIR EINE EHRE IST, IHNEN EINE GEFÄLLIGKEIT ERWEISEN ZU DÜRFEN sowie Wörter wie LECKER wie KÖSTLICH oder wie VORZÜGLICH verstehen konnte.

Mitunter hörte mein MANN allerdings auch ein kurzes Auflachen der offensichtlich überaus wohlgelaunten Kunden aus dem Lebensmittellagerraum dringen, ohne den unser Jude vermutlich längst verhungert wäre. Obwohl mir beim Anblick der von meinem MANN auf die Gefahr hin, hierbei von seiner Mutter, deren Näherkommen ihm allerdings das Klirren, Klappern und Rasseln ihrer Schmuckstücke ankündigte, ertappt zu werden, aus dem Lebensmittellagerraum gestohlenen Leckereien oft genug das Wasser im Munde zusammenlief, war mir, der Aufseherin unseres WÄTZ-KZs die Erfüllung der von mit geforderten Pflichten so wichtig, daß ich trotz meines knurrenden Magens keinen Bissen der besagten Leckereien aß, mit denen mein MANN den Tod unseres Juden, ungeachtet der Tatsache, daß er das Leben eines Juden für noch unerheblicher als das Leben einer Eintagsfliege hielt, schon insofern zu vereiteln trachtete, als unser WÄTZ-KZ, auf das wir alle stolz waren, ohne unseren Juden, der für uns eine Rarität darstellte, jeglicher Existenzberechtigung verlustig gegangen wäre.

Allein vom Leben oder vom Tode unseres Juden hing zudem nicht nur die Erhaltung oder die Einbuße des Ranges meines sich selbst zum KZ-Kommandanten ernannten MANNES ab. Auch mir wurde es, immer wenn ich feststellte, mit welcher Rapidität unser Jude, der von den ihm eingeflößten Leckereien, nach denen sich auch unsere KZ-Wärter die Lippen leckten, kaum daß er diese Leckereien zu sich genommen hatte, mindestens die Hälfte auch schon wieder erbrach, einem Entkräftungsprozeß überantwortet war, wegen der Gefahr, daß ich mich, falls dieser Untermensch verrecken sollte, nicht mehr rühmen konnte, eine KZ-Aufseherin zu sein, angst und bange.

Während die Mutter unseres Juden, die Frau des deportierten Kommunisten, die Rosa Tründel hieß, mit verschwollenen Augenlidern, mit zerrauften strähnigen Haaren in Putzkitteln, ohne sich ihres verwahrlosten Aussehens zu schämen, immerzu weithin hallend RUDI, RUDI, RUDI rufend, durch die GAGFA-Siedlung irrte, während die Mutter unseres Juden in ihrer Verzweiflung über das spurlose Verschwinden ihres Sohnes sogar bei den Bewohnern dieser Siedlung, mit denen sie, weil diese vorgaben, sie hätten keine Ahnung von der Festnahme und der Deportation ihres Mannes, des Kommunisten Bruno Tründel, seit dessen Deportation kein Sterbenswörtchen mehr gewechselt hatte, bemüht, irgendwelche Hinweise oder Anhaltspunkte, die ihr bei ihrer Suche nach ihrem Sohn hilfreich sein konnten, so lange klingelte, bis sie diese Bewohner, als wäre sie eine Hausiererin, nur die Windfänge ihrer Siedlungshaushälften betreten ließen, um auf ihre Bitte hin, ihr Hinweise oder Anhaltspunkte zu geben, die ihr bei der Suche nach ihrem Sohn hilfreich sein konnten, immer nur zu erwidern, daß sie unfähig wären, ihr die besagten Hinweise oder die besagten Anhaltspunkte zu liefern, ehe sie sie wie ein Bettelweib abwimmelten, verstanden wir es meisterhaft, diese ohnehin herumirrende Mutter unseres Juden zusätzlich irrezuführen.

Sobald sich dic Mutter unseres Juden, die sich, in Ermangelung jeglicher Unterstützung von seiten der Polizei, die Besseres zu tun hatte als der Frau eines Kommunisten bei der Suche nach ihrem Sohn FREUND UND HELFER zu sein, nicht zuletzt auch an uns in der trügerischen Hoffnung wendete, irgendwelche Hinweise, Anhaltspunkte oder Gründe für das spurlose Verschwinden ihres Sohnes zu erfahren, legten wir ihr gegenüber eine Offenherzigkeit an den Tag, die unsere Lügen als den Inbegriff der Wahrhaftigkeit erscheinen ließen.

Aufgrund der Tatsache, daß sie vor Verzweiflung nicht mehr ein noch aus wußte, entging es der Mutter unseres Juden, daß wir ihr faustdicke Lügen erzählten, wenn wir behaupteten, wir hätten ihren Sohn Rudi an der Endhaltestelle in die Straßenbahn einsteigen sehen, aber wenn wir behaupteten, ihr Sohn Rudi wäre mit einem wildfremden, wie ein Sittlichkeitsverbrecher aussehenden Mann, der ihn nicht nur an der Hand gehalten, sondern ihm obendrein einen Lutscher geschenkt hätte, in die Richtung des Reichsparteitagsgeländes, das wie ein Schutzwall von dem nach wie vor aus einer mit Fensteröffnungen versehenen, auf Säulen gestützten, hauptsächlich aus einer Fassade bestehendem, schon jetzt sattsam gigantisch, ohne noch gänzlich abgerundet zu sein, abrundend anmutenden Reichsparteitagsgebäudes umgeben war.

Ungerührt verfolgten wir, wie die Mutter unseres Juden in die Richtung der Endhaltestelle der Straßenbahn hastete oder in die Richtung des Reichsparteitagsgebäudes zum Reichsparteitagsgelände aufbrach, in dessen Mitte ich an diesem Tage gemeinsam mit meiner Freundin Gaby Glotterthal, der, weil sie weitaus mehr Kleider als ich besaß, auch die Frage, welches von ihren Kleidern, die wesentlich hübscher waren als sie, sie zu dem bevorstehenden festlichen Anlaß anziehen sollte, entsprechend weitaus mehr Kopfzerbrechen bereitete als mir, von meinem MANN, dem SS-Oberscharführer, KZ-Kommandanten und Nachfolger unseres Führers, in Anwesenheit der fünf SS-Männer, denen von meinem MANN das Anstecken von mindestens handtellergroßen, aus Buntpapier ausgeschnittenen Hakenkreuzen und das Paradestehen befohlen worden war, zur FRAUENSCHAFTSFÜHRERIN ernannt werden sollte.

Kaum daß meine Mutter keifend: DIESMAL LASSE ICH MIR VON DIESEM HUNDSGEMEINEN WÄTZ, DER UNSERE NOTLAGE AUF DIE HUNDSGEMEINSTE ART UND WEISE AUSNUTZT, KEINE WEITEREN HUNDSGEMEINHEITEN MEHR BIETEN mit ihrer leeren Einkaufstasche und mit ihrem leeren Einkaufsnetz zum Einkaufen, was sie, nicht anders als der Lebensmittelladeninhaber Wätz das Verkaufen, als eine bodenlose Unzumutbarkeit bezeichnete, das Haus verlassen hatte, brannte ich mir zunächst mit ihrer Brennschere in die Enden meiner alles andere als arischen, aber dafür schulterlangen Haare Schillerlocken, ehe ich mir, ohne mich darum zu scheren, daß sich mein mir gegenüber immer verstockter werdender Bruder Kicki, weil er es wichtiger fand, sich unseres Juden anzunehmen, weigerte, meiner Ernennung zur FRAUENSCHAFTSFÜHRERIN beizuwohnen, mein, wie gesagt immer kürzer werdendes rostrotes Samtkleid anzog, dessen Abgewetztheit ich durch Anstecken mehrerer falscher Rosen meiner Mutter an das Vorderteil dieses Samtkleid gleichermaßen zu kaschieren trachtete wie durch das Umhängen der Korallenkette meiner Mutter und das Festschrauben der silbernen Ohrringe meiner Mutter, die Seesterne darstellten, an meinen Ohrläppchen.

Nachdem ich mir, obwohl meine Finger viel zu kurz waren, um die Handschuhfinger auszufüllen, außerdem die spitzenbesetzten, violetten Abendhandschuhe meiner Mutter über meine Hände und über meine Arme gezogen hatte, band ich mir einen Hutschleier meiner Mutter dergestalt über mein Gesicht, daß ich meine Umgebung nur mehr durchkreuzt von den Fäden des Netzes dieses Hutschleiers, dessen Löchlein immerzu von meinen Pupillen zu meinen Augenwinkeln rutschten, erkennen konnte.

Bemüht, mich aus der denkbar objektivsten Warte zu begutachten, musterte ich im Spiegel über der Frisiertoilette meiner Mutter erst von vorn und durch ein Vorklappen der beiden Seitenteile dieses Spiegels mein rechtes und mein linkes Profil, ehe ich mich trotz der Prügel, die ich mir hierdurch zweifellos einheimsen würde, dermaßen hemmungslos mit dem Parfümflacon auf der Frisiertoilette parfümierte, daß auch noch der letzte Parfümtropfen in diesem Parfümflacon, der auf mich die ähnliche Sogwirkung wie auf meinen Bruder Kicki die Ostfront ausübte, versprüht war.

Schier eingetaucht in eine Duftwolke, deren süßlicher Geruch bei mir einen Nießreiz auslöste, der sich zum Glück rasch wieder legte, zeigte ich mich in dieser Aufmachung meinem Bruder, der gerade wieder einmal in seinen kleinen grünen Rucksack jene Spielsachen einpackte, die er, schwankend zwischen einem mir unbegreiflichen Mitgefühl für unseren Juden, das mir als ein Verrat an unserer Herrenrasse erschien, und der Furcht vor der Strafe, die ich ihm für den Fall angedroht hatte, daß er seinen Schwur, sich gegenüber unseren Eltern über das, was von uns verschwiegen werden mußte, in Schweigen zu hüllen, brechen sollte, zu meinem Unmut neuerdings in unser WÄTZ-KZ zu tragen pflegte, wo er unserem Juden dessen Los dadurch erträglicher zu machen trachtete, daß er, auf dem Rand der Badewanne sitzend, nachdem er ihm seinen Knebel aus dem Mund entfernte und Gesellschaft leistete, daß er ihm Trost spendete und daß er die Fesseln an seinen Hand- und Fußgelenken so weit lockerte, daß unser Jude, wenn ihn nicht seine weiß Gott beängstigende Entkräftung hieran hinderte, mit den von Kicki in seinem kleinen grünen Rucksack zum WÄTZ-KZ geschleppten Spielsachen spielen konnte.

Einzig und allein darauf bedacht, sich um unseren Juden zu kümmern, damit dieser nach wie vor splitternackte Untermensch der untersten Sorte nicht fror, hatte Kicki bereits die dritte und letzte Wolldecke meiner Eltern gestohlen, die, unfähig, sich mit dem Verschwinden dieser Wolldecke abzufinden, immer wieder ihre Siedlungshaushälfte vom Speicher, wo, den Drohungen meiner Mutter zufolge, der kinderfressende Mummerratz auf der Lauer lag, bis zum Keller, wo, den Drohungen meiner Mutter zufolge, der Kohlen wie Kinder klauende Kohlenklau auf der Lauer lag, durchsuchten, nahm mein Bruder nicht einmal den süßlichen Duft meiner parfümdurchtränkten Gestalt wahr, der durch das ganze Kinderzimmer strömte.

Obwohl er mir keinerlei Beachtung schenkte, marschierte ich, in der felsenfesten Überzeugung, es nicht nur mit einer Dame, sondern mit jenen Luxusgeschöpfen aufnehmen zu können, die meine Mutter wegen deren überheblicher Verachtung aller Hausarbeit haßte, zur Endhaltestelle der Straßenbahn, wo bereits mein MANN, der mit seiner Bemerkung: DU HAST DICH ABER SCHÖN GEMACHT, meine Aufmachung zu würdigen wußte, sowie dessen SS-Männer, von denen der SS-Mann Adolf Dittmeier meinte: DU RIECHST JA, ALS WÄRST DU KEIN MÄDCHEN, SONDERN EINE PARFÜMFLASCHE, und schließlich meine Freundin Gaby Glotterthal auf mich warteten, die sich um ihre knochigen, schmächtigen Schultern die wuchtige Nerzstola ihrer Mutter, deren Enden bis zu ihren Waden reichten, geschlungen hatte. Die Tochter des Obermedizinalrats hatte sich zudem ihr Gesicht so zügellos gepudert, als wäre sie eine alternde Diva.

Während ich, bedingt durch die Fäden des Hutschleiers meiner Mutter, meine Freundin, der immerzu die Nerzstola von ihren knochigen, schmächtigen Schultern rutschte, wie durch Gitter musterte, bröckelten dieser, sobald sie auch nur mit den Augenlidern klapperte, Puderbröcklein in ihre kleinen, ungemein engstehenden Augen, die sie ihre Umwelt nurmehr verschleiert erkennen ließen. Auch rieselten ihr beim Ein- und Ausatmen Puderbröckchen von ihren Nasenflügeln in die Nasenlöcher, wenn ihr nicht gar beim Bewegen ihrer Lippen zum Aussprechen von Worten wie: WAS FÜR EIN WUNDERVOLLER DUFT über die Oberlippe Puderbröckchen in den Mund gerieten, die sie, nicht gewillt, sie wie ein Weibsbild auszuspucken, damenhaft zu schlucken hatte.

Weil sich mein MANN und seine SS-Männer zudem aus schwarzen Buntpapierbögen ausgeschnittene, handtellergroße Hakenkreuze auf die Ärmel ihrer Mäntel geklebt hatten, löste unser Auftauchen, ganz entgegen unseren Erwartungen, nicht nur bei den Fahrgästen, die bereits in der Straßenbahn saßen, sondern auch bei dem Straßenbahnschaffner ein Befremden aus, mit dem wir nicht gerechnet hatten.

Was führt ihr Rotznasen denn Schlimmes im Schilde? fragte der Straßenbahnschaffner, der uns, im Wageneingang stehend, am Einsteigen in die Straßenbahn hinderte.

Doch bewandert im Lügen, wie wir es, bedingt durch die Tatsache waren, daß uns alles verboten wurde, was uns Spaß machte, und alles erlaubt wurde, wofür wir keinerlei Interesse hatten, fiel uns auf die Frage des Straßenbahnschaffners als Antwort auch die richtige Lüge ein.

Wir sind Kriegswaisen, die überhaupt nichts im Schilde führen, sagte ich mit einer tonlosen Stimme und mit einer Leichenbittermiene, die nicht nur den lästigen Straßenbahnschaffner zutode erschütterte.

Mein Gott, es ist wirklich kein Wunder, daß diese armen Kinder, denen beim Anziehen keine Mutter und kein Vater mehr behilflich sein kann, in dieser absonderlichen Aufmachung herumlaufen, rief einer von den Fahrgästen, die bereits in der Straßenbahn Platz genommen hatten.

Wohin wollt ihr Engelskinderchen denn fahren? erkundigte sich der Straßenbahnschaffner, der einem Tränenausbruch nahe zu sein schien.

Zu den Gräbern unserer verschütteten Eltern, erwiderte ihm mit einer ebenfalls tonlosen Stimme meine Freundin Gaby Glotterthal.

Woher hast du denn diese kostbare Nerzstola, wollte der Straßenbahnschaffner wissen.

Sie gehörte meiner toten Mutter, zu deren Andenken ich sie trage, erwiderte Gaby Glotterthal.

Dieses bemitleidenswerte kleine Mädchen muß seine Mutter sehr geliebt haben, behauptete ein anderer Fahrgast, der bereits in der Straßenbahn Platz genommen hatte, während mein MANN dem Straßenbahnschaffner einen Geldschein hinstreckte, den er, um unsere Straßenbahnfahrt finanzieren zu können, aus der Ladenkasse seines Vaters gestohlen hatte, ohne sich Gedanken über das Geschick des Lehrlings zu machen, der wegen dieses Diebstahls von seinem Vater fristlos entlassen worden war.

Woher hast du denn diesen Geldschein, wollte der Schaffner voller Verblüffung von ihm wissen.

Ich habe ihn in der Brieftasche meines verschütteten Vaters gefunden, entgegnete ihm mein MANN.

Das muß ja entsetzlich für diesen armen Jungen gewesen sein, sich die Brieftasche seines verschütteten Vaters aushändigen zu lassen, rief ein weiterer Fahrgast.

Lassen Sie diesem Jungen wenigstens den Geldschein: Vielleicht ist er so etwas wie der letzte Strohhalm an den er sich klammern kann, forderte jener Fahrgast, der vor kurzem ausgerufen hatte, daß es wirklich kein Wunder sei, daß wir von ihm als arme Kinder bezeichneten Kinder, denen beim Anziehen keine Mutter und kein Vater mehr behilflich sein könne, in der von ihm absonderlich genannten Aufmachung herumliefen.

Ich bezahle die Fahrscheine für diese Kriegswaisen, die weiß Gott eine glücklichere Kindheit verdient hätten, rief jener Fahrgast, der soeben gerufen hatte, daß es für meinen MANN entsetzlich hätte gewesen sein müssen, sich die Brieftasche seines verschütteten Vaters aushändigen zu lassen.

Lassen sie mich diese Fahrscheine bezahlen, bat jener Fahrgast, der den von meinem MANN aus der Ladenkasse entwendeten Geldschein als den letzten Strohhalm bezeichnet hatte, an den sich mein MANN, der SS-Oberscharführer, KZ-Kommandant und Nachfolger unseres Führer, angeblich klammern könne.

Ich werde dafür Sorge tragen, daß diese Kriegswaisen nicht auch noch Fahrgeld bezahlen müssen, um zu den Gräbern ihrer verschütteten Eltern zu gelangen, fiel ihm der Straßenbahnschaffner ins Wort, ehe er uns, obwohl dies völlig überflüssig war, in die Straßenbahn einzusteigen half, mit der wir, während wir uns zu unserer Beschämung von den Fahrgästen unsere Köpfe streicheln lassen mußten, zumindest ohne die ansonsten verlangten Gebühren erstatten zu müssen, bis zu jener Straßenbahnhaltestelle fuhren, wo wir, um zum Reichsparteitagsgelände, in dessen Mitte meine Ernennung zur FRAUENSCHAFTSFÜHRERIN und die Ernennung meiner Freundin Gaby Glotterthal zur FRAUENSCHAFTSFÜHRERIN stattfinden sollte, in eine andere Straßenbahn umzusteigen hatten, in der wir erneut dank unserer Verlogenheit jenes Befremden, das zu unserem Befremden unsere Aufmachung erneut hervorrief, als Kriegswaisen, die zu den Gräbern ihrer verschütteten Eltern fahren wollten, in ein Mitleid umzumünzen verstanden, das es uns ermöglichte, unbehelligt von einem mit der Bewältigung seines durch uns entfachten Trübsinns beschäftigten Straßenbahnschaffners unser Fahrtziel zu erreichen, ohne auch nur einen einzigen Pfennig bezahlt zu haben. Angeführt von meinem MANN, marschierten wir zu dem zu diesem Zeitpunkt völlig menschenleeren Reichsparteitagsgelände, um dort, umringt von stufenartig zu dem nur mit Fensteraushöhlungen versehenen, von Säulen gestützten, eigentümlich ruinenhaft anmutenden Reichsparteitagsgebäude hochsteigenden Tribünen, jenes Podest ausfindig zu machen, welches allein die Tatsache, daß während der Reichsparteitage unser Führer anläßlich seiner von den Rundfunkempfängern übertragenen, von den tosenden Beifallsstürmen einer Menschenmenge, die für Adolf Hitler durch dick und dünn zu gehen bereit war, unterbrochenen Reden darauf gestanden hatte, in unseren Augen zu einer Weihestätte adelte.

Doch obwohl wir alle lange nach diesem Podest, das uns zu heilig war, als daß wir darauf auch nur unsere Zehenspitzen, geschweige denn einen Fuß zu setzen gewagt hätten, Ausschau hielten, entdeckten wir wegen der uns überwältigend erscheinende kolossalen Ausmaße des Reichsparteitagsgebäudes, zu dem, wie gesagt, Tribünen hinaufführten, deren Stufen unsere Gestalten ebenso zwergenhaft erscheinen ließen wie die die Fassade des Reichstagsgebäudes stützenden, unumstürzbar anmutenden Säulen, die nach meinem Dafürhalten selbst den Weltuntergang völlig unbeschädigt zu überdauern vermochten, weil hier alles noch so fassadenhaft und eigentümlich ruinenartig Anmutende so gigantisch war, daß unser Führer überall anläßlich seiner Reichsparteitagsreden hätte stehen können, zu unserer Enttäuschung dieses Podest, zu dem wir andächtig emporzublicken beabsichtigten, wegen der Andacht, die uns längst übermannt hatte, nirgendwo.

Völlig desorientiert aufgrund der Dimensionen des Reichsparteitagsgeländes, mühten wir uns dennoch, in dessen Mitte Aufstellung zu nehmen. Aber gerade das Herausfinden der Mitte dieses gigantischen Reichsparteitagsgeländes erwies sich für uns als ein schier unlösbares Problem. Versessen, die mit Augenmaß keineswegs abzuschätzenden Entfernungen trotzdem mit dem Augenmaß abzuschätzen, taten wir bald ein paar Schritte nach vorn, bald ein paar Schritte nach hinten, bald ein paar Schritte nach rechts und bald ein paar Schritte nach links, wobei wir uns gänzlich darüber uneinig waren, was unter VORN, was unter HINTEN, was unter RECHTS, was unter LINKS, was unter NAH und was unter FERN zu verstehen war.

Denn statt uns Seite an Seite zu reihen und gemeinsam in die gleiche Richtung zu blicken, standen wir Rücken an Rücken und kreuz und quer durcheinander und schauten, immerzu auf irgendwelche Stellen des Reichsparteitagsgebäudes deutend, samt und sonders in verschiedene Richtungen, so daß der eine das, was der andere links nannte, als rechts bezeichnete, so daß dem einen das, was der andere als nah betrachtete, fern erschien, so daß der eine das, was der andre hinten hieß, für vorne hielt.

Die Vergeblichkeit unserer Bestrebungen, die Mitte des Reichsparteitagsgeländes herauszufinden, hatte zur Folge, daß wir, indem wir einander schreiend, kreischend und brüllend Irrtümer zur Last legten, nicht allein den festlichen Charakter unserer Veranstaltung schon vor dem Beginn total unterminierten. Dank unserer Streitigkeiten, unserer Zänkereien und unserer Rechthabereien waren wir obendrein dicht daran, durch eine Rauferei diese Veranstaltung völlig zu vereiteln. Wir beleidigten uns gerade mit Schimpfwörtern, zu denen nicht allein Bezeichnungen wie DRECKSAU, ARSCHLOCH oder SAUHUND, sondern auch Bezeichnungen wie JUDENSAU, UNTERMENSCH, SITTLICHKEITSVERBRECHER, ZUHÄLTER, FICKMAMSELL oder BOLSCHEWIK zählten, als uns das

Gebrüll meines MANNES, der uns befahl, unsere SAUMÄSSIGEN SABBERMÄULER zu halten, jäh verstummen ließ.

Wo ich stehe, ist immer die Mitte, brüllte er uns dermaßen wütend an, daß uns der seine Behauptung innewohnende Größenwahn und Widersinn gänzlich entgingen.

Statt in Anbetracht dieses Größenwahns und dieses Widersinns in ein Hohngelächter auszubrechen, trafen die fünf SS-Männer vielmehr Anstalten, vor jener Stelle, die von meinem dort stehenden MANN als die Mitte des Reichsparteitagsgeländes bezeichnet worden war, mit zum HITLER-Gruß hochgestreckten Händen und mit soldatenhaft blind wirkenden, blicklosen, geradeaus gerichteten Augen jene Parade zu bilden, an der mein MANN, linkerhand flankiert von meiner Freundin Gaby Glotterthal, die vor lauter Puderbröckchen in ihren Augen nur noch zu blinzeln imstande war, und rechterhand flankiert von mir, seiner FRAU und KZ-Aufseherin Lisa Welsner, der der Ausblick durch die wie Gitter wirkenden zarten Stränge des Hutschleiers ihrer Mutter verunstaltet wurde, so gravitätisch langsam, wie wir es, obwohl wir unsere Ernennungen zu FRAUENSCHAFTSFÜHRERINNEN kaum mehr erwarten konnten, nur vermochten, ohne die paradestehenden fünf SS-Männer auch nur eines Blickes aus unseren durch Puder oder Hutschleiernetzgitter zu einem kämpferischen, todesverächtlichen, tapferen Dreinschauen untauglich gemachten, tränenden Augenwinkeln zu würdigen, vorbeischritten.

Am Ende dieser durch ihre Kürze arg beeinträchtigten Parade angelangt, blieben Gaby Glotterthal, der die von ihrer Mutter entwendete, wuchtige Nerzstola ineinemfort von ihren Schultern rutschte, und ich, die KZ-Aufseherin und FRAU eines SS-Oberscharführers, KZ-Kommandanten und Nachfolgers unseres Führers, die durch ein Hin- und Herzerren des Hutschleiers meiner Mutter, mein Menschenmögliches tat, um die Löchlein zwischen den wie Gittern wirkenden hauchdünnen Strängen des

Hutschleiers meiner Mutter vor die Pupillen, meiner ebenfalls tränenden Augen zu rücken, auf einen Wink meines MANNES hin, in einer dem Anlaß gerechten steifen Haltung stehen und harrten unserer Ernennungen zu FRAUENSCHAFTSFÜHRERINNEN, auf die uns mein MANN, dem es augenscheinlich nicht entgangen war, daß wir mit knapper Not unserer Aufmachung gerecht zu werden vermochten, nicht lange warten ließ.

Er preßte seine rechte Hand so fest auf meine rechte Schulter, daß er mir die Schulter niederdrückte. Doch war er so ausschließlich davon in Anspruch genommen, unsere Ernennungen zu FRAUENSCHAFTSFÜHRERINNEN, trotz seiner Umwissenheit im Hinblick auf die für derlei Ernennungen notwendigen Formalitäten dennoch formalitätsgerecht zu gestalten, daß er die Auswirkungen, die das Niederdrücken meiner rechten Schulter auf meine Körperhaltung zur Folge hatte, völlig ignorierte.

Im Namen unseres Führers Adolf Hitler ernenne ich hiermit als ein Zeichen meiner Anerkennung ihrer Verdienste als die Aufseherin unseres WÄTZ-KZ meine FRAU LISA WELSNER zu einer FRAUENSCHAFTSFÜHRERIN, deren Pflicht es ist, die deutschen Frauen in Groß-Deutschland dazu zu zwingen, Kinder zur Welt zu bringen, die nicht nur noch härter als Kruppstahl, die nicht nur noch zäher als Leder, die nicht nur noch flinker als Windhunde, sondern obendrein nach dem Tode unseres Führers jederzeit bereit zu sein haben, für mich, den Nachfolger unseres Führers, zu sterben, HEIL HITLER, brüllte er, womit er seine paradestehenden SS-Männer veranlaßte, ebenfalls HEIL HITLER zu brüllen, ehe er mit annähernd ähnlichen Worten meine FREUNDIN GABY GLOTTERTHAL ebenfalls zu einer FRAUENSCHAFTSFÜHRERIN ernannte.

Nach unseren Ernennungen zu FRAUENSCHAFTSFÜHRERINNEN untergrub er jedoch seine Ehrerweisungen dadurch, daß er mich und Gaby Glotterthal, wie bestellt und nicht abgeholt, mit der ihm eigenen Rücksichtslosigkeit stehen ließ, um seinen fünf SS-Männern, die in Habachtstellung, in ständiger Abrufsbereitschaft und ganz Ohr mit dem ihnen eingedrillten Kadavergehorsam auf seine Befehle warteten, als wäre die Befolgung dieser Befehle die Erfüllung ihrer Wunschträume, den Befehl zu erteilen, unverzüglich zu jener Straßenbahnhaltestelle zurückzumarschieren, von der aus wir, indem wir an der besagten Umsteigehaltestelle in eine weitere Straßenbahn einstiegen, zur GAGFA-Siedlung fahren konnten, in der sich unser WÄTZ-KZ befand, in dessen Badewanne, gefesselt und geknebelt, trotz der drei Wolldecken, die mein Bruder für ihn gestohlen hatte, von Kälteschauern geschüttelt, hustend, Rotz ausscheidend, röchelnd, entkräftet und auf eine Art und Weise schicksalsergeben geworden, oben mit erbrochenen, säuerlich riechenden, brechreizerregend zerkauten und aufgeweichten Eßresten und unten mit von Urin durchtränkten, übelriechenden Exkrementen besudelt unser mittlerweile völlig lebensmüde gewordener Jude lag, der in seinem beängstigenden Gesundheitszustand, über den sich, abgesehen von mir, der Aufseherin unseres WÄTZ-KZ, auch meine Freundin Gaby Glotterthal, die all ihren Bemühungen zum Trotz, den Abbildungen in den medizinischen Schriften ihres Vaters, die sie neuerdings zu betrachten pflegte, irgendwelche Hinweise zu entnehmen, außerstande war, irgendwelches Aufschlußreiches in bezug auf die Krankheit unseres Juden zu entnehmen, sowie mein MANN, der es auf seine Kappe nahm, für die Genesung unseres Juden aus dem Lebensmittellagerraum außer MANGOFRÜCHTEN sogar jene weder rot noch rosanen, aber ungemein vornehm gefärbten, imponierend großen, halben Fische zu stehlen, sowie dessen SS-Männer, die unseren Juden nicht nur reinigten, sondern mit dem von ihrem Müttern gestohlenen KÖLNISCH WASSER einrieben, und nicht zuletzt mein Bruder, dessen Verhalten bei mir den Argwohn erweckte, daß er etwas den Fortbestand unseres WÄTZ-

KZs Gefährdendes im Schilde führte, die größten Sorgen machten, lediglich in diesem beängstigenden Gesundheitszustand die Verheißung jenes näher und näher kommenden Todes sah, den er sich zu unserem Entsetzen ersehnte.

Um zu verhüten, daß die Todessehnsucht unseres Juden in Erfüllung ging, eilte auch ich, nachdem ich mir den lästigen Hutschleier meiner Mutter aus dem Gesicht gerissen hatte, gemeinsam mit Gaby Glotterthal, die inzwischen die lästige Nerzstola ihrer Mutter zu einem Ballen zusammengerollt hatte, den sie über ihrem Bauch mit beiden Armen umklammert hielt, FLINK WIE WINDHUNDE hinter meinem MANN und dessen SS-Männern in die Richtung der besagten Straßenbahnhaltestelle, wo wir nicht lange auf die Ankunft einer Straßenbahn zu warten hatten, in der wir dank unserer Behauptung, daß es sich bei uns um Kriegswaisen handelte, die gerade Gänseblümchenkränze auf den Gräbern ihrer verschütteten Eltern niedergelegt hatten, abermals, ohne Fahrgebühren zahlen zu müssen, bis zu jener Straßenbahnhaltestelle fahren durften, an der wir in eine andere Straßenbahn umstiegen, deren Schaffner, aufgrund unserer Behauptung, daß wir Kriegswaisen wären, ausrief: DAS KANN UND DARF ES EINFACH NICHT GEBEN, DASS DA EIN WELTKRIEG GEFÜHRT WIRD, DER UNSCHULDIGE KINDER WIE DIESE IN WAISENKINDER VERWANDELT, und sein ganzes Sinnen und Trachten darauf richtete, uns unser vermeintliches hartes Los zumindest dadurch zu lindern, daß er uns das Bezahlen der Fahrkosten ersparte, obwohl ihn jener aus der Ladenkasse des Vaters gestohlene Geldschein, den ihm mein MANN pro forma hinstreckte, schon insofern kurzfristig stutzig machte, als es sich, seinen Äußerungen zufolge, hierbei um nicht weniger als eintausend Reichsmark handelte, womit er meinen MANN, der sich, weil für ihn wie für uns alle, die einzig gültige Währung Bombensplitter waren, mit dem Geld, das die Erwachsenen ausgaben oder einnahmen, in keiner Weise auskannte, seinerseits stutzig machte.

Während unserer Rückfahrt zur GAGFA-Siedlung mußten wir abermals die Mitgefühlsbekundungen der Straßenbahnfahrgäste über uns ergehen lassen. Was wir hingegen bei dieser Straßenbahnfahrt lernten, war der Sachverhalt, daß man mit der Entfachung von Mitgefühl gewinnbringende Geschäfte machen konnte. Die Fahrgäste in der besagten Straßenbahn streichelten uns nämlich nicht nur die Köpfe. Sie steckten uns vielmehr Geld in Form von Münzen oder sogar in Form von Scheinen zu.

Wer von uns wieviel Geld einkassierte, wußten wir aus Unkenntnis des Wertes der uns zugesteckten Münzen und Scheine nicht. Dennoch war uns klar, daß Gaby Glotterthal aufgrund ihrer vom Puder geröteten, tränenden Augen die meisten Münzen und Geldscheine einheimste. Auch ich schnitt aufgrund meiner rotangelaufenen, tränenden Augen, über deren Augäpfel ich den Hutschleier meiner Mutter so fest gebunden hatte, daß dessen hauchdünnen Stränge meine Augäpfel zwar nicht verletzt, aber aufgerieben hatten, besser ab als mein MANN, der seinen Eintausend-Reichsmark-Schein, dessen Wertes er sich offensichtlich immer bewußter wurde, unablässig in seiner Hosentasche betastete, was ein Rascheln verursachte. Aber auch er kam nicht zu kurz. Die Leichenbittermienen brachten ihm gleichermaßen Geld ein wie seinen SS-Männern. Ich mußte nicht anders als Gaby Glotterthal, nicht anders als mein MANN und nicht anders als seine SS-Männert, bloß: MEINE MAMMI, MEIN PAPPI seufzen und schon zogen die Straßenbahnfahrgäste ihre Geldbörsen erneut aus den Taschen, um uns abermals, mit der Aufforderung: KAUFT EUCH ETWAS DAFÜR, DAS EUCH FREUDE MACHT, Geld zuzustecken.

Uns lag nichts ferner, als diese Aufforderung in die Tat umzusetzen. Kaum daß wir an der Endhaltestelle der Straßenbahn angelangt waren, machten wir uns FLINK WIE WINDHUNDE auf den Weg zu jener Eisdiele, in die unsere Eltern, weil wir hin und wieder wirklichkeitsgetreu Artigkeit, Folgsamkeit und Gehorsam vorzutäuschen geruhten, nur hin und wieder mit uns gingen. Ehe wir uns Eisbecher bestellten, zeigten wir zunächst der Kellnerin, um den Wert unseres Geldes überhaupt einschätzen zu können, die von uns einkassierten Münzen und Scheine.

Wieviele Eisbecher kann ich für dieses Geld kaufen, erkundigte ich mich bei der Kellnerin. Viel mehr Eisbecher, als du zu essen imstande bist, erwiderte die Kellnerin.

Ich kann Eis bis zum VERGASEN essen, sagte ich.

Bitte bringen Sie mir fünf große Eisbecher mit Schokoladeeis, fügte ich hinzu.

Du wirst dir, wenn du fünf große Eisbecher mit Schokoladeeis ißt, nur deinen Magen verderben, warnte mich die Kellnerin.

Darum geht es mir nicht, meinte ich.

Worum geht es dir denn dann, wollte die Kellnerin von mir wissen.

Mir geht es einzig und allein darum, auf einmal fünf große Eisbecher mit Schokoladeeis essen zu können, insistierte ich so resolut, daß die Kellnerin kapitulierte.

Obwohl ich weiß, daß du es im nachhinein bitter büßen wirst, wenn du fünf große Eisbecher nacheinander in dich hineingeschlungen hast, bekommst du diese Eisbecher von mir, damit du am eigenen Leibe erfahren kannst, welche Folgen eine so unmäßige Eisverschlingerei nach sich zieht, sagte die Kellnerin, ehe sie Gaby Glotterthal fragte, wieviele Eisbecher sie in sich hineinzuschlingen wünsche.

Bringen Sie mir sieben große Eisbecher mit Schokoladeeis, wies meine Freundin die Kellnerin an, die uns nach einer kurzfristigen Entgeisterung fragte, aus welchen Gründen wir derartige Mengen Eis in uns hineinzuschlingen gedachten.

Weil wir Kriegswaisen sind, die gerade Gänseblümchenkränze auf den Gräbern unserer Eltern niedergelegt haben, behauptete mein MANN, indem er seinen Eintausend-Reichsmark-Schein mit einer nonchalanten Geste auf die Marmorplatte des Tisches, an dem wir Platz genommen hatten, flattern ließ.

Wenn Sie erfahren wollen, woher ich dieses Geld habe, dann kann ich Ihnen nur sagen, daß ich es in der Brieftasche meines verschütteten Vaters gefunden habe, behauptete er.

Glauben Sie bitte nicht, daß mir dieser Eintausend-Reichsmark-Schein meinen verschütteten Vater ersetzen könnte, fügte er zum Entsetzen der Kellnerin hinzu.

Wieviele große Schokolade-Eisbecher soll ich dir denn servieren, stammelte die Kellnerin, mittlerweile durch unser vermeintliches Unglück den Tränen nah.

Mir reichen zehn große Schokolade-Eisbecher, entgegnete mein MANN.

Meine armen kleinen Kinder, ihr werdet es ganz gewiß bitter bereuen, wenn ihr solche Eismengen in euch hineinschlingt, jammerte die Kellnerin, ehe sie sich nach den Wünschen der fünf SS-Männer meines MANNES erkundigte, die sich allesamt mit neun großen Schokolade-Eisbechern begnügten.

Wortlos ging die Kellnerin, während für uns die Privilegien der Kriegswaisen immer eklatanter wurden, zur Theke, um kurz darauf solange immer wieder mit einem großen Tablett von unserem Tisch zur Theke und von der Theke zu unserem Tisch zu eilen, bis uns die bestellten Eisbecher auf der Marmorplatte des Tisches, an dem wir Platz genommen hatten, serviert worden waren.

Mit einer Unersättlichkeit, die eine Folgeerscheinung des Entzugs jener Eismengen war, die uns unsere Eltern mit dem uns mittlerweile schon zum Halse heraushängenden Argument, daß wir uns nur den Magen verderben würden, schlangen wir in uns hinein, ohne der Kellnerin, die in der Nähe unseres Tisches diese Eisfreß-Orgie mit einer wachsenden Fassungslosigkeit verfolgte, die geringste Beachtung zu schenken.

Obwohl es uns immer übler wurde, leerten wir auch noch den letzten großen Eisbecher, ehe wir, die eine Hand vor dem Mund und die andere Hand auf den Magen gepreßt, FLINK WIE WINDHUNDE zu den Damen- und zu den Herrentoiletten stürzten, um uns, vor den Klosettschüsseln kniend, deren Ränder wir mit unseren Armen umklammerten, zu erbrechen. Trotzdem bereuten wir unsere Eisfreß-Orgie in keiner Weise. Denn HART WIE KRUPPSTAHL und ZÄH WIE LEDER, wie wir es waren, machte es uns nicht aus, daß das, was kurz zuvor noch Schokoladeeis gewesen war, jetzt als schokoladebraunes Wasser aus unseren Mündern schubweise in die Klosettbecken spritzte. Nachdem wir dieses schokoladebraune Wasser mit den Wasserspülungen aus den Klosettbecken gespült hatten, verließen wir, zur Verblüffung der Kellnerin, frohgemut die Damen- und die Herrentoiletten, um es daraufhin der Kellnerin zu überlassen, von dem Geld, das wir ihr auf unseren Handflächen hinstreckten, das zu nehmen, was wir ihr schuldig waren.

Allein den Eintausend-Reichsmark-Schein meines MANNES konnte sie nicht wechseln.

Wo kann ich ihn wechseln, erkundigte sich mein MANN.

Zum Beispiel in einer Bank, erwiderte die Kellnerin. Auf eine Bank kann man sich doch nur setzen, meinte ich.

Es gibt Bänke, auf die man sich setzen kann und Banken, in denen man einen Eintausend-Reichsmark-Schein wechseln kann, suchte die Kellnerin uns zu belehren.

Was ist WECHSELN, fragte ich sie.

Wißt ihr wirklich nicht, was WECHSELN ist, erkundigte sich die Kellnerin.

Wahrscheinlich ist das eine von den Sauereien, die die Erwachsenen treiben, wenn wir schlafen, mutmaßte mein MANN, ehe er mich bat, seine zehn, schon wieder erbrochenen Eisbecher zu bezahlen.

Wenn du sie mir bezahlst, kaufe ich für dich die schönsten

Spielsachen, die du dir vorstellen kannst, versprach er mir so verheißungsvoll, daß ich es selbstverständlich fand, mir von der Kellnerin alles Geld bis auf eine Münze aus der Hand nehmen zu lassen.

In Anschluß rannten wir FLINK WIE WINDHUNDE zu dem Spielzeuggeschäft, vor dessen zwei großen Schaufenstern wir oft genug, voller Verbitterung in Anbetracht dessen, was uns von unseren Eltern versagt wurde, und voller Besitzgier in Anbetracht dessen, was wir unser eigen nennen zu können ersehnten, gestanden hatten.

Ohne diesmal die Schaufensterauslagen dieses Spielzeuggeschäftes bloß zu bestaunen, betraten wir das besagte Geschäft, in dem wir uns, ehe wir erneut zu unserem Befremden Befremden auszulösen drohten, als Kriegswaisen ausgaben, die gerade Gänseblümchenkränze auf den Gräbern ihrer verschütteten Eltern niedergelegt hatten. Mit einer geradezu hochherrschaftlichen Gebärde zeigte mein MANN seinen Eintausend-Reichsmark-Schein.

Dieser Geldschein ist das Vermächtnis, das mir mein verschütteter Vater hinterlassen hat, behauptete er, während eine von den Verkäuferinnen einen Weinkrampf bekam.

Er sagte, ehe er starb: Mit diesem Eintausend-Reichsmark-Schein sollst du dir eine Freude machen, fügte er mit einer Leichenbittermiene hinzu, die bei einer zweiten Verkäuferin einen Weinkrampf auslöste.

Womit können wir dir denn eine Freude machen, wollte die Geschäftsführerin von ihm wissen.

Ich wäre froh, wenn ich hier die Uniform eines SS-Oberscharführers und die Uniform eines KZ-Kommandanten, ein richtiges Maschinengewehr, einen echten Helm, einen echten Orden und eine echte Hakenkreuz-Fahne kaufen könnte, erklärte mein MANN.

Aber mein armer Junge, du bist doch hier nur in einem Spielzeuggeschäft: Kauf dir doch statt derartiger Sachen, für die du noch viel zu klein bist, besser Spielsachen, riet ihm die Geschäftsführerin.

Ich bin schon viel zu alt, als daß ich noch mit Spielsachen spielen würde, entgegnete mein MANN.

Wie alt bist du denn, erkundigte sich die Geschäftsführerin.

Ich bin schon fünfeinhalb Jahre alt: Das ist ein Alter, in dem nur ein Depp noch mit Spielzeug spielt, sagte mein MANN zur Entgeisterung der Geschäftsführerin, die sich jetzt mir zuwendete, um mich nach meinen Wünschen zu fragen.

Haben Sie Verschüttete, Särge, Bomben, Ruinen und Massengräber, fragte ich sie. Aber was willst du armes kleines Mädchen mit dermaßen fürchterlichen Sachen machen, stieß die Geschäftsführerin hervor.

Das geht niemanden etwas an, erwiderte ich verstockt.

Willst du dir nicht lieber eine Puppe kaufen, erkundigte sich die Geschäftsführerin. Ich schüttelte meinen Kopf dermaßen heftig, daß mir meine Schillerlocken ins Gesicht fielen. Mit einer resoluten Handbewegung schob ich sie mir aus dem Gesicht.

Ich bin viel zu alt, als daß ich noch mit Puppen spielen würde, erklärte ich.

Womit spielst du denn dann, fragte mich die Geschäftsführerin.

Ich habe zum Spielen überhaupt keine Zeit, erwiderte ich ihr.

Wir haben alle zum Spielen keine Zeit, pflichtete mir mein MANN bei, ehe er voller Hoffärtigkeit gemeinsam mit seinen SS-Männern die in den Regalen dieses Spielzeuggeschäftes feilgebotenen Spielsachen in Augenschein nahm.

Diese bejammernswerten Geschöpfe scheinen noch unter der Wirkung des Schocks zu stehen, in den sie der Tod ihrer Eltern versetzt hat, sagte die Geschäftsführerin zu den beiden weinenden Verkäuferinnen, während mir mein MANN zu verstehen gab, daß wir in diesem Spielzeuggeschäft völlig fehl am Platze waren.

Wir müssen uns jetzt unbedingt um unseren Juden kümmern, flüsterte er mir zu, ehe er, gefolgt von mir, von Gaby Glotterthal und von seinen fünf SS-Männern mit einem brüllend vorgebrachten HEIL HITLER das Spielzeuggeschäft verließ.

Ohne ihn zu fragen, auf welche Art und Weise ich als FRAUENSCHAFTSFÜHRERIN meiner Pflicht, die deutschen Frauen in Groß-Deutschland dazu zu zwingen, Kinder zur Welt zu bringen, die nicht nur noch härter als Kruppstahl, nicht nur noch zäher als Leder, nicht nur noch flinker als Windhunde, sondern obendrein jederzeit bereit zu sein hatten, für ihn zu sterben, gerecht werden sollte, trennte ich mich von meinem MANN, dem, wie an jedem Werktag, die Aufgabe zufiel, für unseren Juden aus dem Lebensmittellagerraum seines Vaters Lebensmittel zu stehlen.

Während er FLINK WIE EIN WINDHUND in die Richtung des Lebensmittelladens seines Vaters lief, rannte ich ebenfalls FLINK WIE EIN WINDHUND Seite an Seite mit dem SS-Mann Manfred Schmer, dem an diesem Tag außer der Entfernung der vom Speichel aufgeweichten, klebrigen, säuerlich riechenden, zerkauten Eßreste, die unser Jude zu erbrechen pflegte, und außer der Entfernung der von Urin durchtränkten, übelriechenden Exkremente, die aus dem Darm unseres Juden zu quellen pflegten, auch die Fütterung dieses Untermenschen der untersten Sorte mit jenen Lebensmitteln oblag, die mein MANN erst noch zu stehlen hatte, zu unserem WÄTZ-KZ, wo mein Bruder Kicki gerade unserem Juden, der dermaßen lebensmüde war, daß er auch ohne den Knebel in seinem Munde nicht mehr um Hilfe schrie, dessen Knebel aus dem Munde zog, damit dieser Untermensch die Frage, was er sich wünsche, zu beantworten imstande war.

Ich will endlich sterben, sagte unser Jude zu meinem Schrekken zu meinem Bruder Kicki.

Wenn du nicht am Leben bleibst, bringen wir dich um, drohte ich unserem Juden, während der SS-Mann Manfred Schmer, der noch immer, um nicht weiterhin der HUNDSKNOCHEN seines Vaters sein zu müssen, vergebens nach einem KZ suchte, das ihm eine Zufluchtsstätte bot, in der er seinem Vater, dem Oberlehrer Schmer, zu entrinnen hoffte, meinend: WENN ICH EIN JUDE WÄRE, MÜSSTE ICH ZUMINDEST KEIN HUNDSKNOCHEN SEIN, Anstalten traf, die von unserem Juden verunreinigte Badewanne zu reinigen.

IX

Zwar hatte ich noch geschlafen, als mein Vater an diesem Wochenende, an dem wie an allen Wochenenden außer mir und meinem Bruder Kicki auch mein MANN, dessen SS-Männer und meine Freundin Gaby Glotterthal wegen der leidigen Anwesenheit unserer Eltern außerstande waren, uns um unseren Juden zu kümmern, mit einem von den laut meinem Bruder völlig überflüssigen Transformatoren, die in dem besagten DIEMENS-Werk hergestellt wurden, zu jenem fränkischen Dorf, das HEUCHLINGEN hieß, aufgebrochen war, um ihn bei einem Bauern namens Munkert gegen ein halbes Kalb zu tauschen.

Aber beim Frühstücken hatte uns unsere Mutter nicht nur berichtet, daß unser Vater wieder einmal Hamstern gegangen war. Sie hatte uns außerdem verheißen, daß uns, wenn unser Vater nicht wegen der Übertretung des Verbots, hamstern zu gehen, von der Polizei festgenommen wurde, am Abend ein Festessen aufgetischt werden würde, das aus Kalbsbraten mit rohen Klößen sowie einer leckeren Soße bestände.

Obwohl mir anfänglich, sobald ich nur an dieses Festessen dachte, das Wasser im Munde zusammenlief, gelang es meinem Bruder Kicki, der mich in unserem Kinderzimmer, in das wir uns wegen des regnerischen Wetters zurückgezogen hatten, mit der ihm eigenen Hartnäckigkeit fortwährend auf den Hunger unseres Juden hinwies, mir den Appetit dermaßen gründlich zu verderben, daß ich mich nun, da mein Vater nach einer stundenlangen Abwesenheit mit dem verheißenen halben Kalb auf dem Rücken, dessen mit dem Hals über seine Schulter gehängter halber Kopf auf seiner Brust hin- und herbaumelte, in der Haustür unserer Siedlungshaushälfte auftauchte, nicht mehr auf das bevorstehende Festessen zu freuen vermochte.

Ganz im Gegensatz zu meiner Mutter, die meinen Vater mit seinem blutbesudelten, schweißüberströmten Gesicht, mit seinen blutbesudelten Händen, mit dem Kalb auf seinem Rücken, dessen Blut und Fett seinen von Regenschauern durchnäßten Mantel gleichermaßen besudelten, so daß er nach meinem Dafürhalten wie ein Sittlichkeitsverbrecher aussah, jauchzend umarmte, wich ich, nicht anders als mein Bruder Kicki, vor diesem Unhold zurück, den wir unseren Vater nennen mußten.

Aus einer sicheren Entfernung beobachteten Kicki und ich, wie sich dieser Sittlichkeitsverbrecher, der obendrein, wie gesagt, ein feiger Zivilist und ruchloser Vaterlandsverräter war, keuchend durch den Korridor unserer Siedlungshaushälfte auf die Küche zu bewegte, wo er das halbe Kalb dergestalt auf dem Küchentisch absetzte, daß dessen halber Rumpf auf der Tischplatte lag, während dessen Haxen und dessen halber Kopf, aus dem ein Kalbsauge uns anglotzte, über den Kanten der Tischplatte herabhingen.

Kaum daß sich unser Vater, dieser auf den Hund gekommene

Sittlichkeitsverbrecher, des halben Kalbes entledigt hatte, vollführten zu meiner Entrüstung meine Eltern rund um das abgeschlachtete halbe Kalb einen Freudentanz, ehe meine Mutter, die sich, während mein Bruder und ich uns vor diesem Wüstling fürchterlich ekelten, in keiner Weise vor ihm zu ekeln schien, innehielt, um ihren Mann, dessen Mund so rot war, als hätte er Blut geleckt, zu küssen.

Angewidert stieg ich gemeinsam mit meinem Bruder, der unseren Vater flüsternd als einen Schlächter bezeichnete, hinauf zu unserem Kinderzimmer, wo wir uns sattsam schämten, die Kinder solcher Eltern zu sein. Während wir vor lauter Scham mit gesenkten Köpfen auf den Kanten unserer Kinderbetten hockten, drang aus der Küche der von mir als unüberbietbar schamlos empfundene Gesang unserer Eltern zu uns herauf.

SAG MIR, WIEVIEL SCHÖNE ROTE LIPPEN HAST DU SCHON GEKÜSST, hörte ich in der Küche meine Mutter singen.

ICH SAG ES NICHT, WENN ICH'S AUCH WÜSST, sang mein Vater.

HAST DU ALLER SCHÖNEN FRAUEN GUNST, DIE DU BEGEHRT, ERREICHT, sang meine Mutter.

ICH SAGE NUR, MAN HAT'S NICHT LEICHT, sang mein Vater.

LIEBLING, WENN DU AUCH EIN SÜNDER BIST, KOMM' IN MEINE ARME! KÜSSE MICH ZU MEINER GANZEN SELIGKEIT, sang meine Mutter.

ALS DIE EINZ'GE ROSE SOLLST DU NUN IN MEINEM GARTEN BLÜH'N, sang mein Vater.

DANN SEI DIR GNÄDIG AUCH VERZIEH'N, sang meine Mutter.

ALLE HIMMEL ÖFFNEN SICH VOR MIR, sang mein Vater.

MEIN HERZ IST DEIN, sang meine Mutter.

MEIN GANZES GLÜCK BIST DU ALLEIN, sang mein Vater.

NIMM MEIN SEHNEN, NIMM MEIN LEBEN FÜR DICH HIN: BIN SKLAVIN DIR, sang meine Mutter.

UND KÖNIGIN, sang mein Vater, ehe der von mir, wie gesagt, als unüberbietbar schamlos empfundene Gesang meiner Eltern abbrach, die jetzt nur mehr in der Küche herumrumorten.

Voller Abscheu blickte ich meinen Bruder an, der kein Hehl daraus machte, daß ihn ebenfalls nichts anderes als Abscheu erfüllte.

Sie singen, obwohl sie darüber traurig sein müßten, daß das arme Kalb tot ist, stieß er hervor.

Sie singen nur, weil sie froh über den Tod des armen Kalbes sind, erwiderte ich ihm.

Hast du das Auge des armen Kalbes gesehen, erkundigte sich Kicki bei mir.

Ich nickte.

Das Auge hat mich sogar angeglotzt, entgegnete ich meinem Bruder, der mir jetzt dringend davon abriet, an das Kalbsauge zu denken.

Warum soll ich nicht an dieses Auge denken, das mich angeglotzt hat, fragte ich.

Weil du sonst vor lauter Ekel den Kalbsbraten nicht essen kannst, sagte Kicki, ehe er schnuppernd konstatierte, daß der Geruch des verheißenen Kalbsbratens mittlerweile bis hinaus zu unserem Kinderzimmer drang.

Erst wenn wir den Kalbsbraten gegessen haben, dürfen wir wieder an das Auge des armen Kalbes denken, fuhr mein Bruder fort, der durch den Geruch des Kalbsbratens offensichtlich, dermaßen freßgierig geworden war, daß er unseren möglicherweise inzwischen verhungerten Juden gänzlich vergaß.

Sein Magen knurrte jetzt ebenso unüberhörbar wie mein Magen.

Zwar versuchten wir, so lange zu schlafen, bis unsere Mutter mit der Zubereitung des Festessens fertig war, aber unser Hunger hielt uns wach. Um diesen Hunger zu verringern, standen wir immer wieder auf und gingen, in der Absicht, einen Zahnputzbecher Leitungswasser zu trinken, das unsere knurrenden Mägen zumindest kurzfristig gefüllt hätte, zum Badezimmer.

Doch zu unserem Leidwesen hatte unser Vater sich in diesem Badezimmer, allem Anschein nach in der Badewanne sitzend, in die wir unablässig Wasser fließen hörten, von innen eingeschlossen.

Laßt mich gefälligst in Ruhe baden, rief er uns durch die verschlossene Badezimmertür zu.

Die Säuberung seines Körpers und das Anziehen eines frischgebügelten Oberhemdes, eines zwar fleckenlosen, aber abgetragenen Anzugs und das Umbinden einer mehrfach geflickten, rotblau gemusterten Krawatte beanspruchten dermaßen viel Zeit, daß sich mein Vater, dem meine Mutter schon mehrmals zugerufen hatte, daß der Kalbsbraten gar sei, erst nach mir und nach meinem Bruder Kicki an den in der Mitte des Eßzimmers stehenden ovalen Mahagonitisch setzte, den meine Mutter mit ihrem vornehmen Goldrandservice, mit ihren vornehmen Silberbestekken, mit ihrem mit Stickereien verzierten vornehmsten Damasttischtuch, mit ihren ebenfalls mit Stickereien verzierten, tischsittengerecht gefalteten Damastservietten und mit ihrem vornehmen, fünfarmigen versilberten Kerzenleuchter, auf dessen Armenden anstelle von Kerzen allerdings Bunkerlichter brannten, nach meinem Dafürhalten nicht festlicher hätte decken können.

Mit einem wäßrigen Mund starrte ich, nicht anders als mein Bruder Kicki und mein Vater, zur Eßzimmertür, durch die jetzt meine Mutter freudestrahlend auf der Goldrandplatte den von ihr in sorgsam arrangierte Scheiben zerteilten, knusprigen Kalbsbraten hereintrug, um ihn zwischen zwei vornehmen silbernen Vorlegegabeln auf der Mitte des Eßzimmertisches abzustellen.

Ich hole nur noch rasch die Soße und die rohen Klöße, sagte sie gerade, als aus heiterem Himmel die Sirenen zu schrillen begannen.

Fliegeralarm, murmelte diesmal ohne jegliche Begeisterung mein Bruder, während mein Vater mit der Faust so wuchtig auf die Tischplatte schlug, daß die darauf plazierten Goldrandteller, Silberbestecke und Vorlegegabeln klirrten und der vornehm geringelte und verschnörkelte Silberleuchter dermaßen wackelte, daß auf dessen fünf Armenden die Flämmchen der Bunkerlichter flackerten, als wehte durch dieses Eßzimmer ein böiger Wind.

Das haben wir diesem Adolf Hitler zu verdanken, daß wir unseren Kalbsbraten nicht in Ruhe essen können, brüllte mein Vater, ehe er aufsprang und treppaufwärts zu der Abstellkammer hastete, um wie bei jedem Bombenangriff den Nähkasten meiner Mutter in Sicherheit zu bringen.

Als mein Bruder und ich, gefolgt von meiner Mutter, die ihrerseits den Kalbsbraten in Sicherheit zu bringen trachtete, den Kellereingang erreicht hatten, drängelte sich mein Vater schon wieder einmal mit dem Nähkasten an uns vorbei.

Ohne uns eines Blickes zu würdigen, hetzte er, als hingen hiervon Gedeih und Verderb seiner Familie ab, wieder einmal völlig kopfscheu die Kellertreppe bis zu der untersten Stufe hinunter, wo wieder einmal der Griff des Nähkastens abriß und der Nähkasten meiner Mutter krachend auf den Fußboden des Kellervorraums plumpste, auf den sich wieder einmal der gesamte Inhalt des Nähkastens ergoß.

Das hat mir gerade noch gefehlt, stieß mein Vater in dem Augenblick hervor, da das Schrillen der Sirenen abbrach, während meine Mutter meinen Bruder Kicki, dem ihre die Goldrandplatte mit dem Kalbsbraten umklammernde Gestalt den Weg versperrte, daran hinderte, noch einmal kehrtzumachen, um seinerseits die Miniaturnachbildungen der deutschen Wehrmacht und die Miniaturnachbildung unseres Führers in der blutroten Schachtel mit dem pechschwarzen Hakenkreuz aus unserem Kinderzimmer in Sicherheit zu bringen.

Du wirst es ganz gewiß bitter bereuen, daß du mich davon abgehalten hast, die deutsche Wehrmacht und unseren Führer in Sicherheit zu bringen, drohte er meiner Mutter, ehe er, leise Flüche und Verwünschungen ausstoßend, mit mir zu jenem Notausgang schlich, hinter dem diesmal weder die strammstehenden Stiefel noch die beiden Hosenbeinstücke der braunen Uniform des stellvertretenden Gauleiters Beselsöder zu bestaunen waren, der offensichtlich wieder einmal lange vor dem Schrillen der Sirenen, das nur ganz gewöhnliche Leute vor den bevorstehenden Bombenangriffen warnte, mit seiner Frau und mit seiner Tochter Rosemarie, von einem Personenkraftfahrzeug, dessen Räder, im Gegensatz zu den Rädern, die FÜR DEN SIEG ROLLTEN, nicht für den Sieg zu rollen hatten, abgeholt und zu einem eigens für unentbehrliche Nationalsozialisten erbauten Spezialbunker befördert worden war, von dem es hieß, daß er bei weitem bombensicherer wäre als die Luftschutzräume ganz gewöhnlicher Leute, über deren vermeintlichen Schutz ich mir aufgrund all der zerbombten Luftschutzräume, die ich schon zu Gesicht bekommen hatte, keinerlei Illusionen mehr machte. Wenn meine Eltern es zugelassen hätten, wäre ich statt immer wieder hinunter zu dem Luftschutzraum zu steigen, trotz des Schrillens der Sirenen in der GAGFA-Siedlung spazierengegangen.

Enttäuscht darüber, daß uns der Anblick der Stiefel und der beiden Uniformhosenbeinstücke des stellvertretenden Gauleiters Beselsöder versagt war, gingen ich und mein Bruder Kicki, achtlos auf das über den Fußboden verstreute Nähzeug tretend, von dem mein vor der untersten Stufe der Kellertreppe knieender Vater, der wieder einmal den Nähkasten zum Mittelpunkt der Welt und das Schaffen der denkbar ordentlichsten Ordnung in diesem Nähkasten zum Weltgeschehen aufwertete, wieder einmal zunächst die Schweißblätter auf dem Boden des Nähkastens zurechtrückte, nebeneinander reihte und übereinander schichtete, in den keinen Schutz bietenden Luftschutzraum, zwischen dessen Eisentüren meine Mutter, die Goldrandplatte mit den in sorgsam arrangierten Scheiben zerteilten, knusprigen Kalbsbraten in den Händen haltend, mit Tränen in den Augen immerzu jammerte: SCHADE UM DIE SCHÖNBE SOSSE: SCHADE UM DIE SCHÖNEN ROHEN KLÖSSE.

Die nun ringsum detonierenden Bomben brachten meine Mutter dazu, alle guten Tischsitten von vornehmen Menschen mit vornehmen Goldrandtellern, Vorlegegabeln und Silberbestecken an festlichen Eßzimmertischen zu mißachten.

Nachdem sie uns angekündigt hatte, daß es morgen Kalbsleber, übermorgen Kalbshaxen, überübermorgen Kalbshaschee und überüberübermorgen Kalbskopfsülze geben würde, streckte sie uns mit einem GREIFT RUHIG TÜCHTIG ZU die Goldrandplatte so tief hin, daß ich und Kicki mühelos mit beiden Händen je zwei Kalbsbratenscheiben grabschen konnten, die wir uns in unsere Mäuler stopften und schmatzend und rülpsend auffraßen.

Möchtest du nicht auch eine Scheibe Kalbsbraten probieren, fragte meine Mutter, die ebenfalls schmatzend zwei Scheiben des Kalbsbratens fraß, mit einem vollen Munde, mit dem man eigentlich nicht sprechen durfte, meinen Vater, der sich allem Anschein nach gar nicht mehr daran erinnern konnte, daß er an diesem Tage im Schweiße seines Angesichts auf seinem Rücken ein halbes Kalb auf einem kilometerlangen Fußmarsch über Äcker, Felder, Wiesen, Hügel, Eisenbahn-Gleise, Straßengräben und durch matschige, schlammige, morastige Waldwege geschleppt hatte.

Was für einen Kalbsbraten soll ich denn probieren, Trudelchen, erkundigte er sich ruhig bei meiner Mutter, die mit einem wortlosen Kopfschütteln kundtat, daß sie für eine solche Verständnislosigkeit keinerlei Verständnis hatte.

X

Weil die Besichtigung der dank des letzten Bombenangriffs entstandenen neuen Ruinen, weil die Durchsuchung der dank des letzten Bombenangriffs entstandenen Bombentrichter, die zu einer beträchtlichen Mehrung meiner Bombensplitter beitrugen, weil das Durchbuddeln der dank des letzten Bombenangriffs zusammengetragenen neuen Trümmerhaufen, in denen ich endlich den lange genug gesuchten Lampenschirm für den Stehlampenständer im Wohnzimmer meiner Ruine aufspürte, mir, meiner Freundin Gaby Glotterthal, meinem MANN und dessen fünf SS-Männern weitaus wesentlicher erschien als die Versorgung unseres Juden, betraten wir erst gegen Mittag unser WÄTZ-KZ, wo wie außer diesem Untermenschen der untersten Sorte meine Bruder Kicki vorfanden, der neuerdings, im Gegensatz zu uns, die Versorgung unseres Juden für weitaus wesentlicher hielt als die Erlangung des Besitzes jener Geschenke aus dem Himmel, mit denen wir uns an diesem Tag sattsam eingedeckt hatten.

Einzig und allein darauf bedacht, unseren Juden, dessen Deportation in unser WÄTZ-KZ Folgen nach sich zog, die wir, wenn wir diese Folgen hätten voraussehen können, vermutlich nie auf uns genommen hätten, vor dem Hungertod zu retten, hatte mein Bruder nicht nur auf den Verzehr der oberen Hälfte des für ihn zum Frühstücken von meiner Mutter mit Butter bestrichenen und mit Kalbskopfsülze belegten Brötchens verzichtet. Er tat auch sein Menschenmögliches um unseren Juden, dem er die obere Hälfte des mit der Hälfte der Kalbskopfsülze belegten Butterbrötchens immer wieder vor dessen Mund hielt, aus dem er selbstredend längst den Knebel entfernt hatte, dazu zu überreden, in diese mit Kalbskopfsülze belegte Butterbrötchenhälfte hineinzubeißen.

Doch unser Jude, der das Angebot meines Bruders, ihm das Wertvollste, was er besaß: nämlich seine garantiert echte russische Kugel zu schenken, mit dem Argument ablehnte, daß ihm mit einer Kugel, für die er seines Maschinengewehrs bedurft hätte, um sich zu erschießen, nicht gedient sei, wollte weder in die mit Kalbskopfsülze belegte Butterbrötchenhälfte beißen noch die Marzipankartoffeln essen, die mein MANN für ihn, auf die Gefahr hin, von seiner vor lauter Schmuckstücken rasselnden Mutter ertappt zu werden, aus dem Lebensmittellagerraum seines Vaters gestohlen hatte.

Seiner mit einer von seiner körperlichen Schwächung kundenden, leisen Stimme vorgebrachten Äußerungen zufolge, war unser Jude nur noch zu sterben gewillt.

Bringt mich doch bitte endlich um, flehte er meinen MANN, dessen von mir, der KZ-Aufseherin, zur Reinigung der Badewanne beorderten SS-Mann Leo Zöpel, der nicht unseren Untermenschen, sondern seinen Vater, den Dentisten Doktor Zöpel, auf eine ihm noch voll schleierhafte Art und Weise zur Strafe dafür umzubringen beabsichtigte, daß sich dieser die Verübung eines Attentats auf unseren Führer Adolf Hitler erhoffte, und meine Freundin Gaby Glotterthal an, die für ihn wieder einmal, ohne zu wissen, welche Krankheiten hiermit geheilt werden konnten, schachtelweise Medikamente aus dem Lazarett entwendet hatte, in dem ihr Vater, der Obermedizinalrat, mittlerweile außer dem gesamten Lazarettpersonal sogar die in dieses Lazarett eingelieferten, verwundeten, verstümmelten, verkrüppelten oder sterbenden deutschen Soldaten jener Diebstähle verdächtigte, die die nicht einmal des Verdachts auf den Verdacht verdächtigte Diebin, seine Tochter, das von ihm so genannte ENGELSKINDCHEN, zu verüben pflegte.

Obwohl unser lebensmüder Jude, dem nunmehr nichts ferner lag, als gesund zu werden, die Versuche der Tochter des Obermedizinalrats, ihm wenigstens eine geringe Dosis der Medikamente zu verabreichen, durch ein Zusammenpressen seiner schmaler und schmaler, blutloser und blutloser werdenden Lippen sabotierte, wurde es Gaby Glotterthal dennoch nicht müde, diese von ihr durch das Sichzunutzemachen der immer häufiger im Lazarett ausbrechenden Tumulte und dort obwaltenden Anarchie entwendeten Medikamente als Wundermittel anzupreisen, die die Kleinen groß, die die Schwachen stark, die die Kranken gesund und die die Toten lebendig machten.

Dennoch konnte sie mit ihren marktschreierischen Anpreisungen ihrer Wundermittel die Lebensmüdigkeit unseres Juden, der nach Zyankali oder Arsen lechzte, keineswegs verringern. Vielmehr gestand uns unser Jude zu unserer Verblüffung, ungeachtet seiner bisherigen Ableugnungen, ein Jude zu sein, daß er während unserer Abwesenheit die Einsicht gewonnen hätte, daß er ein Jude sein müsse.

Wenn ich kein Jude wäre, läge ich nicht in der Badewanne dieses WÄTZ-KZs, flüsterte er uns mit immer wieder ersterbender Stimme zu, ehe er sich als einen Untermenschen der untersten Sorte bezeichnete.

Warum siehst du trotzdem wie ein Mensch aus, wollte ich von ihm wissen.

Ich muß auf irgendeine Art und Weise von irgendwem, während ich geschlafen habe, in einen Menschen verwandelt worden sein, flüsterte mir unser Jude zu.

Hast du wirklich so fest geschlafen, daß du nicht gemerkt hast, daß du in einen Menschen verwandelt worden bist, erkundigte sich Gaby Glotterthal. Unser Jude mühte sich, trotz seines Schwächezustands, zu nicken.

Ich habe wirklich nichts gemerkt, flüsterte er.

Wie hast du denn ausgesehen, bevor du in einen Menschen verwandelt worden bist, fragte ihn mein MANN.

Daran kann ich mich komischerweise nicht mehr erinnern, erwiderte unser Jude so leise, daß mein MANN, um überhaupt verstehen zu können, was unser Jude flüsterte, sein Ohr den immer schmaler und blutleerer werdenden Lippen dieses Untermenschen der untersten Sorte nähern mußte.

Hast du noch schrecklicher ausgesehen als ein feuerspeiender Drache mit sieben Köpfen, wollte ich wissen.

Das ist schon möglich, flüsterte unser Jude.

Hast du mit deinem entsetzlichen Aussehen sogar den Teufel in der Hölle in Angst und Schrecken versetzt, fragte ich, während mir Kälteschauer über den Rücken rannen.

Das ist schon möglich, wiederholte mein Jude.

Warum kannst du dich nicht mehr daran erinnern, wie du vor deiner Verwandlung in einen Menschen ausgesehen hast, fragte der SS-Mann Leo Zöpel.

Das weiß ich selber nicht, entgegnete unser Jude kaum hörbar.

Wenn ich so wie du ein Untermensch der untersten Sorte gewesen wäre, wüßte ich auch jetzt noch genau, wie ich vor meiner Verwandlung in einen Menschen ausgesehen habe, behauptete ich.

Vielleicht bin ich schon vor meiner Geburt von meiner Mutter in einen Menschen verwandelt worden, mutmaßte flüsternd unser Jude.

Wenn dich deine Mutter schon vor deiner Geburt in einen Menschen verwandelt hat, muß sie eine Hexe sein, erklärte mein MANN zur völligen Verblüffung unseres Juden.

Vielleicht war sie, bevor sie in meine Mutter verwandelt wurde, tatsächlich eine Hexe, flüsterte unser Jude.

Wer kann diese Hexe in eine Mutter verwandelt haben, wollte ich wissen.

Vielleicht ist meine Mutter von meiner Großmutter, die vielleicht, bevor sie in meine Großmutter verwandelt wurde, auch eine Hexe war, vor ihrer Geburt in eine Mutter verwandelt wurde, mutmaßte flüsternd unser Jude, ehe er uns bat, ihn wieder in einen Juden, das heißt in einen Untermenschen der untersten Sorte zu verwandeln.

Es ist unanständig, wenn ein Untermensch der untersten Sorte durch seine Verwandlung in einen Menschen falsche Tatsachen vorspiegelt, flüsterte unser Jude.

Das ist wirklich unanständig, pflichtete ihm mein MANN bei.

Es gehört sich einfach nicht, sagte ich, meinerseits meinem MANN beipflichtend, zu unserem Juden.

Ich will auch lieber ein anständiger Untermensch der untersten Sorte als ein unanständiger Mensch sein, flüsterte unser Jude, ehe er uns abermals bat, ihn in einen Untermenschen der untersten Sorte zu verwandeln.

Aber wir gaben ihm zu verstehen, daß uns dies schon deshalb nicht möglich war, weil es sich bei uns nicht um Zauberer, Hexen oder böse Feen, sondern um der Herrenrasse zugehörende Menschen handelte, die, abgesehen davon, daß sie weder Zauberringe noch Zauberstäbe besaßen, auch jenen Zauberspruch nicht kannten, mit dessen Hilfe unser in einen Menschen verwandelter Jude wieder in einen Untermenschen der untersten Sorte zurückverwandelt werden konnte.

In seiner Verzweiflung darüber, daß wir außerstande waren, ihn in das zurückzuverwandeln, was er vor seiner Verwandlung in einen Menschen nach seinem und nach unserem Dafürhalten gewesen sein mußte, vergaß unser Jude, daß er seine Lippen zusammenpressen mußte, um möglichst rasch von dem von ihm herbeiersehnten Tod ereilt zu werden.

Zu unserer Erleichterung ließ er sich von der Tochter des Obermedizinalrats jene Medikamente verabreichen, die zur Auskurierung von Krankheiten beitrugen, deren Bezeichnungen meiner Freundin, obwohl sie wußte, was eine EIERSTOCKENTZÜNDUNG war, ebenso unbekannt waren wie deren Symptome. Nachdem unser Jude, bei dem die Verabreichung jener aus dem Lazarett entwendeten Medikamente vorübergehend eine Kolik auslöste, der wir ratlos gegenüberstanden, uns nun endlich enthüllt hatte, daß er von uns zurecht als ein Untermensch der untersten Sorte betrachtet worden war, aß er, kaum daß sich seine Kolik gelegt hatte, außer der mit Kalbskopfsülze belegten oberen Butterbrötchenhälfte, auf deren Verzehr mein Bruder, dessen Magen unüberhörbar knurrte, verzichtet hatte, auch die von meinem MANN aus dem Lebensmittellagerraum entwendeten Marzipankartoffeln, deren Anblick auch bei mir ein Magenknurren auslöste, ehe unser Jude mindestens die Hälfte dessen, was er gerade erst zu sich genommen hatte, auch schon wieder erbrach.

Hör gefälligst auf, die Leckereien, die wir uns, wenn wir sie nicht für dich stehlen müssen, vom Munde absparen, dermaßen unverschämt zu erbrechen, herrschte ich ihn an, ehe ich ihm auseinanderzusetzen suchte, was für eine nervliche Belastung seine Versorgung in unserem WÄTZ-KZ für mich darstellte, die als KZ-Aufseherin diese Versorgung zu überwachen hatte. Auch verschwieg ich ihm nicht, was er meinem MANN, dem KZ-Kommandanten, zumutete, der tagtäglich, nur umdie Leckereien für ihn, den Untermenschen der untersten Sorte, zu beschaffen, das Risiko auf sich nahm, von seiner Mutter, falls diese früher als erwartet von dem Juwelierladen nachhause kommen sollte, beim Entwenden eben dieser Leckereien aus dem Lebensmittellagerraum seines Vaters ertappt zu werden, den dank seiner Bemühung, sich der charmanten Lebensart der von ihm mit Champagner bewirteten mysteriösen Kunden, die sich nachträglich in den besagten Lebensmittellagerraum versammelten, gewachsen zu zeigen, nicht in der Lage war herauszufinden, was da alles in seinem Lebensmittellagerraum außer der von seinen Kunden gekauften Waren verschwunden war.

Zudem erläuterte ich unserem Juden, welche Ausmaße der Argwohn, bedingt durch die Medikamentendiebstähle meiner Freundin Gaby Glotterthal, in dem von ihrem Vater geleiteten Lazarett angenommen hatte, in dem sich das ganze Personal mittlerweile beim Verlassen des Lazaretts an der Pförtnerloge demütigenden Leibesvisitationen zu unterziehen hatten, die von der Polizei durchgeführt wurden.

Für all dies trägst du allein die Schuld, warf ich unserem Juden vor, ehe ich darauf zu sprechen kam, wie degradierend es für die zu KZ-Wächtern ernannten SS-Männer war, sich zur Reinigung der von ihm, einem Untermenschen der untersten Sorte, mit Erbrochenem, mit Kot und mit Urin verunreinigten Badewanne herabzuwürdigen.

Wir opfern uns für dich auf, ließ ich unseren Juden wissen, der sich bei mir entschuldigte, daß er uns derartige Unzumutbarkeiten zumutete.

Bitte verzeiht mir, flüsterte er mir, meiner Freundin Gaby Glotterthal, meinem MANN sowie dessen SS-Mann Leo Zöpel zu, der jetzt die von ihm erbrochene, mit Kalbskopfsülze belegte Butterbrötchenhälfte meines Bruders, und die ebenfalls von ihm erbrochenen Marzipankartoffeln fortschaffte.

Was du uns antust, ist unverzeihlich, erwiderte ich unserem Juden, ehe ich mich fragte, auf welche Art und Weise die Mutter meines MANNES, die doch nur die Frau eines Lebensmittelladeninhabers war, sich den Erwerb von derartig vielen Schmuckstücken leisten konnte.

Ich vermochte mir nicht vorzustellen, daß diese die Dame von Welt herauskehrende Frau des Lebensmittelladeninhabers Wätz, der seine Ladentür oftmals schon Stunden vor der Ladenschlußzeit mit dem Ausruf: JETZT GIBT'S NICHT EINMAL

EINEN EINZIGEN SEMMELBRÖSEL MEHR ZUM FRESSEN zuzuschlagen und abzuschließen geruhte, der mir von meinem MANN bereits gezeigten, mich mit ihrem Funkeln und Glitzern schier blendenden Schmuckstückmengen in einer mit preußischblauem Samt ausgeschlagenen, tatsächlich reisekoffergroßen, versilberten Schmuckkassette, deren Rand und deren Deckel Halbedelsteine säumten, durch den Verkauf der Lebensmittel ihres Mannes teilhaftig geworden war. Vielmehr hielt ich diese Schmuckstücke für das Ergebnis dessen, was jene mysteriösen Kunden, die sich nachtnächtlich in dem Lebensmittellagerraum mit der Heimlichkeit von Verschwörern ein Stelldichein gaben, dem Vater meines MANNES zukommen ließen, dem sie sich erkenntlich zu zeigen versprachen.

Wenn die Mutter meines MANNES nicht vor lauter Schmuckstücken rasseln würde, wäre deinetwegen der Kommandant unseres WÄTZ-KZs von ihr längst beim Stehlen der für dich bestimmten Lebensmittel ertappt worden, sagte ich zu unserem Juden.

Bitte verzeiht mir, flüsterte unser Jude. Verzeihen würde ich dir nur dann, wenn du die von mir gestohlenen Lebensmittel nicht dermaßen unverschämt erbrechen würdest, brüllte mein MANN diesen Untermenschen der untersten Sorte an, der ihn abermals flüsternd anflehte, ihn umzubringen, um uns dadurch der Belastung zu entledigen, die er für uns alle darstellte.

Doch davon, unserem Juden seine Todessehnsucht in Erfüllung gehen zu lassen, war mein MANN, war ich, war mein Bruder Kicki, war meine Freundin Gaby Glotterthal gleichermaßen weit entfernt wie der SS-Mann Leo Zöpel, der sich, während er die von diesem Untermenschen verunreinigte Badewanne reinigte, seinen Kopf darüber zerbrach, ob er seinem Vater mitten im tiefsten Schlaf mit dessen Axt den Kopf vom Körper trennen oder ob er durch eine Untermischung des Kartoffelbreis, der Lieblingsspeise seines Vaters, mit jenen Schmerztabletten vergiften sollte, die er in einem Schrank des zahnärztlichen Behandlungszimmers gefunden hatte.

Ich könnte dich mit einer Axt erschlagen, wenn du dir etwas zuschulden hättest kommen lassen wie mein Vater, teilte der SS-Mann Leo Zöpel unserem Juden mit.

Wer hindert dich daran, mich zu erschlagen, fragte unser Jude flüsternd.

Die Tatsache, daß du nichts dafür kannst, daß du ein Untermensch der untersten Sorte bist, erwiderte der SS-Mann Leo Zöpel.

So erschlage mich doch bitte, obwohl ich nichts dafür kann, daß ich ein Untermensch der untersten Sorte bin, flehte ihn flüsternd unser Jude an.

Doch der SS-Mann Leo Zöpel schüttelte den Kopf.

Ich werde dich weder mit der Axt meines Vaters erschlagen noch mit den Schmerztabletten meines Vaters vergiften, weil du nichts dafür kannst, daß du ein Untermensch der untersten Sorte bist, erklärte der SS-Mann Leo Zöpel.

Wenn ich nicht an etwas Grauenvollem schuld wäre, wäre ich nicht zur Strafe für diese Schuld dazu verdammt worden, ein Untermensch der untersten Sorte zu sein, murmelte unser Jude.

Worum handelt es sich bei dem Grauenvollen, an dem du schuld bist, wollte ich von ihm wissen.

Das weiß ich leider nicht, erwiderte unser Jude flüsternd.

Es ist doch ganz egal, warum er dazu verdammt worden ist, ein Untermensch der untersten Sorte zu sein, fiel mir mein MANN brüllend ins Wort.

Jedenfalls hat er als ein Untermensch der untersten Sorte nicht das Recht, jederzeit zum Sterben bereit zu sein, fügte er zur Erschütterung meines Bruders Kicki brüllend hinzu, dessen Verhalten mir, wie gesagt, den Argwohn entfachte, daß er irgendetwas im Schilde führte, das für unser WÄTZ-KZ, für meinen MANN, den KZ-Kommandanten, für dessen zu KZ-Wärtern degradierte SS-Männer, für meine dank ihrer Diebstähle verdienstreiche Kollegin: die FRAUENSCHAFTSFÜHRERIN Gaby Glotterthal und für mich, KZ-Aufseherin, FRAUENSCHAFTSFÜHRERIN und nicht zuletzt die FRAU des Nachfolgers unseres Führers, von Unheil sein konnte.

XI

Die Berechtigung meiner Befürchtungen war zwar dadurch bestätigt worden, daß mein Bruder trotz meiner Drohung, ihn zur Strafe in einen auf einem Kieselsteinweg zwischen lauter Kieselsteinen liegenden, höchstens stachelbeergroßen Kieselstein zu verwandeln, der, wenn man auf ihn trat, nicht einmal mehr dazu imstande sein würde, AUWEIJA zu schreien, seinen Schwur gebrochen hatte, sich über alles, was wir unseren Eltern verschweigen mußten, in Schweigen zu hüllen. Aber zu meiner Erleichterung zeitigte der Bruch seines Schwurs keineswegs die verheerenden Folgen, auf die ich gefaßt gewesen war.

Zwar war mein Bruder Kicki nicht davor zurückgeschreckt, meiner Mutter zu verpetzen, daß wir in der allerschönsten Ruine in der GAGFA-Siedlung ein WÄTZ-KZ eröffnet hatten, dessen Kommandant mein MANN, der Sohn des Lebensmittelladeninhabers Wätz: nämlich Wolfgang Wätz, und dessen KZ-Aufseherin keine andere als ich, seine Schwester, die obendrein im Reichsparteitagsgelände zu einer FRAUENSCHAFTSFÜHRERIN ernannte Frau dieses KZ-Kommandanten war, deren Aufgabe in der Überwachung der zu KZ-Wächtern degradierten SS-Männer bestand, bei denen es sich um den SS-Mann Adolf

Dittmeier, den Sohn eines um die ENDLÖSUNG hochverdienten erwachsenen SS-Mannes in einem KZ im fernen Polen handelte, in dem in VERBRENNUNGSÖFEN KAPAZITÄTEN verbrannt und auf zahllosen Gasherden bis zum Vergasen Gerichte für die nimmersatten Vielfraße, die die KZler waren, gekocht wurden.

Zwar hatte mein Bruder Kicki meiner Mutter nicht nur gepetzt, daß es sich bei dem zweiten SS-Mann meines MANNES um Gustav Ege handelte, dessen an der Ostfront gefallener Vater in einem Massengrab verscharrt worden war.

Zwar hatte mein Bruder Kicki meiner Mutter gepetzt, daß der dritte SS-Mann meines MANNES, der Sohn des gefürchteten Oberlehrers Schmer, um seinem Vater zu entrinnen, für den er nur ein HUNDSKNOCHEN war, vorhatte, sich ins KZ einliefern zu lassen, weil er lieber ein Untermensch der untersten Sorte als ein HUNDSKNOCHEN sein wollte.

Zwar hatte mein Bruder Kicki auch nicht davon Abstand genommen, meiner Mutter zu verpetzen, daß der vierte SS-Mann meines MANNES kein anderer als Erich Rübsam war, dessen Vater an der Ostfront seinem Vaterlande seine beiden Beine bis eine Handbreit hoch über den Knien geopfert hatte.

Zwar hatte mein Bruder meiner Mutter auch die Absicht des fünften SS-Mannes meines MANNES: nämlich Leo Zöpel, verpetzt, seinen Vater, den Dentisten Doktor Zöpel, zur Strafe dafür, daß sich dieser ein Attentat auf unseren Führer Adolf Hitler erhoffte, entweder mit der Axt im Schlaf zu erschlagen oder ihm durch die Untermischung seiner Lieblingsspeise mit Schmerzbetäubungsmitteln zu vergiften.

Mein Bruder Kicki war sogar so weit gegangen, meiner Mutter zu verpetzen, daß wir alle gemeinsam einen in einen Menschen verwandelten, splitternackt in der Badewanne unseres WÄTZ-KZs liegenden Juden namens Rudi Tründel geknebelt und, um ihn nach seiner Festnahme und seiner Deportation in unser

WÄTZ-KZ am Weglaufen zu hindern, mit einer Wäscheleine an Händen und Füßen gefesselt hatten.

Auch hatte mein Bruder Kicki meiner Mutter nicht verheimlicht, daß unser immer schwächer und lebensmüder werdender Jude in unserem KZ selber die Einsicht gewonnen hatte, daß er von seiner Mutter, die wie seine Großmutter eine in eine Mutter verwandelte Hexe sein mußte, entweder im tiefsten Schlaf oder schon vor seiner Geburt in einen Menschen verwandelt worden war, damit man es ihm nicht anmerkte, daß er zu den Untemenschen der untersten Sorte zählte.

Ja, trotz des Unmuts meiner Mutter, die sich all diese Scheußlichkeiten einfach nicht mehr anhören wollte, hatte mein Bruder meine Mutter dazu gezwungen, sich von ihm über die Tatsache unterrichten zu lassen, daß unser Jude ungeachtet der Medikamente, die die Tochter des Obermedizinalrats Gaby Glotterthal aus dem Lazarett, das ihr Vater leitete, für ihn schachtelweise zu entwenden pflegte, immer schwächer und kranker wurde.

Ohne darauf zu achten, daß er hiermit den Unmut meiner Mutter, deren Neugier er entfachen wollte, nur noch steigerte, hatte mein Bruder Kicki, während ich mit einem Hohngelächter seine Enthüllungen Lügen zu strafen bemüht war, meiner Mutter enthüllte, daß mein MANN, der KZ-Kommandant und Nachfolger unseres Führers, nur um zu vereiteln, daß unser Jude verhungerte, aus dem Lebensmittellagerraum seines Vaters Lebensmittel stahl, die unser Jude, kaum daß er sie zu sich genommen hatte, auch schon wieder erbrach, wonach er uns immer wieder anflehte, ihn umzubringen, was wir nicht tun konnten, weil vom Geschick unseres Juden das Renommee unseres KZs abhing, das ohnehin an einem Judenmangel krankte.

Aber zu meiner Erleichterung erschienen all diese Enthüllungen meines Bruders Kicki dermaßen unglaubwürdig, daß meine Mutter sie für eines von jenen Greuelmärchen hielt, die ich meinem Bruder, oft genug mich selber in Angst und Schrecken versetzend, nachts nach dem Zubettgehen zu erzählen pflegte.

Statt aufgrund seiner Enthüllungen die Rettung unseres Juden zu bewerkstelligen, erreichte mein Bruder mit dem Bruch seines Schwures lediglich, daß ihm meine Mutter besänftigend über den Kopf strich, ehe sie ihn, besorgt über seine Erregtheit, auf ihren Schoß nahm, um ihm zu seiner völligen Verzweiflung das von ihm demütigend empfundene Lied vorzusingen, das da lautete:

HEILE, HEILE, SEGEN
HEUTE GIBT ES REGEN
MORGEN GIBT ES SONNENSCHEIN
DANN WIRST DU NICHT MEHR TRAURIG SEIN.

Im Anschluß versohlte mir meine Mutter mit ihrem Teppichklopfer den Hintern aufgrund ihrer irrigen Vermutung, daß ich ein dermaßen schauderhaftes Greuelmärchen ersonnen und meinem Bruder Kicki erzählt hatte, der, ihrer ebenfalls irrigen Vermutung zufolge, allein hierdurch in eine besorgniserregende Hysterie geraten war.

Auch verprügelte sie mich, um mich künftig davon abzuhalten, weitere schauderhafte Greuelmärchen, in denen sie Ausgeburten meiner von ihr als krankhaft bezeichneten Phantasie sah, meinem Bruder Kicki zu erzählen, den ihre Tröstungsversuche nur noch untröstlicher gemacht hatten.

Obwohl mir ihre Hiebe mit dem Teppichklopfer wehtaten, empfand ich, HART WIE KRUPPSTAHL, wie ich es war, eine enorme Genugtuung darüber, daß meine Mutter die Wahrheit, die ihr mein Bruder gepetzt hatte, als ein schauderhaftes Greuelmärchen abtat.

Bemüht, mir meine Genugtuung nicht anmerken zu lassen, stieg ich gemeinsam mit meinem Bruder hinauf zu unserem Kinderzimmer, wo mich Kicki glücklicherweise nicht dadurch in Verlegenheit brachte, daß er jetzt von mir erwartete, ich würde meine Drohung, ihn zur Strafe für den Bruch seines Schwures in einen höchstens stachelbeergroßen Kieselstein zu verwandeln, der, wenn man auf ihn trat, nicht einmal AUWEIJA zu schreien vermochte, in die Tat umzusetzen.

Vielmehr flehte mich mein Bruder in seiner Furcht, als ein höchstens stachelbeergroßer Kieselstein außerstande zu sein, sich unseres Juden anzunehmen, eindringlich an, ihn erst an jenem Tage, da unser Jude wieder so gesund und kräftig sein würde, daß er, nicht ohne uns zuvor geschworen zu haben, seiner Mutter gegenüber kein Sterbenswörtchen über das zu verlieren, was ihm in unserem WÄTZ-KZ widerfahren war, wieder nachhause zu seiner Mutter gehen konnte.

Obwohl ich froh darüber war, daß mir Kicki mit seinem Gebettel, meine Drohung noch nicht in die Tat umzusetzen, das Eingeständnis meiner Unfähigkeit ersparte, ihn in einen Kieselstein zu verwandeln, gab ich dennoch vor, es mir gründlich überlegen zu müssen, ob ich ihm eine derartige Galgenfrist gewähren sollte. Während ich Unschlüssigkeit heuchelte, schwor mir mein Bruder, gleichgültig, was immer auch mit unserem Juden noch geschehen mochte, daß er nie wieder seinen Schwur brechen würde, sich über alles, was unseren Eltern verschwiegen werden mußte, in Schweigen zu hüllen.

Was wirst du tun, falls unser Jude noch kranker, noch schwächer und noch lebensmüder werden sollte, wollte ich von meinem Bruder Kicki wissen.

Ich werde schweigen, schwor mit Kicki, indem er die zum Eidleisten notwendigen drei Finger seiner rechten Hand hochstreckte.

Wirst du auch schweigen, falls unser Jude sterben sollte, fragte ich ihn.

Ich schwöre dir, daß ich selbst den Tod unseres Juden verschweigen werde, beteuerte mir mein Bruder, nicht ohne erneut die zum Eidleisten notwendigen drei Finger seiner rechten Hand hochgestreckt zu haben.

Woher soll ich wissen, daß du, nachdem du gerade erst deinen Schwur gebrochen hast, ihn nicht wieder brechen wirst, verhörte ich Kicki.

Ich werde meinen Schwur schon deshalb nie wieder brechen, weil mir niemand glaubt, daß das, was ich sage, die Wahrheit ist, erklärte mir mein Bruder Kicki.

Der Bruch deines Schwurs hat nicht allein unserem Juden nichts genutzt, sondern mir obendrein geschadet, klagte ich ihn an.

Deinetwegen bin ich von der Mutti verprügelt worden, fügte ich hinzu, ehe ich meinen Rock hochhob und meine Unterhose hinunterzog, um meinem Bruder die Abdrücke zu zeigen, die der Teppichklopfer meiner Mutter auf meinem geröteten Hintern hinterlassen hatte.

Mit der Zurschaustellung meines Hinterns gelang es mir, bei Kicki ein Schuldbewußtsein wachzurufen, das ich mir dadurch zunutze machte, daß ich ihm prophezeite, daß ich von meiner Mutter totgeschlagen würde, falls er noch einmal seinen Schwur brechen sollte.

Wundere dich nicht, wenn ich, obwohl ich deine Schwester bin, wegen deiner Petzerei in einem Sarg zu Grabe getragen werde, sagte ich, bemüht, meinen Bruder dermaßen einzuschüchtern, daß er es nicht mehr wagen würde, meiner Mutter die Wahrheit über die in der Tat beängstigende gesundheitliche Verfassung unseres Juden zu petzen, mit dessen Festnahme, mit dessen Abführung und mit dessen Deportation in unser WÄTZ-KZ wir uns Probleme aufgebürdet hatten, die uns dermaßen über die Köpfe wuchsen, daß uns die Bewältigung dieser Probleme mittlerweile schlichtweg undenkbar erschien.

Lieber sterbe ich, als daß ich meine eigene Schwester ins Grab brächte, stammelte Kicki.

Trotzdem habe ich den Eindruck, daß du das Los unseres Juden, der bloß ein Untermensch der untersten Sorte ist, für wichtiger hältst als das Los deiner eigenen Schwester, unterstellte ich ihm.

Das ist nicht wahr, stieß mein Bruder hervor.

Ich will nur, daß weder du stirbst noch unser Jude ums Leben kommt, fügte er hinzu.

Wenn unser Jude, der doch nur noch sterben möchte, aber nicht mehr lebendig nachhause gehen will, nicht zu krank und zu schwach wäre, um nachhause zu seiner Mutter zu gehen, würden wir ihn doch jederzeit freilassen, meinte ich.

Aber selbst wenn seine Mutter RUDI, RUDI, RUDI ruft, schreit er ja nicht einmal mehr um Hilfe, obwohl ich ihm immer wieder den Knebel aus seinem Munde nehme, jammerte mein Bruder.

Das tut er nur deshalb nicht, weil er nicht mehr will, daß ihm irgendwer hilft, erwiderte ich.

Trotzdem werde ich ihm weiterhin helfen, wieder so gesund und so kräftig zu werden, daß er nachhause zu seiner Mutter gehen kann, versicherte mir Kicki.

Er will doch nur deshalb nicht mehr nachhause gehen, weil seine Mutter eine Hexe ist, belehrte ich meinen Bruder.

Wenn er schon nicht mehr zu dieser Hexe nachhause gehen will, sollten wir ihn wenigstens von seinem Knebel und von seinen Fesseln befreien, schlug mein Bruder Kicki vor.

Auch ohne seine Fesseln ist unser Jude zu schwach, als daß er dazu imstande wäre, über den Rand der Badewanne zu klettern, meinte ich.

Auch ohne den Knebel in seinem Mund wird unser Jude, weil er nicht mehr will, daß ihm irgendwer hilft, nicht mehr um Hilfe schreien, fügte ich hinzu, ehe ich meinem Bruder versprach, dafür Sorge zu tragen, daß unser Jude, der mich schon bis in meine tiefsten Träume verfolgte, die nur noch Alpträume waren, bei denen ich schreiend außer mir selbst meinen Bruder Kicki und meine Eltern aus dem Schlafe schreckte, von seinem Knebel und von seinen Fesseln befreit wurde.

XII

Obwohl mir erst nach einer langwierigen Aussprache, die im Wohnzimmer meiner Ruine, in dem jetzt statt der Tüte ein zwar an einer Stelle stark eingeknickter, dafür aber mit einer Goldborte und mit Goldfransen verzierter, burgunderroter Lampenschirm meinen Stehlampenständer vervollständigte, stattgefunden hatte, von meinem MANN die Erlaubnis erteilt worden war, unserem Juden den Knebel endgültig aus seinem Mund zu nehmen und ihn von seinen Fesseln zu befreien, traf unser Jude nicht einmal Anstalten, sich in der Badewanne aufzurichten.

Zwar richtete ich ihn mit der Unterstützung des an diesem Tage mit seiner Wartung beauftragten SS-Manns Adolf Dittmeier auf, dessen Mutter, eine erwachsene FRAUENSCHAFTSFÜHRERIN, meine Mutter wegen ihrer Weigerung, Socken für die WINTERHILFE zu stricken, in der ganzen GAGFA-Siedlung ins Gerede brachte.

Während wir über die Gründe für die Weigerung meiner Mutter, Socken für die WINTERHILFE zu stricken, Mutmaßungen anstellten, sank unser Jude, kaum daß wir ihn losgelassen hatten, völlig erschöpft wieder auf das Sofakissen zurück, das, allen Reinigungsbemühungen der von mir beorderten SS-Männer meines MANNES zum Trotz, nach wie vor den säuerlichen Geruch ausströmte, der allen von unserem Juden erbrochenen Lebensmitteln eigen war.

Weil auch die Exkremente, die aus dem Darm unseres Juden quollen, und der Urin, der aus seinem Pimmel rann, seinen Unterleib und seine Oberschenkel, allen Reinigungsbemühungen der jeweils von mir hierzu beorderten SS-Männer meines MANNES zum Trotz, einen penetranten Gestank ausströmten, band ich mir neuerdings, um mich nicht jedesmal vor dem Betreten unseres wie ein öffentlicher Abort stinkendes WÄTZ-KZs erbrechen zu müssen, ein meiner Mutter entwendetes, fliederfarbenes Seidentuch über die Nase und über den Mund. Auch zog ich mir, ehe ich diesen stinkenden Juden berührte, dessen Körper obendrein von einem rot-weiß gescheckten Ausschlag verunstaltet war, die von mir ebenfalls entwendeten Gummihandschuhe meiner Mutter über die Hände.

Trotzdem hatte dieser Untermensch offensichtlich mit einer Krankheit, die meine Freundin Gaby Glotterthal, die wegen des Gestanks ihren Kopf nur noch kurzfristig durch den tür- wie auch türrahmenlosen Eingang unseres WÄTZ-KZs streckte, als unheilbar diagnostizierte, mittlerweile mich nicht anders als meinen Bruder Kicki, als meinen MANN und dessen vorübergehend zu KZ-Wächtern degradierten SS-Männer auf eine Art und Weise angesteckt, die mich mit dem Schlimmsten rechnen ließ.

Wie unser Jude husteten wir, wie unserem Juden trieften unsere Nasenlöcher vor Rotz, wie unserem Juden schüttelten uns Fieberschauer, die unsere Mütter dazu veranlaßten, uns ins Bett zu bringen und den Kinderarzt anzurufen, der lediglich von einer FIEBRIGEN ERKÄLTUNG redete, gegen die er uns Lindenblütentee verordnete, ehe er uns gegen unseren Husten EKSPEKTUSIN-Hustensaft verschrieb, den wir von meiner Mutter nicht etwa flaschenweise, sondern nur teelöffelweise verabreicht bekamen.

Während ich und mein Bruder, genauso wie mein MANN und dessen fünf SS-Männer durch unsere meiner Meinung nach von unserem Kinderarzt Doktor Kaspar auf eine sträfliche Art und Weise bagatellisierte Krankheit ans Bett gefesselt in unseren Kinderbetten lagen, waren Kicki und ich so ausschließlich damit beschäftigt, uns um uns selber Sorgen zu machen, daß wir unseren Juden völlig vergaßen.

Statt über diesen Untermenschen zu reden, sprachen wir über das Material unserer Särge, die aus Ebenholz bestehen sollten. Auch verausgabten wir uns damit, uns gegenseitig das Aussehen unserer selbstredend marmornen, immer denkmalartiger werdenden Grabsteine zu schildern, die der Bedeutung, die wir uns beimaßen, entsprechend nur dadurch gerecht zu werden vermochten, daß sie alle Grabsteine des Friedhofs überragten, in dem wir unsere letzte Ruhe finden würden.

In dem Marmorgrabstein meines Bruders Kicki sollte in goldenen Lettern die Inschrift eingemeißelt werden: HIER RUHT IN FRIEDEN DER JEDERZEIT FÜR UNSEREN FÜHRER ZU STERBEN BEREITE, ZUM GENERAL ERNANNTE SCHWAGER DES NACHFOLGERS UNSERES FÜHRERS KICKI WELSNER. Was die Inschrift auf meinem Marmorgrabstein betraf, so erschien mir die Formulierung angemessen: HIER SCHIED AUS DEM LEBEN DIE UNERSETZLICHE, JEDERZEIT FÜR UNSEREN FÜHRER ZU STERBEN BEREITE KZ-AUFSEHERIN, FRAUENSCHAFTSFÜHRERIN UND FRAU DES NACHFOLGERS UNSERES FÜHRERS LISA WELSNER.

Außerdem befaßten wir uns mit den von unseren Eltern verschickten und in großen Zeitungen veröffentlichten, ganze Zeitungsseiten umfassenden Todesanzeigen, auf denen Ausdrücke wie HERZZERREISSENDER SCHMERZ oder UNERSETZLICHER VERLUST oder HEISSGELIEBTE KINDER zu lesen stehen mußten.

Nach langen Überlegungen über die unserem Leichenbegängnis gebührende Trauermusik entschied sich mein Bruder Kicki für das nationalsozialistische Lied: DIE FAHNE HOCH, während ich mich meinerseits für mein ebenfalls nationalsozialistisches Lieblingslied: ES ZITTERN DIE MORSCHEN KNOCHEN DER WELT VOR DEM GROSSEN KRIEG entschied.

Viel Kopfzerbrechen kostete mich und meinen Bruder die Entscheidung über die Art unserer Grabbepflanzungen. Mir schwebten auf meinem Grab weiße Lilien vor. Meinem Bruder schwebten auf seinem Grab Gottesaugen und Vergißmeinnicht vor.

Schließlich erörterten wir die Frage, wen wir in unseren Testamenten zu den Erben unserer Besitztümer einsetzen sollten, dermaßen weitschweifig, daß wir, ehe wir wußten, wer es wert war, die garantiert echte russische Kugel, das kostbare Holzbein und die mühselig gehorteten Bombensplitter meines Bruders sowie meine Ruine mit einer dermaßen beeindruckenden Sehenswürdigkeit wie meiner völlig unbeschädigten Klosettschüssel und meine ebenfalls mühselig gehorteten Bombensplitter sowie unsere unschätzbar wertvolle Rundfunkempfängereinfassung, deren Wert der noch daran hängende Stecker zusätzlich steigerte, zu vererben, von unserem Kinderarzt Doktor Kaspar, der unserer Meinung nach ein Kurpfuscher der übelsten Art war, für gesund erklärt wurden.

Meine Mutter mußte uns hierzu erst lange ermahnen, ehe wir, obwohl wir unserer Meinung nach einer unheilbaren Krankheit litten, unwirsch aufstanden, um uns nicht minder unwirsch anzuziehen. Mißmutig stiegen wir treppabwärts zum Frühstükken, weil unsere Mutter nicht einsah, warum sie uns weiterhin unser Frühstück ans Bett bringen sollte. Wir waren überzeugt davon, daß sie es noch bitter bereuen würde, daß sie jene unheilbare Krankheit, mit der wir von unserem Juden angesteckt worden waren, an den wir uns erst jetzt wieder erinnerten, auf eine ebenso sträfliche Art und Weise wie der Kurpfuscher Doktor Kaspar bagatellisierte.

Einzig und allein, um unseren Juden, diesen Untermenschen

der untersten Sorte, wegen unserer Krankheit, an deren Unheilbarkeit wir keinen Augenblick lang zweifelten, zur Rechenschaft zu ziehen, machten wir uns, kaum daß meine Mutter mit dem Ausruf: DIESMAL LASSE ICH MIR VON DIESEM HUNDSGEMEINEN WÄTZ, DER UNSERE NOTLAGE, WAS ALLEIN DIESE UNBEZAHLBAREN SCHMUCKSTÜCKE SEINER HUNDSGEMEINEN FRAU BEWEISEN, AUF DIE HUNDSGEMEINSTE ART UND WEISE AUSNUTZT, KEINE WEITEREN HUNDSGEMEINHEITEN MEHR BIETEN, ihre leere Einkaufstasche in der rechten Hand und ihr leeres Einkaufsnetz in der linken Hand haltend, die Siedlungshaushälfte unserer Eltern verlassen hatte, auf den Weg zu der Ruine meines MANNES.

Zu meiner Entgeisterung stand mein MANN trotz seiner vermeintlichen Genesung, mit einem aschfahlen Gesicht, mit flatternden Augenlidern und zuckenden Mundwinkeln, umringt von seinen ebenfalls restlos enervierten SS-Männern, die weder zum Strammstehen noch zum Hochstrecken ihrer rechten Hände, geschweige zum HEIL-HITLER-BRÜLLEN imstande waren, vor seiner, wie gesagt, nur noch an einer Angel hängenden Haustür seiner Ruine.

Ja, er war dermaßen zerrüttet, daß er sogar bei meinem Anblick und beim Anblick meines Bruders Kicki, obwohl ihm unser Anblick nicht vertrauter hätte sein können, so, als handelte es sich bei uns um Spukgespenster, zusammenschrak. Statt mir auf meine Frage, was er denn hätte, zu antworten, warnte mich mit einer bebenden Stimme mein MANN, davor, unser WÄTZ-KZ, dessen Kommandant er doch war, zu betreten.

Warum soll ich unser KZ, dessen Aufseherin ich bin, nicht betreten, fragte ich ihn.

Auch deinen Bruder Kicki warne ich davor, dieses KZ zu betreten, erwiderte, erneut statt auf meine Frage eine Antwort zu geben, mit einer bebenden Stimme mein MANN.

Warum sollen wir unser WÄTZ-KZ nicht betreten, wiederholte ich.

Weil ihr darin etwas Entsetzliches sehen werdet, entgegnete mir mein MANN flüsternd mit einem Entsetzen, daß mich stutzig machte.

Worüber bist du eigentlich dermaßen entsetzt, wollte ich von ihm wissen.

Weil in der Badewanne unseres KZs der Leichnam unseres Juden liegt, flüsterte mir mein MANN zu meinem Entsetzen zu.

Warum ist unser Jude gestorben, fragte mein Bruder, den allein seine Begriffstutzigkeit daran hinderte, die Tragweite dieses entsetzlichen Geschehens zu ermessen.

Weil er, weil wir ihm, weil wir alle krank waren, nichts zu essen bringen konnten, verhungert ist, sagte mit einer bebenden Stimme mein MANN.

Das glaube ich einfach nicht, sagte in seinem Hang, allem, was ihm nicht in den Kram paßte, keinen Glauben zu schenken, mein Bruder Kicki, ehe er trotz der Warnung meines MANNES durch die Haustür der Ruine marschierte und treppaufwärts auf den gefährlich wackelnden, knirschenden Stufenresten zu unserem WÄTZ-KZ hinaufstieg, um gleich darauf einen gellenden Schrei auszustoßen, der nicht nur durch die ganze Ruine und durch das diese Ruine umgebende Grundstück, sondern sogar bis zur Straße drang, auf der sich zu unserem Glück zu diesem Zeitpunkt weit und breit keine Menschenseele blicken ließ.

Obwohl ich fest damit rechnete, daß mein Bruder, FLINK WIE EIN WINDHUND, wieder treppabwärts steigen und aus der Haustür der Ruine meines MANNES ins Freie treten würde, wartete ich vergebens auf sein Auftauchen. Auch mein MANN und dessen SS-Männer starrten, im höchsten Grade darüber beunruhigt, daß Kicki noch immer nicht erschien, auf die Haustür meines MANNES, der mir gegenüber kein Hehl aus seiner

Befürchtung machte, daß meinem Bruder irgendetwas zugestoßen sein mußte.

Vielleicht ist er vor Entsetzen über den Anblick des Leichnams unseres Juden in Ohnmacht gefallen, meinte er.

Es könnte sogar sein, daß er vor Entsetzen einen Herzschlag erlitten hat, mutmaßte der SS-Mann Dolf Dittmeier.

Womöglich liegt sein Leichnam in der Badewanne über dem Leichnam unseres Juden, gab der SS-Mann Manfred Schmer zu bedenken, während ich, obwohl ich stets bemüht war, HART WIE KRUPPSTAHL zu sein, von einem Weinkrampf geschüttelt wurde.

Wir müssen unbedingt noch einmal zu unserem WÄTZ-KZ hinaufsteigen, um festzustellen, was dem Kicki passiert ist, sagte mein MANN, indem er, statt brüllend einen Befehl zu erteilen, seine SS-Männer mit einer matten Handbewegung dazu zu veranlassen suchte, ihn auf seinem Weg hinauf zu unserem WÄTZ-KZ zu begleiten.

Obwohl mein MANN momentan unfähig war, den hierzu unumgänglichen Befehl brüllend zu erteilen, stiegen die fünf SS-Männer so, als wäre ihnen der besagte Befehl von meinem MANN, ihrem Befehlshaber, brüllend erteilt worden, sei es aus Furcht vor der Rache, mit der mein MANN auf ihre Weigerung, ihn zu unserem WÄTZ-KZ zu begleiten, reagiert hätte, sei es, wegen ihrer Gewohnheit, ihrem Befehlshaber gegenüber Gehorsam an den Tag zu legen, trotz ihres Entsetzens hinter meinem entsetzensstarren MANN, auf die wackelnden, gefährlich knirschenden Stufenreste der schlingernden Treppe tretend, hinauf zu unserem WÄTZ-KZ.

Bemüht, mich mit meinem Weinkrampf als KZ-Aufseherin nicht unmöglich zu machen, aber dennoch mit einem tränenüberfluteten Gesicht, folgte ich meinem MANN und dessen fünf SS-Männern, nur in jenen Momenten, da ich das mit Gottesaugen und Vergißmeinnicht bepflanzte Grab meines Bruders vor Augen hatte, so leise schluchzend, wie es mir nur möglich war, ohne auf das Wackeln und auf das gefährlich klingende Knirschen der Stufenreste zu achten.

Während mein MANN, der KZ-Kommandant und dessen SS-Männer bereits durch den tür- und türrahmenlosen KZ-Eingang traten, hastete ich so FLINK WIE EIN WINDHUND die letzten Stufenreste der Treppe hinauf, daß ich kurz nach ihnen den Eingang unseres WÄTZ-KZs erreichte.

Weil ich mit dem Schlimmsten rechnete, raubte mir der Anblick meines Bruders Kicki die Fassung. Denn statt gestorben zu sein, kniete er genau vor dem von uns auf den vorderen Kachelrand der Badewanne festgeklebten grellgelben Judenstern auf dem Fußboden vor der Badewanne, in der der Leichnam unseres Juden lag.

LIEBER GOTT, LASS UNSEREN JUDEN, OBWOHL ER NUR EIN UNTERMENSCH DER UNTERSTEN SORTE IST, VON DEN TOTEN AUFERSTEHEN: ICH BRINGE DIR ZUM DANK DAFÜR MEINE GARANTIERT ECHTE, RUSSISCHE KUGEL AUS DER OSTFRONT ALS OPFERGABE DAR, betete er mit gefalteten Händen, ehe er die unter seinen gefalteten Händen verborgene garantiert echte russische Kugel auf den Fußboden genau unter den besagten grellgelben Judenstern, gewissermaßen als einen Kredit für einen Dank, von dem es sich erst noch herausstellen mußte, ob er dem lieben Gott diesen Dank jemals schuldig sein würde, niederlegte.

Das Verhalten meines Bruders, der in diesem Augenblick von den zuvor entsetzten, nun aber nur mehr verblüfften SS-Männern Adolf Dittmeier und Manfred Schmer hochgerissen und wieder auf seine zwar stämmigen, aber kurzen Beine gestellt wurde, verblüffte auch mich dermaßen, daß ich angesichts des Leichnams unseres Juden nicht jenes Entsetzen empfand, daß ich, wenn alles mit rechten Dingen zugegangen wäre, eigentlich hätte empfinden müssen.

Eher stumpf sah ich mir zunächst einmal das hohlwangige, leichenfahle Gesicht unseres verhungerten Juden an, dessen überaus schmal und blutleere Lippen wir zum Ausstoßen eines lautlosen Schrei auseinanderklafften und dessen erloschene, arisch blauen Augen weit aufgerissen in die Richtung des mehr als nur eßtischplattengroßen Loches in der völlig zerfetzten Decke unseres WÄTZ-KZs gerichtet waren, durch das an diesem Tage weder Regen rann noch Schnee rieselte.

Nicht weniger stumpf musterte ich im Anschluß den Körper unseres Juden, der sich offenbar im Verlauf des Todeskampfes der drei für ihn von meinem Bruder entwendeten Decken entledigt hatte, so daß dieser zu einem Knochengerippe abgemagerte Körper völlig unbedeckt war.

Was mir an diesem zu einem Knochengerippe abgemagerten, bleichen Körper unseres gestorbenen Juden, der da in einer merkwürdig verrenkten Haltung, oben besudelt mit erbrochenen Eßresten und unten besudelt mit seinem urindurchtränkten Exkrementen, in der Badewanne lag, zu denken gab, war der dicke, aufgequollene Bauch dieses Untermenschen, der sich für mein Gefühl einfach nicht mit dessen zu einem Knochengerippe abgemagerten Körper vereinbaren ließ.

Denn nach meinem Dafürhalten konnte einer, der wie unser Jude verhungert war, keinesfalls einen Bauch haben, der dermaßen dick und aufgequollen war, als handle es sich bei dem Bauch um den Fettwanst eines Vielfraßes. Auch mein MANN, dessen Entsetzen sich, bedingt durch das verblüffende Verhalten meines Bruders, mittlerweile fast verflüchtigt hatte, der jetzt schon wieder von dem SS-Mann Manfred Schmer, der sich, nachdem er lange genug vergebens zu Gott im Hinblick auf eine Errettung von seinem Vater gebetet hatte, vom Beten nichts mehr versprach, und von dem SS-Mann Adolf Dittmeier, der von seinem Vater, den um die ENDLÖSUNG im fernen Polen überaus verdienstreichen erwachsenen SS-Mann, dem unser Führer Gott genug war, nicht einmal getauft worden war, abermals daran gehindert werden mußte, von neuem niederzuknien und zu Gott zu beten, vermochte mit keine Antwort auf meine Frage zu geben, aus welchen Grunde unser verhungerter Jude, den dicken aufgequollenen Fettwanst eines Vielfraßes hatte.

Wahrscheinlich verhungern alle Untermenschen trotz der Tatsache, daß sie Vielfraße sind, mutmaßte gerade der SS-Mann Leo Zöpel, als ihm mein MANN, der jetzt zum Glück wieder zum Brüllen fähig war, brüllend zu schweigen befahl.

Unverzüglich befolgte den Befehl meines MANNES der SS-Mann Leo Zöpel, der aus Furcht, wegen seines Vaters, des Dentisten Doktor Zöpel, bei meinem MANN in Ungnade zu fallen, ihn lange bevor dieser der Nachfolger unseres Führers zu werden vermochte, bei jeder Gelegenheit mit HEIL WÄTZ zu grüßen pflegte, worauf mein Mann mit einer Gleichmütigkeit reagierte, die mir imponierend erschien.

FÜHRER BEFIEHL, ICH FOLGE DIR! brüllte meinem MANN der SS-Mann Leo Zöpel zu, dessen Unterwürfigkeit viel dazu beitrug, die Souveränität meines MANNES zu erhöhen.

Hiermit erkläre ich meinen Rücktritt als KZ-Kommandant, brüllte jetzt mein MANN, ehe er seine fünf SS-Männer als KZ-Wärter absetzte.

SS-OBERSCHARFÜHRER BEFIEHL! WIR FOLGEN DIR! brüllten wie aus einem Munde diese SS-Männer meines MANNES, der mich nun als KZ-Aufseherin absetzte.

Warum hast du meine Schwester als KZ-Aufseherin abgesetzt, erkundigte sich, überaus beunruhigt über meine Absetzung, dicht neben der garantiert echten russischen Kugel und dem grellgelben Judenstern stehend, mein Bruder Kicki bei meinem MANN der indes Wichtigeres zu tun hatte, als ihm diese Frage zu beantworten.

Hiermit schließe ich für immer unser WÄTZ-KZ, verkündete er uns vielmehr brüllend zu unserer Erschütterung, die auch der

Sachverhalt nicht zu verringern vermochte, daß mein MANN, der soeben zurückgetretene KZ-Kommandant, in Ermangelung einer Tür, die er hätte zuknallen können, nachdem wir alle mit gesenkten Köpfen aus unserem geschlossenen WÄTZ-KZ getreten waren, dessen zu einem tür- und türrahmenlosen Loch deformierten Ausgang gleichermaßen offenstehen lassen mußte, wie die trotz ihres Schlüssellochs weder verschließbare noch zuschlagbare, nur mehr an einer Angel schief herabhängende Haustür seiner Ruine, vor der außer unserem zurückgetretenen KZ-Kommandanten seine fünf als KZ-Wächter abgesetzten SS-Männer sowie ich, die ebenfalls abgesetzte KZ-Aufseherin, die sich noch immer rühmen durfte, eine FRAUENSCHAFTS-FÜHRERIN und zudem die FRAU eines SS-Oberscharführers zu sein, der in einer noch nicht absehbaren Zeit der Nachfolger unseres Führers werden würde, und nicht zuletzt mein Bruder Kicki, der mich mit der ihm eigenen Begriffsstutzigkeit immer wieder fragte, ob auch er, der schon jetzt von meinem MANN zum General ernannte SCHWAGER meines MANNES, als General abgesetzt worden wäre, dermaßen aufgewühlt, erschüttert und zerrüttet herum standen, daß meine Freundin Gaby Glotterthal die jetzt zu dem Ruinengrundstück, auf dessen Mitte sich die Ruine meines MANNES befand, der mittlerweile sogar seinen Verzicht auf das Besitzrecht auf diese Ruine erklärt hatte, mit ihrer wie immer prall mit ihrer Diebsbeute gefüllten Umhängetasche über der Schulter herbeieilte, den Grund für unsere Aufgewühltheit, für unsere Erschütterung und für unsere Zerrüttung zu erfahren wünschte.

Unser WÄTZ-KZ ist von mir soeben für immer geschlossen worden, berichtete ihr mein MANN auf die Haustür seiner Ruine deutend, die ihn schon insofern in bezug auf die Unzugänglichkeit unseres geschlossenen WÄTZ-KZs Lügen strafte, als sie trotz der endgültigen Schließung unseres WÄTZ-KZs wegen ihrer Unverschließbarkeit und wegen der Schräge, mit der sie alles andere als fest von der einen Angel herabhing, immerhin einen Spalt offenließ, dessen Breite ein Hindurchzwängen zu unserem geschlossenen WÄTZ-KZ zu einem Kinderspiel machte.

Warum hast du denn unser wunderschönes KZ schon vor der ENDLÖSUNG geschlossen, wollte Gabe Glotterthal von meinem MANN wissen, während sie uns allen aufgrund der Tatsache, daß wir vergessen hatten, unsere Bobensplitter mitzunehmen, für Kredite, für die sie ebenso hohe Zinsen wie die von ihr in Form von Bombensplittern geforderten Preise verlangte, uns EKSPEKTUSIN-Hustensaftflaschen aushändigte, die wir alle, um unser seelisches Gleichgewicht zurückzugewinnen, mit großen Schlucken leerten.

Ich habe unser WÄTZ-KZ schließen müssen, weil unser Jude verhungert ist, erwiderte mein MANN, der mittlerweile eher verärgert als betroffen über den Tod unseres Juden zu sein schien, dessen Leichnam ihm ein Problem aufbürdete, an dessen Lösung er vorläufig gar nicht denken wollte.

Dieser Jude ist nicht verhungert: Er kann nur an jener Krankheit gestorben sein, die ich schon lange vor seinem Tode als unheilbar diagnostiziert habe, widersprach ihm Gaby Glotterthal, die jetzt ausschließlich die für dererlei Todesfälle kompetente Tocher des Obermedizinalrats herauszukehren bemüht war, auf eine herrschsüchtige Art und Weise.

Es ist doch ganz egal, woran dieser Untermensch untersten Sorte gestorben ist, meinte mein MANN.

Das ist ganz und gar nicht egal, fiel ihm die Tochter des Obermedizinalrates ins Wort, ehe sie sich bereiterklärte, eine, ihren Äußerungen zufolge, zur Ausstellung eines Totenscheins unumgängliche OBDUKTION des Leichnams unseres Juden vorzunehmen.

Was ist eine OBDUKTION, fragte ich die Tochter des Obermedizinalrats, die glaubwürdig vortäuschte, daß meine Unwissenheit im Hinblick auf eine OBDUKTION sie in ein grenzenloses Erstaunen versetzte.

Weißt du das wirklich nicht, wollte sie von mir wissen.

Obwohl ich ansonsten stets darauf bedacht war, mir in bezug auf meine Unwissenheit über dieses und jenes keine Blöße zu geben, schüttelte ich, ermutigt durch die ratlosen Mienen meines MANNES, seiner SS-Männer und meines Bruders Kicki, der der Ansicht war, ich wüßte weitaus mehr als meine Mutter oder mein Vater, den Kopf.

Wenn du uns nicht sofort verrätst, was eine OBDUKTION ist, setze ich dich als FRAUENSCHAFTSFÜHRERIN ab, herrschte mein MANN meine Freundin an, die sich von ihm allerdings nicht einschüchtern ließ.

Bei einer OBDUKTION wird der Leichnam eines Toten vom Bauch bis zum Hals aufgeschlitzt, damit man die Todesursache, die vielen Leichen von außen nicht anzusehen ist, von innen feststellen kann, belehrte die Tochter des Obermedizinalrats meinen MANN, dessen von neuem entsetzte SS-Männer sowie ich und mein Bruder Kicki, der nicht anders als ich, in Anbetracht der Tatsache, daß der Leichnam unseres Juden auch noch vom Bauch bis zum Hals aufgesclitzt werden sollte, von einen maßlosen Entsetzen übermannt, geradezu erstarrten.

Willst du wirklich den Leichnam unseres Juden vom Bauch bis zum Halse aufschlitzen, erkundigte sich nicht weniger entsetzensstarr mit einer bebenden Stimme mein MANN bei der Tochter des Obermedizinalrats.

Du tust ja geradeso, als ob etwas dabei wäre, einen Leichnam vom Bauch bis zum Halse aufzuschlitzen, stieß die Tochter des Obermedizinalrats hervor.

Das passiert im Lazarett meines Vaters jeden Tag, fügte sie hinzu, indem sie sich sichtlich an unserem Entsetzen weidete.

Hast du schon einmal bei einer OBDUKTION zugeschaut,

erkundigte sich mit einer zwar bebenden, aber durchaus ehrfurchtsvollen Stimme mein MANN.

Gaby Glotterthal nickte wichtigtuerisch.

Ich bin schon oft genug auf den Baum geklettert, von dem aus man sich jederzeit die OBDUKTIONEN der deutschen Soldaten anschauen kann, die mein Vater ständig aufschlitzen muß, um herauszufinden, an welchen Verwundungen sie gestorben sind, erklärte sie.

Graust es dir nicht davor, bei diesen OBDUKTIONEN zuzuschauen, erkundigte sich der SS-Mann Gustav Ege, dessen Vater an der Ostfront seines Wissens nach dem Tod nicht obduziert worden war.

Für mich ist eine OBDUKTION reine ROUTINESACHE, teilte ihm die Tochter des Obermedizinalrats mit einer Beiläufigkeit mit, die fachmännisch wirkte.

Was ist eine ROUTINESACHE, fragte mein MANN, der dermaßen beeindruckt von den Enthüllungen meiner Freundin zu sein schien, daß ich schon befürchtete, er würde an meiner Stelle die häßliche Gaby Glotterthal, obwohl auf deren viel zu großem Kopf ein dürftiger Haaransatz erst ein Stück hinter ihrer rachitisch vorgewölbten Stirn sproß, wegen ihres Wissens dazu auserküren, seine FRAU zu werden.

Eine ROUTINESACHE ist etwas, das dauernd geschieht, antwortete die Tochter des Obermedizinalrats Gaby Glotterthal, deren Zähne nicht nur gänzlich außer Reih und Glied geraten waren, sondern sich obendrein nach vorne, nach hinten, nach rechts und nach links drängend, gegenseitig in ihren Kiefern die Plätze streitig machten. Diese Zähne brachten es mit sich, daß sich meine Befürchtungen, daß meine Freundin im Hinblick auf die Gunst meines MANNES zu meiner Rivalin werden könnte, wieder gänzlich verflüchtigten.

Ekelst du dich denn nicht vor all dem Blut, das aus all diesen deutschen gestorbenen Soldaten bei den OBDUKTIONEN herausspritzt, wollte mein MANN, schaudernd vor Ekel wissen, obwohl nach seinem Dafürhalten an der Ostfront bis zum letzten Blutsstropfen gekämpft werden mußte.

Gaby Glotterthal schüttelte ihren für ihren zwar knochigen, aber schmächtigen Körper viel zu großen Kopf.

Immer wenn ich von diesem Baum aus das aus den Leichen der deutschen Soldaten herausspritzende Blut sehe, muß ich an Springbrunnen denken, gestand sie, ehe sie uns allen erklärte, daß Blut für sie nichts anderes als rot gefärbte Limonade sei.

Limonade ist nur dünner als Blut, fuhr sie fort, um uns daraufhin nicht nur abermals von ihrer grundsätzlichen Bereitschaft, den Leichman unseres Juden mit Hilfe eines Tranchiermessers, das sich in der Besteckschublade in der Anrichte ihrer Mutter befand, und mit Hilfe der in der gleichen Schublade aufbewahrten Geflügelschere zu obduzieren.

Während sie uns zusätzlich versprach, aus dem Sprechzimmer ihres Vaters einen Totenschein zu stehlen, zu dessen schriftlicher Ausfüllung sie ihren großen Bruder aufgrund der Drohung, ihren Eltern zu verpetzen, daß er ihr verraten hatte, was FICKEN war, zu zwingen gedachte, wies ich meinen MANN darauf hin, daß wir schon deshalb keines Totenscheins bedurften, weil das Auffinden eines solchen Totenscheins lediglich zur Enthüllung des Todes unseres Juden beizutragen vermochte, den wir um jeden Preis geheimzuhalten hatten.

Zwar verbot mein MANN der Tochter des Obermedizinalrats am Leichnam unseres Juden jene von ihr offensichtlich ersehnte OBDUKTION vorzunehmen. Aber er gestattete ihr dennoch, sich zum Zwecke der Untersuchung des Leichnams unseres Juden durch den trotz der Schließung unseres WÄTZ-KZs klaffenden Spalt zwischen dem Türrahmen und der, wie gesagt, schräg und alles andere als fest von einer Angel herabhängenden Haustür der Ruine zu zwängen, deren Besitzer zu bleiben sich mein MANN, nicht gewillt, in einem Totenhaus, wie er es nannte, zu wohnen, weigerte.

Offensichtlich gewohnt, wie sie es mittlerweile durch den Anblick der zahllosen Leichen der deutschen Soldaten war, die in schäbigen Blechsärgen ohne großes Trara durch einen Hinterausgang des Lazaretts, daß ihr Vater leitete, nicht einmal in einem bei der Mitwelt möglicherweise nur Argwohn erweckenden schwarzen Leichenwagen, sondern in einem Möbeltransportwagen gewuchtet zu werden pflegten, der, den Äußerungen der Tochter des Obermedizinalrats zufolge, zu einen sich dank seiner Entfernung vom westlichen Stadtrand der Reichsparteitagsstadt N. den Blicken all jener neugierigen Volksgenossen, die bloß ihren Verdacht, daß dieser großartige Weltkrieg eine nicht minder großartige Anzahl von Toten forderte, zu bestätigen trachteten, entziehenden Soldatenfriedhof befördert wurden, blieb Gaby Glotterthal so lange allein in unserem geschlossenen, kloakenhaft stinkenden WÄTZ-KZ mit dem entsetzenseinflößenden Leichnam unseres Juden, daß wir uns ihretwegen schon Sorgen zu machen begannen, die sich allerdings als völlig unbegründet erwiesen.

Denn, nachdem sich die Tochter des Obermedizinalrats erneut durch den Spalt zwischen dem Türrahmen und der schräg an einer Angel herabhängenden Haustür der von meinem MANN als ein Totenhaus bezeichneten Ruine gezwängt hatte, verstand sie es, uns mit der von ihr an den Tag gelegten, nachgerade bodenlosen Sachlichkeit, die nicht einmal ein Anflug jenes Entsetzens trübte, das bei uns allen der Tod unseres Juden hervorgerufen hatte, dermaßen zu beeindrucken, daß wir keinen Augenblick lang an ihrer ärztlichen Kompetenz zweifelten.

Nur weil uns die Diagnose ihrer offensichtlich ungemein gründlichen Untersuchung des Leichnams unseres Juden schon insofern höchst wichtig erschien, als wir allein durch diese Diagnose in Erfahrung zu bringen hofften, ob uns dieser verstorbene Untermensch der untersten Sorte mit der von meiner Freundin als unheilbar bezeichnete Krankheit angesteckt hatte, nahmen wir Abstand davon, unsere Krankheiten von Gaby Glotterthal diagnostizieren zu lassen.

Obwohl wir daraufversessen waren, endlich über das Ergebnis der Untersuchung des Leichnams unseres Juden unterrichtet zu werden, hatte es die Tochter des Obermedizinalrats keineswegs eilig, uns in ihr Wissen einzuweihen. Vielmehr warf sie uns bedeutsame Blicke zu, die uns die Tragweite dessen, was sie uns noch immer vorenthielt, erahnen ließen. Ja, sie spannte uns trotz unserer Furcht, ebenfalls an der Krankheit unseres Juden zu sterben, dermaßen auf die Folter, daß wir sie abermals um die Aushändigung weiterer EKSPEKTUSIN-Hustensaftflaschen baten.

Weil uns allein der Gedanke, an der gleichen Krankheit, die unseren Juden dahingerafft hatte, zu sterben, in eine wachsende Hysterie versetzte, zögerten wir nicht lange, ehe wir uns für Kredite, für die Gaby Glotterthal, ihr Renommee und unsere Hysterie nutzend, sich nicht schämte, doppelt so hohe Zinsen wie die für eine EKSPEKTUSIN- Hustensaftflasche geforderten Preise zu verlangen, dennoch weitere EKSPEKTUSIN-Hustensaftflaschen genehmigten, die wir mit großen Schlucken leerten.

Durch den von uns in derartigen Mengen eingenommenen EKSPEKTUSIN-Hustensaft waren wir, als die Tochter des Obermedizinalrats endlich auf ihren Befund zu sprechen kam, in der Tat dermaßen bedudelt, daß sie uns nicht weniger als dreimal hintereinander versichern mußte, daß unser Jude keineswegs den Hungertod erlitten hätte. Aber er muß doch, weil wir ihm, weil wir alle krank waren, nichts zu essen bringen konnten, verhungert sein, sagte ich in der Hoffnung, daß ich, gesetzt den Fall, unser Jude hätte den Hungertod erlitten, diesem Hungertod entrinnen könnte, indem ich möglichst viel aß.

Aber meine Freundin machte mir diese Hoffnung zunichte. Hast du nicht seinen Fettwanst gesehen, fragte sie mich.

Sein Fettwanst sieht wirklich so aus wie der Fettwanst eines

Vielfraßes, pflichtete ich ihr bei, ehe ich mich erkundigte, an welcher Krankheit denn unser Jude gestorben sei.

An der UNTERMENSCHITIS, die eine unheilbare Krankheit ist, antwortete wie aus der Pistole geschossen die Tochter des Obermedizinalrats.

Werden wir jetzt alle an der UNTERMENSCHITIS sterben, mit der uns unser Jude angesteckt hat, wollte in einem weinerlichen Tonfall mein Bruder Kicki wissen.

Uns Herrenmenschen kann kein Untermensch mit der UNTERMENSCHITIS anstecken, die nur für einen Juden eine unheilbare Krankheit ist, belehrte uns zu unserer Erleichterung die Tochter des Obermedizinalrats.

Nur mein MANN legte im Hinblick auf die Äußerung der Tochter des Obermedizinalrats eine gewisse Skepsis an den Tag.

Bist du dir sicher, daß du dich nicht täuschst, fragte er Gaby Glotterthal, die sehr wohl zu wissen schien, aus welchen Gründen sie sich hütete, diese Frage unumwunden zu beantworten.

Vielmehr zog sie aus ihrer Umhängetasche ein blutbesudeltes Taschenmesser hervor und zeigte es uns allen.

Hast du mit diesem Taschenmesser trotz meines Verbots den Leichnam unseres Juden obduziert, erkundigte sich mein MANN, vor diesem Taschenmesser vor Ekel zurückweichend.

Die Tocher des Obermedizinalrats nickte.

Vergiß nicht, daß ich die Tochter eines Obermedizinalrats bin, die schon mehr Leichen als Lebendige gesehen hat, erinnerte ihn Gaby Glotterthal, ehe sie uns über die zahllosen schäbigen Blechsärge berichtete, von denen viele trotz dessen Geräumigkeit nicht in jenem Möbelwagen Platz fanden, der jeden Tag von früh bis spät zwischen dem Hinterausgang des Lazaretts, durch dessen Haupteingang frisch von der Ostfront verwundete, verstümmelte, verkrüppelte Soldaten eingeliefert wurden, und jenem vom westlichen Stadtrand der Reichparteitagsstadt N. weit entfernten Soldatenfriedhof, dessen Mauern aus Platzmangel eingerissen worden waren, damit sich die Soldatengräber auch über die umliegenden Äcker, Wiesen und Felder zu erstrekken vermochten, ohne jenseits von Friedhofsmauern zu liegen, hin und her zu fahren hatte. Denn die schäbigen Lazarett-Blechsärge, in denen bei jeder Bewegung die Leichen der gestorbenen Soldaten auf und niederhüpften, türmten sich, den Äußerungen der Tochter des Obermedizinalrats zufolge, über dem Hinterausgang des Lazaretts so hoch, daß die Möbelpacker, die die Rolle von Sargträgern übernommen hatten, die obersten Särge nur mit Hilfe einer Leiter zu erreichen vermochten.

Ich beneide meinen Vater nicht, sagte die Tochter des Obermedizinalrats. Ständig ist er den Belästigungen jener Frauen, jener Mütter, jener Brüder, jener Schwestern und jener Schwager und Schwägerinnen sowie jener Großväter und Großmütter ausgesetzt, die er allein dank der Hilfe des Lazarettpförtners, der Krankenpfleger und dank der Hilfe der Polizei daran hindern kann, durch die mit den verwundeten, verstümmelten, verkrüppelten oder sterbenden Soldaten belegten Krankenbetten überfüllten Lazarettkrankensäle, Lazarett-Korridore, Lazarett-Kellerräume und Lazarettabstellkammern auf der Suche nach ihren vermißten Männern, Kindsvätern, Bräutigamen, Brüder oder Söhnen herumzuirren.

Ich beneide meinen Vater nicht, wiederholte die Tochter des Obermedizinalrats. Denn er muß sich vor all diesen Frauen, Müttern, Schwestern, Brüdern, Schwagern, Schwägerinnen, Großmüttern und Großvätern, die, um die Befunde der mit ihnen auf irgendeine Weise verwandten, verwundeten, verstümmelten, verkrüppelten oder sterbenden Soldaten zu erfahren, die oftmals schon während ihres Todeskampfes, damit für die frisch aus der Ostfront eingelieferten Soldaten Krankenbetten frei werden, in diese Blechsärge gelegt werden, vor dem Sprechzimmer Schlange stehen, regelrecht verbarrikadieren.

Ihr könnt, fuhr Gaby Glotterthal fort, glücklich sein, daß ihr nicht all diese Kriegswitwen, all diese Mütter von Kriegswaisen, all diese ewigen Soldatenbräute und all die übrigen Verwandten am Halse habt, die nicht einmal davor zurückschrecken, die Dekkel all der Blechsärge aufzuklappen, die sich vor dem Hinterausgang des Lazaretts türmen, die sogar auf die davor stehenden Leitern steigen, um nachzuschauen, ob sich in den obersten Särgen ein Vermißter befindet. Sie hantieren so rücksichtslos mit diesen Särgen herum, daß immer wieder die Sargtürme umstürzen, daß sich immer wieder die Sargdeckel öffnen und daß immer wieder die Leichen der Soldaten aus dem Blechsärgen auf den Betonboden vor dem Lazaretthinterausgang auf die Säcke mit ihren eigenen amputierten Armen, Händen, Fingern, Beinen, Füßen, Zehen oder auf ihre von meinem Vater herausoperierten Lungenflügel, Lebern, Därme, Nieren oder Augen plumpsen.

Mein Vater bezeichnet dieses Verhalten der Verwandten der toten deutschen Soldaten als eine PIETÄTLOSIGKEIT, die ihresgleichen sucht, fügte Gaby Glotterthal hinzu, aus gutem Grunde darauf bauend, daß weder mein MANN noch dessen SS-Männer, geschweige denn ich und mein Bruder Kicki wüßten, was unter PIETÄTLOSIGKEIT zu verstehen war.

Was ist PIELÄTSOSIGKEIT, fragte mein Bruder Kicki die Tochter des Obermedizinalrats.

Das Wort heißt nicht PIELETÄTSOSIGKEIT, sondern PIETÄTSLOSIGKEIT, korrigierte ihn die Tochter des Obermedizinalrats, die wohl wieder einmal aus gutem Grunde weit davon entfernt zu sein schien, uns zu erklären, worum es sich bei dieser PIETÄTSLOSIGKEIT handelte.

Was ist PIETÄTSLOSIGKEIT, fragte ich Gaby Glotterthal.

Das verrate ich dir nur, wenn du mir dafür fünfzig Bombensplitter gibst, erwiderte mir die Tochter des Obermedizinalrats, die diese Forderung offenkundig nur deshalb erhob, weil sie selber nicht wußte, was PIETÄTSLOSIGKEIT war.

Aber trotz meines Verdachtes, daß Gaby Glotterthal keine

Ahnung davon hatte, was PIETÄTSLOSIGKEIT war, lag mir nichts ferner, als die Tochter des Obermedizinalrats durch weitere Fragen ihn Verlegenheit zu bringen. Denn ohne sie hätten wir nie und nimmer erfahren, daß man zum FICKEN unbedingt eine Zahnbürste und eine Dose Schuhcreme brauchte, ohne sie hätten wir nie und nimmer erfahren, daß jede Frau, die ein Kind bekam, von einem KZler zuvor vergewaltigt worden sein mußte, ohne sie häten wir nie erfahren, daß eine EIERSTOCKENTZÜNDUNG eine Folgeerscheinung der Vergewaltigung durch einen KZler war, ohne sie hätten wir nie erfahren, daß eine Vergewaltigung durch ein Durchstoßen eines Nabels mit einem Zeigefinger vonstatten ging, ohne sie hätten wir nie erfahren, daß alle Juden Kommunisten und alle Kommunisten Juden waren, die zu der untersten Sorte der Untermenschen zählten, und ohne sie hätten wir nie und nimmer erfahren, daß unser Jude an einer unheilbaren Krankheit gestorben war, die UNTERMENSCHITIS hieß, mit der er uns Herrenmenschen zum Glück nicht anstecken konnte.

Hoffentlich läßt der liebe Gott, dem ich als Opfergabe meine garantiert echte russische Kugel dargeboten habe, unseren Juden wieder von den Toten auferstehen, meinte mein Bruder Kicki plötzlich.

Ich habe lange genug vergebens zum lieben Gott gebetet, daß er mich meinem Vater entrinnen läßt, erwiderte der SS- Man Manfred Schmer, ehe er meinen Bruder dadurch untröstlich machte, daß er ihm zu verstehen gab, daß vom lieben Gott keinerlei Hilfe zu erwarten sei.

Mein Bruder fing zu weinen an.

Wenn dich mein Vater so weinen sähe, würde dir rasch das Weinen vergehen: Mein Vater hat nämlich gesagt, daß in seinem Lazarett schon so viele Tränen vergossen worden wären, daß er den Anblick auch nur einer einzigen weiteren Träne als eine Unzumutbarkeit betrachtet, wies ihn Gaby Glotterthal zurecht, ohne daß es ihr gelang, hiermit den Tränenstrom, der sich über das Gesicht meines Bruders ergoß, zum Versiegen zu bringen.

Kannst du uns wenigstens einen von den Blechsärgen aus dem Lazarett für das Begräbnis unseres Juden stehlen, fragte er schluchzend die Tochter des Obermedizinalrats.

Aber die Tochter des Obermedizinalrats schüttelte ihren für ihren zwar knochigen, aber schmächtigen Körper viel zu großen Kopf.

Obwohl es für mich ein Kinderspiel wäre, einen solchen Blechsarg zu stehlen, würde ich das niemals tun, erwiderte sie.

Warum würdest du das denn nicht tun, fragte ich die Tochter des Obermedizinalrats, meine Kollegin, die FRAUENSCHAFTSFÜHRERIN Gaby Glotterthal, mit der ich die Frage, wie wir bei den FRAUENSCHAFTSFÜHRERINNEN die deutschen Frauen in Groß-Deutschland dazu zwingen sollte, Mütter von Ariern zu werden, die noch flinker als Windhunde, noch zäher als Leder, noch härter als Kruppstahl und jederzeit bereit sein mußten, für meinen MANN, den Nachfolger unseres Führers zu sterben, bislang noch nicht einmal erörtert hatte.

Weil für einen Juden, der schließlich zu den untersten Untermenschen zählt, selbst der schäbigste Blechsarg zu schade ist, behauptete Gaby Glotterthal.

Aber wie sollen wir denn ohne einen Sarg das Leichenbegräbnis unseres Juden begehen, wollte ich von Gaby Glotterthal wissen.

Habt ihr etwa vor, einem Untermenschn der untersten Sorte die letzte Ehre zu erweisen, stieß die Tochter des Obermedizinalrats mit einer Entrüstung hervor, die alle für eine Weile mundtot machte.

Während mein Bruder jetzt in Anbetracht der Tatsache, daß unserem Juden außer einem Sarg auch noch das letzte Geleit verwehrt werden sollte, so jämmerlich zu weinen begann, als stände er vor seinem eigenen Grab, blickte ich meinen MANN, dem schon wieder diese leidige Angelegenheit über den Kopf zu wachsen schien, fragend an.

Wir können diesen obendrein obduzierten Juden doch nicht einfach in unserem WÄTZ-KZ liegen lassen, meinte er schließlich.

Was hält euch denn davon ab, fragte Gaby Glotterthal in einem scharfen Tonfall, den sich mein MANN zu meiner Erleichterung verbat.

Hier habe ich, der SS-Oberscharführer und Nachfolger unseres Führers, zu bestimmen, was mit dem Leichnam unseres Juden geschieht, brüllte er, endlich wieder zum Brüllen fähig, die Tochter des Obermedizinalrats an, ehe er drohte, sie als FRAUENSCHAFTSFÜHRERIN abzusetzen.

Aber Gaby Glotterthal war nicht so leicht einzuschüchtern.

Wartet nur ab, was euch passiert, wenn ihr so blöd seid, mit einem Leichenbegräbnis eueres Juden, der sowieso nur geboren wurde, um als Madenfraß zu enden, ein Aufsehen erregt, mit dem ihr euch in der ganzen GAGFA-Siedlung ins Gerede bringen werdet, sagte sie im Tonfall einer Prophetin.

Glaubst du, daß wir ins KZ kommen werden, erkundigte ich mich.

Ins KZ kommen nur die Juden, die wie alle Juden Kommunisten sind, entgegnete mir meine beste Freundin, die mir plötzlich als meine ärgste Todfeindin erschien. Was wird uns denn passieren, fragte jetzt mein MANN.

Ihr werdet samt und sonders zum Tode verurteilt und entweder mit Maschinengewehren von Scharfschützen erschossen oder mit Galgenstricken von Henkern an Galgen erhängt werden, wenn ihr als Herrenmenschen die arische Rasse dadurch in den Schmutz zieht, daß ihr einen Untermenschen der untersten Sorte, statt ihn in dem geschlossenen WÄTZ-KZ den Maden zu überlassen, so als handle es sich um einen Menschen, bei einem Leichenbegängnis die letzte Ehre erweist, kündigte uns die Tochter des Obermedizinalrats an, deren Ankündigung der Verhängung von Todesurteilen uns, obwohl wir HART WIE KRUPPSTAHL und ZÄH WIE LEDER waren, dazu bewog, uns FLINK WIE WINDHUNDE aus dem Ruinengrundstück zu entfernen, in dessen Mitte sich dieses Totenhaus mit dem geschlossenen, aber dennoch offenstehenden WÄTZ-KZ befand.

Krachend schlug mein MANN hinter uns das noch intakte Gartentor zu, das, unserer Meinung nach, neugierigen Erwachsenen den Zutritt zu dem Ruinengrundstück mit dem Totenhaus verwehrte.

So erfährt kein Mensch, was hier passiert ist, behauptete er mit einer Überzeugung, die kein anderer als Kicki in Frage stellte.

Einer erfährt es gewiß, meinte er.

Von wem sprichst du denn, wollte mein MANN von ihm wissen.

Von unserem Führer, entgegnete mein Bruder.

Der Führer erfährt alles: Der Führer weiß alles: Deswegen ist er ja unser Führer, fügte er, zu meiner Erleichterung wieder HART WIE KRUPPSTAHL und ZÄH WIE LEDER sowie jederzeit bereit, für unseren Führer zu sterben, hinzu.

XIII

Im Gegensatz zu meinem Vater, der, immer wieder höhnisch, vor seinem Rundfunkempfänger im Wohnzimmer sitzend: ICH HABE ES VON VORNHEREIN GEWUSST; DASS DIESER KRIEG NICHT ZU GEWINNEN WAR ausrief, steigerten die von diesem Rundfunkempfänger fortwährend gemeldeten schweren Verluste der deutschen Wehrmacht an der Ostfront die Bereitschaft meines Bruders, der, obwohl er erst vier Jahre alt war, lange genug gelebt zu haben behauptete, für unser Führer zu sterben, auf eine Art und Weise, der ich mit meinem Abwiegelungsbemühungen einfach nicht beizukommen vermochte.

Obwohl ich Kicki fortwährend beteuerte, daß für einen vierjährigen Jungen an der Ostfront keinerlei Verwendung bestand, war mein Bruder dermaßen überzeugt davon, daß er nun, da diese Verlustmeldungen, auf die mein Vater ebenso vaterlandsverräterisch wie besserwisserisch zu reagieren pflegte, nach nur kurzen Unterbrechungen immer wieder durch den Rundfunkempfänger meiner Eltern in seine Ohren drangen, unbedingt für den ENDSIEG an der Ostfront gebraucht wurde.

An dieser felsenfesten Überzeugung konnte ich auch dadurch nicht rütteln, daß ich Kicki in den schwärzesten Farben jene nicht einmal mit einem einzigen Gottesauge bepflanzten Massengräber schilderte, in denen die gefallenen, in Fetzen gerissenen deutschen Soldaten, ohne ein letztes Geleit, ohne letzte Ehrerweisungen, ohne Salutschüsse, ohne Grabreden und ohne Trauerbekundungen in Form von Tränenergüssen, noch achtloser und hastiger als die räudigsten Straßenköter verscharrt wurden.

Statt sich durch meine Schilderungen erschüttern zu lassen, in denen ich ihn auch davon in Kenntnis setzte, daß seine Körperfetzen, wenn er sich zu den Schützengräben an der Ostfront begäbe, in einem zwischen zahllosen aus- und zugebuddelten Massengräbern, zwischen irgendwelchen Körperfetzen irgendwelcher ebenfalls in Fetzen gerissener Kameraden liegend, für mich zu unauffindbar wären, als daß ich jemals dazu imstande sein würde, durch die Errichtung eines Grabsteins mit der Inschrift: HIER OPFERTE FÜR UNSER VATERLAND DER TAPFERE, VIERJÄHRIGE SOLDAT KICKI WELS-

NER SEIN LEBEN und durch die Niederlegung eines aus Gottesaugen und Vergißmeinnicht bestehenden Kranzes, auf dessen goldener Schleife die in schwarzen Buchstaben gedruckten Worte: IN EWIGER TRAUER UND HERZZERREISSENDEM SCHMERZ, DEINE UNTRÖSTLICHE SCHWESTER LISA WELSNER zu lesen waren, seiner zu denken, legte mein Bruder Kicki eine Todesverachtung an den Tag, vor der ich die Waffen strecken mußte.

Obwohl mir dies unsäglich schwerfiel, gewann ich in Anbetracht dieser gigantischen Todesverachtung meines Bruders die Einsicht, daß ich, indem ich Kicki von dessen Absicht abzubringen suchte, sich zu Fuß auf den Weg zur Ostfront zu machen, deren Entfernung von der Siedlungshaushälfte meiner Eltern wir dermaßen falsch einschätzten, daß wir sie als einen Katzensprung bezeichneten, den ENDSIEG gleichermaßen vaterlandsverräterisch wie mein Vater hintertrieb.

Vor dem Einschlafen versprach ich meinem Bruder, der mir seine blutrote Schachtel mit dem pechschwarzen Hakenkreuz, in der Hoffnung, statt der leblosen Miniaturnachbildungen der deutschen Wehrmacht, lebendige deutsche Soldaten, die für unseren Führer starben, in Hülle und Fülle zu Gesicht zu bekommen, gewissermaßen als ein Vermächtnis, mit einer gravitätisch ernsten Miene überreichte, daß er mit meiner Hilfe rechnen könne.

Am nächsten Morgen setzte ich dieses Versprechen in die Tat um. Kaum daß meine Mutter mit dem Ausruf: HEUTE WERDE ICH, AUF DIE GEFAHR HIN, DASS ICH MIT EINER LEEREN EINKAUFSTASCHE UND MIT EINEM LEEREN EINKAUFSNETZ ZURÜCKKOMME, DIESEM HUNDSGEMEINEN WÄTZ IN SEINE HUNDSGEMEINE VISAGE SAGEN, DASS SICH NUR DER HUNDSGEMEINSTE ALLER HUNDSGEMEINEN SCHWEINEHUNDE UNSERE NOTLAGE AUF EINE

ALLE HUNDSGEMEINHEITEN IN DEN SCHATTEN STELLENDE HUNDSGEMEINE ART UND WEISE ZUNUTZE MACHEN KANN, mit ihrer leeren Einkaufstasche und mit ihrem leeren Einkaufsnetz die Siedlungshaushälfte unserer Eltern verlassen hatte, half ich meinem Bruder zunächst einmal, sich trotz der augenblicklich draußen herrschenden Frühlingstemperatur gegen die sibirische Kälte an der Ostfront zu wappnen, die Kicki frühestens gegen Mittag, spätestens vor dem Einbruch der Dämmerung mit seinen kleinen Füßen und mit seinen zwar stämmigen, aber kurzen Beinen zu erreichen hoffte.

Außer seiner von meiner Mutter überall geflickten Unterwäsche, zu der auch ein ebenfalls von meiner Mutter überall geflicktes Leibchen mit Strapsen zählte, und außer drei Paar von jenen Wollstrümpfen, die meine Mutter für ihn mit jener kratzenden bräunlichen Wolle gestrickt hatte, die von ihr aus der Wolle von für uns zu kurz gewordenen sechs Paar Wollstrümpfen aufgetrennt worden war, zog ich Kicki, während sich er seine von meiner Mutter aus den Stoffresten eines zum Tragen für den wissenschaftlichen Leiter einer Blitzanlage der DIEMENS-Werke zu abgetragenen Wintermantels meines Vater geschneiderte, wärmste Winterhose anzog, drei ebenfalls von meiner Mutter mit der aufgetrennten Wolle von fünf uns zu enggewordenen und zudem überall gestopften Winterpullovern, von denen der erste himbeerrot, der zweite honiggelb, der dritte taubenblau, der vierte türkisfarben und der fünfte apfelgrün gewesen war, gestrickte himbeerrote, honiggelb, taubenblau und türkisfarben gestreifte Wollpullover an.

Trotz seiner anfänglichen Weigerung, sich von mir unter seinen von meiner Mutter aus einer Wolldecke geschneiderten Wintermantel auch noch seinen von meiner Mutter aus einem Vorhang geschneiderten Sommermantel anziehen zu lassen, bewilligte mein Bruder Kicki schließlich, um keine Zeit zu verlieren, mein Ansinnen.

Hörst du auch das Donnern der Kanonen, fragte er mich, nachdem er sich seine ausgetretenen Winterstiefel über seine durch jeweils drei dicke Wollstrümpfe vergrößerten Füße gezwängt hatte.

Ich höre dieses Donnern nicht, erwiderte ich, ehe ich ihm eine von meiner Mutter mit der aufgetrennten Wolle eines Paars für meinen Bruder zu klein gewordener weißer Socken sowie mit der ausgetrennten Wolle eines Paares für meinen Bruder ebenfalls zu klein gewordener roter Socken gestrickten, rot-weiß gestreiften Wollmütze so tief über sein Gesicht zog, daß seine Ohren und seine Stirn bis dicht hinab zu seinen Augenlidern von dieser Wollmütze verborgen wurden.

Dafür, daß von seinem Gesicht, abgesehen von seinen trotzig dreinblickenden Augen, nur mehr seine Nase zu sehen war, sorgte ich, indem ich ihm einen von meiner Mutter für meinen Vater aus der ausgetrennten Wolle von drei Wollschals, von denen der erste marineblau, der zweite anthrazitgrau und der dritte beige gefärbt gewesen war, gestrickten, marineblau, anthrazitgrau und beige gestreiften Wollschal dergestalt mehrfach um seinen Hals schlang, daß dieser Wollschal dessen Ende bis zu den Knien meines Bruders herabhingen, dessen Hals und dessen Mund über die Oberlippe bis zu seinen Nasenlöchern verdeckte. Obwohl mein Bruder, der nun das Knallen der Schüsse an der Ostfront zu hören wähnte, klagte, daß ihn dieser mehrfach um seinen Hals geschlungene Wollschal dazu unfähig machte, seinen Kopf nach rechts oder nach links zu drehen, wußte ich seine Klage zu entkräften. Es genügt vollkommen, wenn du nach vorne schauen kannst: Denn nur von dorther sausen die Kugeln aus den russischen Maschinengewehren, die Kanonen aus den Kanonenrohren der russischen Panzer und die Granaten der Russen in die Richtung des Schützengrabens, in dem du bis zum letzten Blutstropfen für den ENDSIEG kämpfen willst, versicherte ich ihm, bevor ich ihm als Proviant für seinen Fußmarsch zu der Ostfront, die er, wie gesagt frühestens gegen Mittag und spätestens vor dem Einbruch der Abenddämmerung zu erreichen bestrebt war, eine Flasche EKSPEKTUSIN-Hustensaft in seinen kleinen grünen Rucksack packte, in den ich außerdem, damit Kicki für den Fall, daß er verwundet wurde, nicht auf irgendwelche vielleicht mit dem Verbinden irgendwelcher anderer Verwundeter in Anspruch genommenen Sanitäter warten mußte, aus der Hausapotheke meiner Mutter das gesamte Verbandszeug, angefangen von Hansaplast-Pflastern bis zu den Streckverbänden sowie das Fieberthermometer gestopft hatte.

Weil sich mein Bruder, der sich inzwischen die mit der aufgetrennten Wolle aus drei uns zu klein gewordenen Wollhandschuhen von denen das erste Paar hellblau, das zweite Paar tannengrün und das dritte Paar schwefelgelb gewesen war, gestrickten hellblau-tannengrün- und schwefelgelb gemusterten Fäustlinge angezogen hatte, wegen der dicken, von ihm als einzwängend bezeichneten Winterkleidung, in der er total vermummt erschien, kaum mehr bewegen konnte, hängte ich ihm nicht nur seinen kleinen grünen Rucksack über die Schultern.

Bemüht zu verhüten, daß er unbewaffnet zu Felde rückte, holte ich aus dem Geräteschuppen meiner Eltern die Axt und aus deren Wohnzimmer jenen eisernen Schürhaken, mit dem mein Vater, dieser mir jetzt noch feiger als je zuvor erscheinende Zivilist, der gut daran getan hätte, sich an meinem tapferen kleinen Bruder ein Beispiel zu nehmen, immerzu in unseren Kachelöfen herumzustochern pflegte.

Nachdem Kicki den Griff der Axt mit seiner rechten, unter dem Fausthandschuh verborgenen Hand und den Schürhaken mit seiner linken, ebenfalls unter dem Fausthandschuh verborgenen Hand ergriffen hatte, musterte ich noch einmal von oben bis unten seine Gestalt in deren totaler Vermummtheit, ehe ich beschloß, ihn noch gründlicher gegen die sibirische Kälte zu wappnen, indem ich ihm die kürzlich im Verlauf eines Schwarzhandels von meinem Vater, der inzwischen die Suche nach den drei von Kicki für unseren Juden gestohlenen Wolldecken aufgegeben hatte, gegen die aus echtem Krokodilleder bestehende Handtasche meiner Muter, die ihr mein Vater zu meiner Geburt geschenkt hatte, getauschte Wolldecke um seinen ohnehin immer unbeweglicher werdenden Körper wand.

Glaubst du wirklich, daß es an der Ostfront so bitter kalt ist, fragte er mich mit einer erstickt anmutenden Stimme.

Das Eis an der Ostfront klirrt so laut, daß es sogar die Todesschreie der Soldaten übertönt, erwiderte ich im Tonfall einer Expertin für die klimatischen Verhältnisse an der Ostfront, ehe ich die oberen Zipfel der besagten Wolldecke, über dem mit dem Wollschal mehrfach umwundenen Hals meines Bruders verknotete, ohne es allerdings vereiteln zu können, daß die unteren Zipfel der für Kickis zwar stämmige, aber viel zu kleine Gestalt viel zu lange Wolldecke wie eine Schleppe über den Fußboden unseres Kinderzimmers und die Treppenstufen, die wir jetzt hinunterstiegen, schleiften.

Vor dem Gartentor der Siedlungshaushälfte meiner Eltern angelangt, wurde ich jäh von einer unsäglichen Wehmut übermannt. Flehentlich bat ich meinen total vermummten Bruder, von dem außer seinen trotzig dreinblickenden Augen und außer seiner Nase, über deren Rücken wegen der milden Temperatur, die an diesem Tage herrschte, der Schweiß rann, nur mehr die Axt, aber nicht mehr die rechte Hand, an deren Griff er sie hielt, und nur mehr das Ende des Schürhakens, nicht aber seine linke Hand, an dessen Griff er ihn hielt, zu sehen waren, ob ich ihn wenigstens ein kurzes Stück auf seinem einsamen Fußmarsch zur Ostfront begleiten dürfe.

Aber obwohl sich Kicki wegen des Wollschals um seinen Hals und wegen des sich vor seiner Kehle befindenden Knotens der oberen Zipfel der Wolldecke außerstande zeigte, den Kopf zu schütteln, stieß er bedingt durch den nicht zuletzt auch um seinen Mund gewundenen Wollschal ein zwar ersticktes, aber überaus bestimmt wirkendes NEIN hervor, das meine ohnehin unsägliche Wehmut zusätzlich steigerte.

Wegen seiner totalen Vermummung war mein Bruder Kicki obendrein unfähig, mir einen Abschiedskuß zu geben, auch konnte er mich mit seinen völlig eingezwängten Armen ebensowenig zum Abschied umarmen, wie er mir wegen seiner die Axt- und die Schürhakengriffe umklammernden Hände zu einem Abschied, den betreffend er kein Hehl daraus machte, daß es sich um einen Abschied für immer handelte, die Hände zu drücken vermochte.

Zu meiner völligen Verzweiflung sagte er zu mir mit seiner durch den Wollschal erstickt wirkenden Stimme nicht etwa AUFWIEDERSEHEN, sondern LEBEWOHL, ehe er, ohne sich von meinem durch dieses LEBEWOHL ausgelösten Weinkrampf aufhalten zu lassen, mit den hinter seiner vermummten Gestalt wie eine Schleppe herschleifenden unteren Wolldeckenzipfeln seinen Fußmarsch zu der Ostfront antrat.

Sei es durch seine Vermummung, sei es durch seine Mannhaftigkeit daran gehindert, sich noch einmal zu einem letzten Abschiedsblick nach mir umzudrehen, und durch die Axt und den Schürhaken, deren Griffe er fest in seinen Händen hielt, obendrein davon abgehalten, mir zu unserem letzten Abschied zuzuwinken, marschierte mein Bruder Kicki, während ich ihm, Rotz und Wasser flennend, nachwinkte, wacker, aber dennoch aufgrund der Kürze seiner stämmigen Beine nicht eben weit ausschreitend, in die Richtung der Endhaltestelle der Straßenbahn, das heißt in die Richtung, in der, wenn sie aufging, die Sonne aufzugehen pflegte.

Ich winkte so lange hinter ihm her, bis er aus meinem Blickfeld verschwunden war. Geschüttelt von meinem Tränenausbruch ging ich in der gekrümmten Haltung einer Kriegswitwe, mit weichen Knien, ohne mir die Tränen, die sich über mein

Gesicht ergossen, wegzuwischen, zurück zu unserem Kinderzimmer, wo mich der Anblick der blutroten Schachtel mit dem pechschwarzen Hakenkreuz, in der sich die Miniaturnachbildungen der deutschen Wehrmacht mitsamt unserem Führer befanden, für den mein Bruder Kicki auf eine Art und Weise zu sterben bereit war, die mich an den Rand der Verzweiflung trieb, dermaßen erschütterte, daß ich diese blutrote Schachtel mit dem pechschwarzen Hakenkreuz mit beiden Händen fest umklammernd, auf mein Kinderbett sank, auf dessen Kopfkissen sich die aus meinen Augen fließenden Tränen, die von meinem Wangen und vor meinem Kinn rinnenden bitteren Zähren so unversiegbar ergossen, daß dieses Kopfkissen immer feuchter wurde.

Während ich Rotz und Wasser flennte, hatte ich nicht nur die blutigen Fetzen dessen, was einmal mein kleiner Bruder gewesen war, sondern auch das Massengrab vor Augen, in das diese blutigen Fetzen auf die Köpfe, Augen, Ohrmuscheln, Zungen, Zähne, Arme, Hände, Finger, Beine, Füße, Zehen sowie auf die Bäuche und auf die Gesäßbacken der ebenfalls zerfetzten Kameraden meines Bruders Kicki achtlos und so hastig wie die Fetzen der räudigsten aller räudigen Straßenköter hineingeschleudert wurden.

Darüber hinaus mühte ich mich dermaßen angestrengt, mir das Versiegen des letzten Blutstropfens, bis zu dem mein tapferer Bruder zu kämpfen beabsichtigte, in einem Schützengraben an der Ostfront vorzustellen, daß ich beim Auftauchen der von meiner keifenden Mutter in unser Kinderzimmer geschubsten, nach wie vor total vermummten Gestalt meines kleinen Bruders, als handle es sich hierbei um ein Schreckgespenst, gellend aufschrie.

Allerdings vermochte ich mit meinem gellenden Aufschrei meine Mutter, die mir und meinem Bruder erneut mit unserer Einlieferung in jenes KZ, das sie das KINDER-KZ AM WALDESRAIN nannte, nicht dazu bewegen, sich meiner anzunehmen. Ohne darauf zu achten, daß ich am Ende meiner Nerven war, entmummte dieses Weibsbild, das es nicht allein mit einem Vaterlandsverräter trieb, sondern obendrein meinen Bruder daran gehindert hatte, an der Ostfront für den ENDSIEG zu kämpfen, Kicki, dem sie zuvor die Axt und den Schürhaken entrissen hatte, deren Verwendungszwecke sie vergebens von meinem Bruder zu erfahren wünschte.

Trotz ihren Drohungen, uns in das besagte Kinder-KZ einliefern zu lassen, äußerte sich Kicki ebenso wenig wie ich über den Verwendungszweck der besagten Axt und des besagten Schürhakens wie über den meiner Mutter rätselhaften Grund, der Kicki dazu bewogen hatte, sich trotz des milden Frühlingswetters dermaßen in Winterkleidung und in eine Wolldecke zu vermummen, als herrschte Eiseskälte.

Auch im Hinblick auf die Frage meiner Mutter, die nun, nachdem sie Kicki kurz hinter der Straßenbahnendhaltestelle aus mir meinerseits rätselhaften Gründen, obwohl von mir über sein Vorhaben nicht einmal meinem MANN gegenüber ein Sterbenswörtchen verloren worden war, am Kragen gepackt und, kurz nach dem Antritt seines Fußmarsches zur Ostfront, auch schon zu einem von ihm als schmachvoll empfundenen Rückzug gezwungen hatte, das Ziel seines Weges zu erfahren bemüht war, hüllte sich mein Bruder in ein Stillschweigen, das auch die Prügel meiner Mutter mit dem Teppichklopfer auf seinen mittlerweile splitternackten Hintern nicht zu brechen imstande war.

Nicht anders als meinem Bruder konnten die Schläge, die mir meine Mutter mit dem Teppichklopfer auf meinen ebenfalls splitternackten Hintern versetzte, auch mich keineswegs dazu veranlassen, diesem Weibsbild eines feigen Zivilisten, eines ruchlosen Vaterlandsverräters und eines unverbesserlichen Besserwissers, der da dauernd behauptete, er hätte von vornherein gewußt, daß dieser Krieg nicht zu gewinnen wäre, den Verwendungszweck der Axt und des Schürhakens oder den Grund, der meinen Bruder Kicki dazu bewogen hatte sich, ihrer Ansicht nach mit meiner Hilfe, trotz der milden Frühlingstemperatur dermaßen vermummen zu lassen und zu vermummen, als herrschte draußen Eiseskälte, geschweige denn das Ziel des Weges zu gestehen, zu dem mein Bruder Kicki, in der festen Absicht, für unseren Führer zu sterben, aufgebrochen war.

Ohne daß diese Frau eines feigen Zivilisten und Vaterlandsverräters, die wir unsere Mutter nennen mußten, von uns auch nur Anhaltspunkte erhalten hätte, dank derer es ihr ermöglicht worden wäre, eine Erklärung für das ihr völlig abwegig erscheinende Verhalten meines Bruders oder für meine ihr ebenso abwegig erscheinende Tränenausbrüche sowie eine Erklärung über das Auffinden der EKSPEKTUSIN-Hustensaftflasche im Rucksack meines Bruders, geschweige denn eine Erklärung für die Beförderung des gesamten Verbandszeuges aus ihrer Hausapotheke in den grünen Rucksack meines Bruders zu finden, ließ sie mich und Kicki in unserem Kinderzimmer zurück, dessen Tür sie von außen verriegelte.

Niemals wird dieses Weibsbild dahinterkommen, was du vorgehabt hast, versicherte ich meinem Bruder, indem ich HART WIE KRUPPSTAHL mit der Hand über meinen roten, mit den von den Abdrücken des Teppichklopfers meiner Mutter versehenen, nach wie vor splitternackten Hintern strich.

Aber der Führer wird erfahren, daß ich jederzeit für ihn bereit war zu sterben: Denn der Führer erfährt alles: Der Führer weiß alles: Deswegen ist er ja unser Führer, behauptete mein Bruder Kicki, ehe er mich bat, ihm die mir von ihm gewissermaßen als ein Vermächtnis überreichte blutrote Schachtel mit dem pechschwarzen Hakenkreuz zurückzugeben.

XIV

Drei Tage lang hinderte mich und meinen Bruder der uns von meiner Mutter auferlegte Hausarrest daran, Kontakt mit meinem MANN aufzunehmen, der aufgrund seines Verzichts auf das Besitzrecht auf die wegen des Leichnams unseres Juden als ein Totenhaus bezeichnete Ruine obdachlos geworden war. Als meine Mutter, die offensichtlich von ihrer Absicht, den Lebensmittelladeninhaber Wätz als einen HUNDSGEMEINEN SCHWEINEHUND zu bezeichnen, wieder abgekommen war, am vierten Tag, ehe sie einkaufen ging, unseren Hausarrest außerkraft setzte, mußten ich und mein Bruder Kicki nicht lange nach meinem obdachlos gewordenen MANN suchen. Denn dieser SS-Oberscharführer und künftige Nachfolger unseres Führers war gerade dabei, auf einem der Siedlungshaushälfte meiner Eltern gegenüberliegenden Zuckerrübenacker der militärischen Ausbildung seiner fünf SS-Männer den letzten Schliff zu verleihen.

Schweigend verfolgte ich mit meinem Bruder, am Rande des Zuckerrübenackers stehend, wie sich die fünf SS-Männer auf den brüllend vorgebrachten Befehl meines MANNES: IN DEKKUNG GEHEN immer wieder der Länge lang auf diesen Zukkerrübenacker niederwarfen und dort so lange liegen blieben, bis ihnen von meinem MANN der brüllend vorgebrachte Befehl AUFSTEHEN das Aufstehen gestattete.

Auch robbten die fünf SS-Männer auf den brüllend vorgebrachten Befehl meines MANNES: AN DEN FEIND HERANPIRSCHEN hin, unverzüglich von einem Ende des Zuckerrübenackers bis zu dessen entgegengesetztem Ende, um anschließend, auf den brüllend vorgebrachten Befehl meines MANNES: DEM FEIND AN DIE KEHLE hin, sofort aufzuspringen, sich auf etwas Unsichtbares, das den Feind darstellte, zu stürzen, ehe sie, in der Luft herumfuchtelnd, nachdem sie dem Unsichtbaren an die Kehle gegriffen hatten, dieses Unsichtbare zu Boden warfen und darauf herumtrampelten.

Der Feind hat seinen letzten Atemzug getan, riefen sie, während sie über den Zuckerrübenacker bis zu dessen Rand, FLINK WIE WINDHUNDE, hasteten, wo mein MANN Position bezogen hatte.

Weil ihr HART WIE KRUPPSTAHL und ZÄH WIE LEDER gekämpft habt, gewähre ich euch hiermit eine Kampfespause, brüllte mein MANN seine SS-Männer an, die, völlig außer Atem geraten, in die Richtung ihrer Ruinen taumelten, ehe er sich mir zuwendete.

Warum hast du dich drei Tage lang nicht blicken lassen, wollte er von mir in einem barschen Tonfall wissen.

Weil Kicki und ich Hausarrest hatten, erwiderte ich.

Aus welchem Grund hat euch die Frau dieses feigen Zivilisten, die euere Mutter ist, eingesperrt, fragte mich mein MANN.

Auch deine Mutter ist die Frau eines feigen Zivilisten, verteidigte ich mich.

Ich habe meinen Vater schon jetzt zum Tode und meine Mutter schon jetzt zu einer lebenslänglichen Zuchthausstrafe verurteilt, informierte mich mein MANN.

Unseren Vater haben wir auch schon längst zum Tode verurteilt: Nur wissen wir nicht, ob eine lebenslängliche Zuchthausstrafe für das Weibsbild, das wir unsere Mutter nennen, nicht zu milde ist, meinte ich. Dieses Weibsbild hat nämlich meinen Bruder, obwohl er vorvorgestern bewaffnet zur Ostfront aufgebrochen ist, kurz nach der Straßenbahnendhaltestelle darangehindert, sein Leben für den ENDSIEG zu opfern, fügte ich hinzu.

Wenn sie mich nicht zum Rückzug gezwungen hätte, könnte ich jetzt bis zum letzten Blutstropfen für den ENDSIEG kämpfen, fiel mir mein Bruder Kicki, erfüllt von einem tiefen Ressentiment gegen meine Mutter, ins Wort.

Hat sie euch deswegen eingesperrt, fragte ihn mein MANN.

Mein Bruder nickte.

Die Lisa hat mich dermaßen dick zum Schutz gegen die sibirische Kälte vermummt, daß es irgendwem wegen des Frühlingswetters aufgefallen sein muß, sagte er.

Vielleicht fand auch irgendwer die Axt und den Schürhaken in seinen Händen verdächtig, mutmaßte ich.

Auch wenn du nicht mein SCHWAGER und der künftige ONKEL meiner Kinder wärst, hätte ich dich zum General ernannt, lobte mein MANN meinen Bruder.

Die Lisa ist von diesem Weibsbild auch verprügelt und eingesperrt worden, entgegnete voller Stolz mein Bruder.

Sie hat dem Weibsbild kein Wort darüber verpetzt, daß ich zur Ostfront wollte, fügte er hinzu.

Die Lisa hat wieder einmal bewiesen, daß sie für mich die richtige FRAU ist, sagte mein MANN, indem er mir wieder einmal seine rechte hand so wuchtig auf meine rechte Schulter preßte, daß er mir die Schulter niederdrückte.

HART WIE KRUPPSTAHL und ZÄH WIE LEDER ertrug ich den Schmerz so lange, bis mich mein MANN vom Druck seiner Hand befreite.

Ich werde dieses Weibsbild, das ihr euere Mutter nennen müßt, sobald ich unser Führer sein werde, zu einer lebenslänglichen Zwangsarbeit in einer Munitionsfabrik verurteilen, versprach er mir und meinem Bruder Kicki. Hoffentlich wirst du bald unser Führer, meinte mein Bruder Kicki.

Langsam wird es wirklich Zeit, entgegnete ihm mein MANN.

Ich brauche dringend eine Ruine, fügte er hinzu.

Hast du noch immer keine standesgemäße Ruine für dich gefunden, fragte ich ihn.

Mein MANN schüttelte den Kopf.

Ich warte, warte und warte auf den nächsten Bombenangriff, der mir vielleicht zu einer standesgemäßen Ruine verhilft, sagte er.

So lange, bis du diese Ruine gefunden hast, stelle ich dir meine Ruine zur Verfügung, versicherte ich meinem MANN.

Schließlich bist du mein MANN, fügte ich hinzu.

Mein MANN bedankte sich nicht nur für dieses Angebot. Er machte sich auch sofort gemeinsam mit mir und meinem Bruder auf den Weg zu meiner Ruine, in deren Wohnzimmer er auf der Kante meines sitzflächenlosen Polstersessels Platz nahm.

Fühl dich bei mir wie zuhause, meinte ich.

Hier kann man sich auch wie zuhause fühlen, entgegnete mir mein MANN, indem er voller Anerkennung meinen Stehlampenständer, mein Rauchtischgestell, meine verschmorte Perserbrücke und vor allem die Rundfunkempfängereinfassung und den vergoldeten Bilderrahmen musterte, an dessen oberster Ecke noch der Fetzen eines ADOLF-HITLER-Portraits hing, der die, wie gesagt, daumenlose, zu einem HITLER-Gruß hochgestreckte, merkwürdig blutbefleckt wirkende Hand unseres Führers zeigte.

Wenn du dich in meinem Wohnzimmer wie zuhause fühlst, kannst du hier ein- und ausgehen, als wäre meine Ruine deine Ruine, bot ich ihm an, während mein Bruder sein Holzbein unter den Trümmerbrocken, unter denen er es verborgen hatte, zutage förderte, um daraufhin sein rechtes Bein in dieses bis zur Wadenhöhe mit Zeitungspapier ausgestopfte Holzbein zu stekken.

Obwohl er mit diesem Holzbein so demonstrativ hin- und herhumpelte, daß er schwer zu ignorieren war, schenkte ihm mein MANN dennoch nicht die Beachtung, die er sich offensichtlich erhofft hatte. Denn mein MANN hatte momentan andere Sorgen.

Ich warte, warte und warte auf den nächsten Bombenangriff, der mir endlich zu einer standesgemäßen Ruine verhilft, meinte er, in zunehmendem Maße mißmutiger werdend.

Auch ich warte auf den nächsten Bombenangriff, der mir vielleicht zu einem Blumenständer für dieses Wohnzimmer verhilft, ließ ich ihn wissen.

Wenn ich erst einmal der Führer bin, brauchst du auf Bombenangriffe nicht mehr zu warten, erwiderte mein MANN. In meinem Weltkrieg wird die ganze Erde so lange pausenlos bombardiert werden, bis es nur noch Ruinen gibt. Vergebens wirst du nach einem unzerbombten Haus suchen. Statt des Besitzrechts auf nur eine einzige Ruine wird dir von mir das Besitzrecht auf eine ganze Ruinenstadt zuerkannt werden, verhieß er mir.

Ich fände es wundervoll, die Besitzerin einer Ruinenstadt zu sein, erwiderte ich.

Auf welche Ruinenstadt möchtest du denn gern das Besitzrecht zuerkannt haben, fragte mich mein MANN.

Am liebsten auf Berlin, sagte ich.

Das Besitzrecht auf Berlin habe ich bereits mir selber zuerkannt, weil sich dort auch mein Führerhauptquartier befinden wird, meinte mein MANN.

Könnte ich denn das Besitzrecht auf London haben, erkundigte ich mich bei ihm.

Das Besitzrecht auf London wird dir insofern nichts nutzen, als ich London dem Erdboden gleichmachen werde, um das Lügenmaul Churchill zum Verstummen zu bringen, antwortete mein MANN.

Hast du auch vor, Paris dem Erdboden gleich zu machen, wollte ich wissen.

Mein MANN schüttelte den Kopf.

Dann hätte ich gerne das Besitzrecht auf die Ruinenstadt Paris, entgegnete ich.

Das Besitzrecht auf die Ruinenstadt Paris erkenne ich dir hiermit zu, erklärte mein MANN nicht ohne Gönnerhaftigkeit, ehe er mir die in seinem Weltkrieg entstehenden Massengräber schilderte, mit denen verglichen sich die in diesem Weltkrieg entstandenen Massengräber wie Zündholzschachteln ausnehmen würden.

Nach dem endgültigen ENDSIEG, nachdem ich die in meinem Weltkrieg besiegten Völker auf dieser Erde dazu zwingen werde, Deutsch zu lernen, Deutsch zu sprechen, Deutsch zu schreiben und sich ein Beispiel an uns Deutschen zu nehmen, werde ich mit dir eine weltweite Hochzeitsreise machen, verhieß mir mein MANN.

Werden wir uns die Pyramiden und den schiefen Turm zu Pisa ansehen, fragte ich ihn.

Wo denkst du hin: Wir werden von einem Massengrab, in dem die Fetzen ganzer feindlicher Bataillone verscharrt worden sind, zum nächsten Massengrab reisen, um unseren bataillonsweisen in Fetzen gerissenen Feinden noch nach deren Tod, durch das Spucken auf ihre Gräber unsere Verachtung zu zeigen, belehrte mich mein MANN.

Für eine so weite Reise brauche ich sehr viele Kleider, meinte ich.

Deine Kleider werden dir die Witwen, die ewigen Soldatenbräute, die Schwestern, die Schwägerinnen und die Großmütter der in Fetzen gerissenen Feinde schneidern, beteuerte mein MANN.

Wir werden die vielen Koffer, die wir für eine so lange Hochzeitsreise brauchen, gar nicht schleppen können, warf ich ein. Unsere Gepäckstücke müssen die Kriegsversehrten und die Kriegskrüppel, die einstmals unsere Feinde waren, schleppen, erwiderte mein MANN, während mein Bruder Kicki sein Holzbein, gekränkt, daß er vor meinem MANN damit nicht hatte Furore machen können, wieder unter den Trümmerbrocken verbarg.

Kann ich das Besitzrecht auf diese Reichsparteitagsstadt haben, fragte er meinen MANN.

Warum willst du nicht das Besitzrecht auf eine größere Stadt als diese Rechsparteitagsstadt haben, wollte mein MANN wissen.

Weil diese Stadt die größte ist, in der ich jemals gewesen bin, entgegnete mein Bruder.

Du könntest das Besitzrecht auf die Ruinenstadt New York haben, bot ihm mein MANN an.

Was ist das für eine Stadt, erkundigte sich mein Bruder.

Das ist eine der größten Städte auf der Welt, erklärte ihm dieser.

Da verlaufe ich mich nur so weit, daß ich nicht mehr nachhause finden kann, meinte Kicki. Ich habe mich sogar bei meinem Fußmarsch zur Ostfront in dieser Reichsparteitagsstadt verlaufen, fügte er hinzu.

Ich verlaufe mich ja sogar in dieser GAGFA-Siedlung, fuhr er fort. Er wollte noch etwas sagen. Aber mein MANN unterbrach ihn.

Ehe ich dir das Besitzrecht auf eine einem General angemessene Ruinenstadt erteile, warten wir besser ab, bis du etwas größer bist, sagte er.

Werden wir mit der Eisenbahn und mit Schiffen zu all den riesigen Massengräbern auf dieser Erde reisen, fragte ich.

Wo denkst du hin, rief mein MANN. Selbstverständlich werden wir uns in Stukas oder in U-Booten von einem Kontinent zum anderen, von einem Land zum anderen und von einem Massengrab zum anderen befördern lassen.

Ich freue mich schon auf unsere Hochzeitsreise, behauptete ich, obwohl mir vor den Stukaflügen und den U-Bootfahrten jetzt schon angst und bange war. Auch hätte ich statt Massengräbern lieber marmorne Tempel, verwunschene Schlösser und Schatzgruben besichtigt. Doch dies wagte ich meinem MANN nicht zu sagen, dessen Miene nun immer unmutiger wurde.

Sicher kommt bald wieder ein Bombenangriff, beteuerte ich, bemüht, seine Laune zu bessern.

Ein Weltkrieg, bei dem man auf Bombenangriffe warten muß,

ist kein richtiger Weltkrieg, entgegnete mein MANN, der Nachfolger unseres Führers, voller Verdrossenheit, ehe er gemeinsam mit mir und meinem Bruder aufbrach, um sich mit uns zur Ruine meiner Freundin Gaby Glotterthal zu begeben, wo wir nach der Zahlung der abermals erhöhten Preise, die die Tochter des Obermedizinalrats forderte, jene EKSPEKTUSIN-Hustensaftflaschen entgegennahmen, mit denen wir wieder einmal eines von unseren Hustensaftbesäufnissen veranstalteten.

XV

Endlich fand kurz vor dem Anbruch der Morgendämmerung der von uns lange genug ersehnte Bombenangriff statt, der mir und meinem Bruder dank der zahllosen Bombendetonationen Anlaß zu den kühnsten Erwartungen gab. Während mein Vater, obwohl diesmal ausnahmsweise der Griff des Nähkastens nicht abgerissen war, dennoch in seiner Versessenheit, wiederum seinen Unfug treiben zu können, den Nähkasten, auf der untersten Stufe der Kellertreppe stehend, dergestalt umkippte, daß sich dessen Inhalt abermals über den Fußboden des Kellervorraums ergoß, lauschten mein Bruder und ich, berauscht wie von den Klängen einer wunderbaren Musik, den Bombendetonationen, die einzig und allein das Gekeife meiner Mutter beeinträchtigte, die in ihrer grauen Persianerjacke, unter der sie diesmal ein rosafarbenes und zerschlissenes Nachthemd trug, mit ihren hochhackigen goldenen Stöckelschuhen und mit ihren häßlichen Lockenwicklern dermaßen liederlich aussah, daß ich mich wunderte, daß sie nicht längst gemeinsam mit meinem in seinem

Regenmantel, den er über seinem zerknitterten Pyjama trug, und mit dem Handtuch um den Hals sowie mit dem am Fußboden schleifenden Gürtel nicht weniger liederlich aussehenden Vater abgeholt worden war, der zunächst in keiner Weise auf das Gekeife meiner Mutter reagierte, die von ihm wissen wollte, aus welchem Grunde er den Nähkasten umgekippt hatte.

Warum hast du Wahnwitziger diesen Nähkasten umgekippt, schrie sie meinen Vater, der bereits wieder beim Einordnen der Schweißblätter war, so lange an, bis dieser ihr Geschrei nicht mehr zu überhören vermochte.

Aber ich bin doch kein Wahnwitziger, Trudelchen, murmelte er voller Verständnislosigkeit.

Nur ein Wahnwitziger bringt es fertig, bei einem Bombenangriff einen Nähkasten umzukippen, nur damit er, während ringsum Bomben detonieren, während seine Familie in Lebensgefahr schwebt, dieses verfluchte Nähzeug in diesen verfluchten Nähkasten einordnen kann, den ich gleich nach der Entwarnung auf den Trümmerhaufen werfen werde, um zu verhüten, daß dies noch einmal geschieht: das schwöre ich dir, schrie meine Mutter.

Aber du tust ja geradezu so, als wäre es ein Verbrechen, Nähzeug in einen Nähkasten einzuordnen, murmelte mein Vater.

Wenn es kein Verbrechen ist, dann ist es der blanke Aberwitz, daß du meinen Nähkasten umgekippt hast, obwohl der Griff diesmal nicht abgerissen ist, kreischte meine Mutter.

Habe ich wirklich diesen Nähkasten umgekippt, Trudelchen, erkundigte sich voller Bestürzung mein Vater, während ringsum Bomben detonierten.

Genau das hast du getan, keifte meine Mutter.

Daran kann ich mich nicht mehr erinnern, erwiderte mein Vater.

Ich habe als deine Frau und als die Mutter deiner Kinder das Recht, von dir zu verlangen, daß du mir dieses Umkippen des Nähkastens betreffend Rede und Antwort stehst, schrie meine Mutter meinen Vater an.

Falls ich das wirklich getan haben sollte, so kann ich es nur getan haben, weil in diesem Nähkasten eine unerträgliche Unordnung herrschte, erwiderte mein Vater.

Es schert dich eine feuchten Kehrricht, ob in meinem Nähkasten Unordnung herrscht oder nicht, keifte meine Mutter.

Aber Trudelchen, es geht mir doch nur darum, in deinem Nähkasten Ordnung zu schaffen, stieß mein Vater hervor.

Das ist ja gerade der unverzeihliche Wahnwitz, daß es dir, während du, nicht anders als deine Familie, in Lebensgefahr schwebst, einzig und allein darum geht, Ordnung in diesem verfluchten Nähkasten zu schaffen, keifte meine Mutter.

Was hat denn die Ordnung im Nähkasten damit zu tun, daß wir alle in Lebensgefahr schweben, wollte mein Vater wissen.

Genau das frage ich dich, keifte meine Mutter meinen Vater an, der dennoch so lange danach trachtete, in dem besagten Nähkasten die denkbar ordentlichste Ordnung schaffen, bis das Schrillen der Sirenen die Beendigung des Bombenangriffs ankündigte.

Aus ist's mit dem ständigen Stopfen, mit dem ständigen Zusammenflicken, mit der ständigen Ausbesserung des Gelumps, das wir unsere Kleidung nennen, rief meine Mutter, ehe sie meinem Vater zu dessen Entsetzen den Nähkasten, in dem das Nähzeug fein säuberlich geordnet war, entriß und diesen Nähkasten, nachdem sie die Kellertreppe, den Nähkastengriff mit der Hand umklammernd, hinaufgestürzt war, auf den Trümmerhaufen schleuderte, auf den gerade auch Herr und Frau Beselsöder, die soeben mit dem Personenkraftfahrzeug von jenem angeblich bombensicheren Spezialnationalsozialistenbunker nachhause gebracht worden waren, ihre Trümmer und Scherben warfen.

Während mein Vater: SCHADE UM DIE ZWIRNSROLLEN, SCHADE UM DIE NÄHNADELN, SCHADE UM

DIE SICHERHEITSNADELN, SCHADE UM DIE FINGERHÜTE, SCHADE UM DIE SCHEREN, SCHADE UM DIE STOPFEIER, HÄKCHEN, ÖSEN, DRUCKKNÖPFE, MASSBÄNDER, SCHULTERPOLSTER, REISSVERSCHLÜSSE UND SCHWEISSBLÄTTER murmelnd, die Scherben unserer Fensterscheiben und unserer Sekt- und Weingläser sowie die Scherben unseres schönsten Wandtellers zusammenfegte, schob meine Mutter mich und meinen Bruder Kicki, der die blutrote Schachtel mit dem pechschwarzen Hakenkreuz umklammerte, hinauf zu unserem Kinderzimmer. Zwar brachte sie uns, obwohl mittlerweile die Morgendämmerung hereingebrochen war, ins Bett. Zwar befahl sie uns, ehe sie unser Kinderzimmer verließ, gefälligst zu schlafen. Aber draußen war es schon zu hell, als daß wir auch nur im Traume daran dachten, dem Befehl unserer Mutter Folge zu leisten.

HART WIE KRUPPSTAHL und ZÄH WIE LEDER blieben wir in unseren Kinderbetten sitzen und warteten voller Ungeduld darauf, daß unsere Mutter zurück in unser Kinderzimmer kam, um uns zu wecken, um uns zu befehlen, uns anständig anzuziehen und um uns zum Frühstücken hinunter in die Küche zu kommen, zu ersuchen.

Zu unserem Leidwesen dauerte es eine Weile, die uns wie eine Ewigkeit erschien, ehe wir, obwohl wir nicht geschlafen hatten, von unserer Mutter geweckt wurden. FLINK WIE WINDHUNDE zogen wir uns an. FLINK WIE WINDHUNDE putzten wir uns unsere Zähne. FLINK WIE WINDHUNDE wuschen wir uns unsere Gesichter. FLINK WIE WINDHUNDE kämmten wir uns unsere alles andere als arischen, immer dunkelbrauner werdenden Haare. FLINK WIE EIN WINDHUND cremte ich mir, auf die Gefahr hin, von meiner Mutter nicht anders als wegen meiner Parfümvergeudung anläßlich meiner Ernennung zu einer FRAUENSCHAFTSFÜHRERIN, verprügelt zu werden, mit der Hautcreme meiner Mutter mein Gesicht ein, rieb sich mein Bruder Kicki ein paar Tropfen von dem Rasierwasser meines Vaters, auf die Gefahr hin, von dem Letzteren, der dieses Rasierwasser nur durch Schwarz-Markt-Geschäfte erlangte, hierfür verprügelt zu werden, auf sein zu seinem Ärger noch bartloses Kinn, ehe wir FLINK WIE WINDHUNDE hinunter in die Küche zum Frühstücken hasteten, wo wir ebenfalls FLINK WIE WINDHUNDE unser Frühstück verzehrten, das, in Ermangelung der von uns heißbegehrten Butter, aus Broten, die lediglich mit Zuckerrübensirup bestrichen waren und aus Malzkaffee bestand, der in Ermangelung des von uns heißbegehrten Zuckers, den wir, sobald meine Mutter hiervon ein halbes Pfund zu erwerben imstande gewesen war, mit gehäuften Eßlöffeln in uns hineinzuschlingen pflegten, mit Zuckerrübensirup gesüßt war.

Während wir uns unser Frühstück einverleibten, befahl uns unsere Mutter, so lange im Garten zu spielen, bis sie vom Einkaufen zurückgekommen war. Doch obwohl wir im Garten schon insofern nicht mehr spielen konnten, als mein Vater an seinen Feierabenden und an den Wochenenden diesen Garten mitsamt des zu seiner Auffüllung mit den Abfällen der Nachbarn zugeschütteten Bombentrichters in einen Kartoffelacker verwandelt hatte, damit er meiner Mutter zu jenen Kartoffeln verhelfen konnte, die sie aufgrund eines Rezeptes brauchte, mit dessen Hilfe man trotz des Mehlmangels Brote backen konnte, wiesen wir unsere Mutter hierauf ebenso wenig wie auf den Sachverhalt hin, daß wir auch im Vorgarten, in dem der weiße Fahnenmast in den Himmel ragte, an dem unser Vater bei irgendwelchen Feiertagen murrend und meuternd seine wundervolle Hakenkreuzfahne hochzuziehen pflegte, nicht spielen konnten, weil unser Vater nach der Entfernung aller Schlüsselblumen, aller Geranien, aller Stiefmütterchen und aller Pechnelken diesen Vorgarten in einen Gemüsegarten umgebuddelt hatte, auf dessen Beeten Kohlrabis, Buschbohnen, Karotten, Rhabarberblätter, Salatköpfe,

Radieschen, Rettiche, Blumenkohlköpfe, Schnittlauch und Dill grünten.

Kaum daß unsere Mutter mit dem Ausruf: DIESMAL WERDE ICH DIESEM HUNDSGEMEINEN WÄTZ IN SEINE HUNDSGEMEINE VISAGE SAGEN, DASS ER VON ALLEN HUNDSGEMEINEN SCHWEINEHUNDEN, DIE, OBWOHL SIE LÄNGST HINTER GITTERN SITZEN MÜSSTEN, IN DIESEM LANDE FREI HERUMLAUFEN DÜRFEN, DER HUNDSGEMEINSTE IST, ihre leere Einkaufstasche in der rechten Hand und ihr leeres Einkaufsnetz in der linken Hand haltend, zum Schlangestehen aufgebrochen war, brachen ich und mein Bruder Kicki zu unserer Ruine auf, in deren Wohnzimmer sich bereits außer meinem MANN und dessen SS-Männern, von denen wir Eintrittsgebühren kassierten, auch meine Freundin Gaby Glotterthal, der wir neuerdings ebenfalls die Bezahlung von Eintrittsgebühren in Form von Bombensplittern nicht mehr erließen, versammelt hatten.

Die Letztere berichtete uns, daß genau auf das riesige ROTE KREUZ auf dem Dach des von ihrem Vater geleiteten Lazaretts eine Bombe abgeworfen worden sei, die in einem Krankensaal dergestalt explodiert wäre, daß die ohnehin schon verwundeten, verstümmelten, verkrüppelten oder sterbenden deutschen Soldaten in völlig unkenntliche Fetzen gerissen worden waren, die momentan, gleichgültig, welche Köpfe zu welchen Hälsen, gleichgültig, welche Arme oder welche Beine zu welchen Rümpfen, gleichgültig, welche oberen Rumpfhälften zu welchen unteren Rumpfhälften gehört hatten, in jene Blechsärge geworfen wurden, die sich, gefüllt mit vier Armen ohne Kopf und Rumpf, mit fünf Beinen ohne Rumpf, mit sechs Köpfen ohne Rumpf, Armen oder Beinen oder mit drei arm-, bein- und kopflosen Rümpfen, vor dem Hinterausgang des Lazaretts türmten.

Die Tochter des Obermedizinalrats, die fortwährend nicht

ohne Begeisterung von einem SOLDATENGULASCH redete, wollte uns noch mehr über die in Fetzen zerrissenen Körper der vor dem Bombenangriff verwundeten, verstümmelten, verkrüppelten oder sterbenden Soldaten berichten, deren Blut, ihren Äußerungen zufolge, die zerfetzten Reste jenes Lazarett-Krankensaals rot gesprenkelt hatte. Doch mein MANN drängte uns zur Eile. In der Tat durften wir keine Zeit mehr verlieren, wenn wir die GAGFA-Siedlung vor der Rückkehr unserer Mutter vom Einkaufen oder der Mutter meines MANNES von ihrem Juwelier unbehelligt durchsuchen wollten.

FLINK WIE WINDHUNDE rannten wir aus meiner Ruine auf die Straße. FLINK WIE WINDHUNDE begannen wir mit den Durchsuchungen der GAGFA-Siedlung, in der wir wundervolle Bombentrichter fanden, in denen wir auf der Suche nach Bombensplittern herumwühlten. Auch stießen wir auf wundervolle Trümmerhaufen, aus denen ich zwar noch immer nicht den heißersehnten Blumenständer, dafür aber einen bodenlosen Papierkorb mit einem golden schimmernden Messingrand und den Fetzen eines farbigen ADOLF-HITLER-Portraits herausbuddelte, der immerhin das braune Lippenbärtchen und die wie zum Brüllen hochgerissene, merkwürdig blutig anmutende Oberlippe unseres Führers zeigte.

HART WIE KRUPPSTAHL besichtigten wir die uns dank des letzten Bombenangriffs bescherten, neuen Ruinen, von denen allerdings keine einzige den Ansprüchen, die mein MANN als SS-Oberscharführer und künftiger Nachfolger unseres Führers stellte, gerecht wurde. In der einen neu entstandenen Ruine gab es lediglich vier wenig sehenswerte Garderobenhaken zu besichtigen, die noch an einem lindgrüngestrichenen Korridorwandfetzen festgenagelt waren. Wir zuckten die Achseln beim Anblick dieser Garderobenhaken, an denen man bloß einen Mantel oder eine Jacke aufhängen konnte.

In einer anderen neu entstandenen Ruine entdeckten wir nur

einen wenig sehenswerten in der Mitte zersplitterten Badezimmerspiegel, der noch an den Resten einer blauen Kachelwand befestigt war. Auch beim Anblick dieses Badezimmerspiegels, durch den sich Risse zogen, die den Anblick jedes Gesichts, das von ihm widergespiegelt wurde, entstellten, zuckten wir nur die Achseln.

In einer weiteren neu entstandenen Ruine stießen wir zwar auf einen zumindest annähernd sehenswerten Gasherd, der aber zum VERGASERLENZ-Spielen schon deshalb völlig untauglich war, weil aus einen von uns aufgedrehten Gashähnen nicht einmal ein Gashauch strömte.

Trotzdem setzten wir die Durchsuchung der GAGFA-Siedlung nach einer standesgemäßen Ruine für meinen MANN fort, der immerzu hervorstieß: DAS DARF DOCH NICHT WAHR SEIN, DASS IN EINEM WELTKRIEG KEINE FÜR DEN NACHFOLGER UNSERES FÜHRERS STANDESGEMÄSSE RUINE ENTSTANDEN IST. Nachdem von uns in einer weiteren neuentstandenen Ruine lediglich eine blutige, völlig zerquetschte Kinderhand aufgespürt worden war, die mein MANN angewidert aufgelesen und ohne großes Federlesen in ein Kellerloch geschleudert hatte, kamen wir während der Fortsetzung unserer Durchsuchung der GAGFA-Siedlung auch an dem von meinem MANN verlassenen und von uns gemiedenen Ruinengrundstück vorbei, in dem sich zu unserer Verblüffung statt der von meinem MANN als Totenhaus bezeichneten Ruine dank eines Bombenabwurfs nur noch ein Trümmerhaufen türmte, unter dem der, unseren Vermutungen zufolge, durch die Explosion der besagten Bombe, bei der es sich nach unserem Dafürhalten um eines der schönsten Geschenke aus dem Himmel handelte, bis zur Unkenntlichkeit in Fetzen gerissene Leichnam unseres Juden dermaßen massiv verschüttet worden war, daß dessen Fetzen niemand mehr zu finden, geschweige denn zu identifizieren vermochte.

Geradezu ehrfurchtsvoll, als handle es sich um eine Gedenkstätte, bestaunten wir, einzig und allein gestört von dem Gejammer meines Bruders Kicki, der über den Verlust seiner dem undankbaren, bösen lieben Gott vergebens als Opfergabe dargebotenen, nun ebenfalls unauffindbar verschütteten garantiert echten russischen Kugel untröstlich war, diesen Trümmerhaufen, an dessen Stelle vor dem letzten Bombenangriff die schönste aller Ruinen gestanden hatte, in der wir immerhin unser denkwürdiges WÄTZ-KZ mit der wundervollen Badewanne eröffnet und nach dem Tode unseres in einen Menschen verwandelten Untermenschen der untersten Sorte, der an einer nur für Juden unheilbaren, tödlichen Krankheit, die UNTERMENSCHITIS hieß, gestorben war, wieder geschlossen hatten. Mit vor Erstaunen weit aufgerissenen Augen starrten wir, als wäre ein Wunder geschehen, auf diesen Trümmerhaufen, der uns unseres Problems, wie wir uns des Leichnams unseres Juden Rudi Tründel, nach dem dessen in zunehmendem Maße verwahrlost wirkende Mutter noch immer RUDI, RUDI, RUDI rufend, in der ganzen GAGFA-Siedlung suchte, entledigen sollten, entledigt hatte.

Das ist die ENDLÖSUNG, erklärte schließlich außer seinen fünf HEIL HITLER brüllenden SS-Männern, außer meiner von ihm zur FRAUENSCHAFTSFÜHRERIN ernannten Freundin Gaby Glotterthal sowie außer meinem immerzu SCHADE UM MEINE WUNDERBARE, GARANTIERT ECHTE RUSSISCHE KUGEL jammernden Bruder Kicki nicht zuletzt auch mir, seiner vom ihm zur Mutter seiner Kinder erkorenen Frau, die kein Hehl aus ihrer Freude darüber machte, daß sie jetzt endlich wußte, was die ENDLÖSUNG war, kein anderer als mein MANN, der SS-Oberscharführer und künftige Nachfolger unseres Führers, der mir, wenn er erst einmal unser Führer war, einen Weltkrieg zu führen versprochen hatte, der selbst diesen von ADOLF HITLER geführten, ohnehin sattsam großartigen Weltkrieg in den Schatten stellen sollte.